日记，记载着往事，
也承载着情感！

日记闲话

丰一吟 题

古农 主编

人民日报出版社

序一

天下事，真有不可思议者。这些日子，正在读《翁同龢日记》，某日下午，接古农先生函，说他编了一套日记丛书，拟由人民日报出版社出版，嘱我写篇序文。

古农先生者，鲁人于晓明也。早在多少年前，我就喜欢上了此君。不为别的，只为他的那种执著的精神。

这样说了，心里知道是不妥的。为何？执著得看做何事。有的执著，是不执著也得执著的，比如学者的读书，藏书家的购书，是执著也可说是本业或是本志。有的执著却是先须有见识，再须有定力，还须胼手胝足以赴之，才会有些微的成绩——有时连这些微的成绩也还在似有若无之间。这回不用比如了，说的就是古农先生，就是他多少年来，对日记文学的呼吁，对日记纪事的提倡，对日记学术的研讨，具体地说，就是多少年来，编创《日记报》和《日记杂志》。只是我前面的叙述，要稍作修改，些微的成绩，似有若无之间云云，是我前些年的感叹，或者说是担忧，现在可说是劳绩昭然了。

拟出版的几册，计《日记漫谈》《日记闲话》《日记品读》《日记序跋》四种。四种均为文章汇集，所汇文章，基本上都在《日记报》和《日记杂志》上发表过。我细细地看了这几种书的目录，并看了其中的一些文章，不能不惊叹，这些年来，古农先生在这方面，用心之细，用力之勤。同时也明白了，作者的心志之所在——在当今的中国学术界，建立一门名为"日记学"的学问!

建立一套学问体系,固然是一种成功的标志,但我却认为,对国人来说,普及日记理念,提倡记日记,记真实的日记,进而研读日记,有甚于建立"日记学"的意义在焉。这里,我愿不惮其烦,说说我自己记日记的经历,或许能更为清晰地说明我要说的意思。

为了真实无误,免得有人说我是为了写此文才编造出这样的故事,或是加重事件的意义,且让我引录一段自己先前发表过的文章:

> 1970年3月6日夜里,约摸十一点钟的样子,我们土坯房的同学都睡下了,系革命领导小组成员三人……那位教师冷冰冰地宣布:经系革命领导小组研究决定,从即日起,给韩安远(我在校时的名字)办学习班……又对我说:韩安远,听说你平常写日记,现在把你的日记全部交出来,还有什么笔记本,也一起交出来。说着指指我的床下……反抗是没有用的。我乖乖地拖出箱子,打开锁子,将日记一本一本取出摊在床上。共十三册,全是精致的厚厚的硬皮笔记本。那位教师像是不放心,又在箱子里翻了翻,见全是书本才住了手。最后由那位教师给我开了个收据,班干部抱起全部日记,三人一起走了。

(北岳文艺出版社2009年版《文坛五同学》,又见《人民文学》2010年第2期)

从1962年上高中起,直到这次抄家前,我一直记日记,约摸有八年之久。这里说是十三册,只是抄走的数字,还有一册将要记满的日记,在"大串联"途中丢失了。也就是说,八年间,我记了十四册的日记。抄去的十几册日记,学习班结束后,听从一位朋友的劝告,全烧掉了。此后十几年间,怕再惹麻烦,没有记日记。直到上世纪80年代中期,真的看出不会再有什么险恶了,又开始记日记。一天不落,已有二十多年。

此文开始,说我正在看《翁同龢日记》,也不是瞎说,可从我那几天的日记中得到证实。古农的信,是11月2日写来的,在我11月1日的日记中有这样的话:"上午读《翁同龢日记》。"前一天即10月31日的日记中有这样话:"上午读文廷式《南轺日记》,记述去江苏任主考官,一路行踪行事,主考任上作为感受。前曾看过《翁同龢日记》中,翁氏赴陕西、山西主考事,两相参照,对清代乡试之规矩,有了大致了解。"《南轺日记》是一本史料笔记书中收录的一篇,数千字而已。

这就要说到我近年来看书习惯的改变。我还是有点读书癖的。前些年爱看传记,连带的爱看回忆录,这两年,不知为什么,喜欢上了看日记。道理不难明白,不过是求真而已。在我看来,不管有人有着怎样的遮掩,大体来说，作为史料，日记还是最真实最生动的。档案材料，真实过于日记，生动就差多了。这两年，看日记上了瘾，陆续购买了《越缦堂日记》《翁同龢日记》《缘督庐日记》等多部，加上原先就有的《郑孝胥日记》等多部，我的晚清日记，也就相当可观了。

　　综合上述两项，一是我记日记的经历，一是我对"日记——史料"的认识，大略可得出这样的结论：能不能记日记，敢不敢真实地记日记，是一个时代清明与否的标志。再就是，能不能坚持记日记，是一个人有没有毅力的体现，也是一个人敢不敢坦然面对社会，面对历史的体现。我不认为我是什么好人，但我认为我是一个基本（不是全部）真实的人，在日记里，我记下了我做的好事，也记下了我做的坏事。

　　提倡记日记，真实地记日记。这，我想也正是古农先生十几年来所追求的，希望实现的吧。

　　看看这套丛书，至少会让你明白记日记的意义，还有一些可行的方法。

　　勇敢地记日记吧，这是你对社会的信心，也是你对你自己的信心的表示。

韩石山
2010年11月25日于潺湲室

序二

先来做回文抄公。1925年3月，周作人写了一篇《日记与尺牍》，开宗明义：

> 日记与尺牍是文学中特别有趣味的东西，因为比别的文章更鲜明的表出作者的个性。诗文小说戏曲都是做给第三者看的，所以艺术虽然更加精练，也就多有一点做作的痕迹。信札只是写给第二个人，日记则给自己看的（写了日记预备将来石印出书的算作例外），自然是更真实更天然的了。

一年四个月以后，鲁迅也写了一篇《马上日记》，公开声明：

> 我本来每天写日记，是写给自己看的；大约天地间写着这样的日记的人们很不少。假使写的人成了名人，死了之后便也会印出；看的人也格外有趣味，因为他写的时候不像做《内感篇》外冒篇似的须摆空架子，所以反而可以看出真的面目来。我想，这是日记的正宗嫡派。

周氏兄弟不约而同对日记发表了自己的看法，尽管表述各不相同，但观点还是较为一致的，即日记与其他文学样式相比，"更真实更天然"，更可以看出作者"真的面目"来。相隔八十五六年后重读这两段话，我仍深以为然。

在我看来，日记之所以是一种特殊的文字体裁，在于它原本是完全私密的，不加掩饰的，也不打算公开的，因而有可能更为具体地记录当时的历史语境和文化氛围，更为真实地袒露个人的思想和情感，以及揭示两者之间复杂的互动，许许多多不为后人所知的作者的交游、活动、观点和著述，大大小小鲜活生动的历史细节和世事线索，通过日记才有可能得以一一呈现。日记是时代风云和人情冷暖的投影之所在，能够承载这种投影的文类并不多，日记恰恰是其中最具代表性的一种。

但是，正是由于日记具有相当的私密性和敏感性，在很长一段时间里，名人时贤的日记很少公开，很少引起关注。就中国现代文学史领域而言，1927年9月郁达夫《日记九种》的出版，曾轰动一时；1937年6月，上海《青年界》月刊又出版了"日记特辑"；但完整的作家日记面世，则自鲁迅始。1951年3月上海出版公司据手稿影印了《鲁迅日记》。冯雪峰在《〈鲁迅日记〉影印出版说明》中强调这部日记是"研究鲁迅的最宝贵和最真实的史料之一"，将其影印出版"完全为的保存文献和供研究上的需要"。1963年11月，上海文艺出版社出版的《中国现代文艺资料丛刊》第三辑又发表了《〈朱自清日记〉选录》，王瑶在《题记》中也强调这些日记"关于他（指朱自清）全生命活动中最丰富的三分之一多的真实记录，如果都印出来，是非常可宝贵的"，可"作为了解和研究他平生治学为人的参考"。由此可见，学界对作家学者的日记一直十分重视，一直肯定它们的研究价值。

我所见第一部系统研究作家日记的专著是包子衍的《〈鲁迅日记〉札

记》(1980年5月湖南人民出版社初版)，作者以几乎大半生的精力研究《鲁迅日记》，厚积薄发，出版了这部虽仅十五万字却有分量的《鲁迅日记》研究成果，书中把鲁迅的新文学创作与日记记载互证的研究路径，尤具启发。作者在此书《后记》中特地引用了冯雪峰的话，冯雪峰主张研究鲁迅日记"重点是在'考'与'注'"，颇有见地。其实，不但鲁迅日记，解读所有作家和学者的日记，考证注释工作都是至关重要，必不可少的。

1980年代以降，随着黄侃、胡适、周作人、郁达夫、徐志摩、朱自清、顾颉刚、吴宓、苏雪林、杨树达、宋云彬、萧军、夏承焘、夏济安、郭小川、顾准、王元化……等近现代作家和学者的未刊日记在海峡两岸陆续披露，尽管日记长短不一，又涉及不同的历史时期，内容或也有所删节（公开出版的日记有无必要删节，一直存在争议，我是主张不作任何删节以存历史原貌的），都无不引起海内外学界的极大兴趣，相关的研究成果接连不断。余英时著《未尽的才情——从〈顾颉刚日记〉看顾颉刚的内心世界》（2007年3月台北联经出版公司初版）对顾颉刚日记的精彩解读，江勇振著《舍我其谁：胡适》第一部（2011年4月北京新星出版社初版）对胡适早期日记的独到分析，都在"考"和"注"上下足了功夫，令人耳目一新。

在这样的文学和学术背景下，古农君与自牧君等合作，于十年前创办了《日记报》（后改名《日记杂志》），倡导日记写作和日记研究，推动民间与学界日记研究者的交流，别具一格，坚持出版，意义非同一般。现在古农君又精心编选了"日记丛书"四种，收录海内各家围绕日记和日记文学的各种著述，有评论，有漫谈，有自叙，还有序跋，妙论迭出，足资启迪。这不仅是对《日记报》创刊十周年的一个总结性的纪念，也为建构当代中国的"日记学"作出了新的努力。作为《日记杂志》一名并不勤奋的作者，在"书脉日记文丛"即将出版之际，我就写下以上这些话以为祝贺吧。

陈子善

2011年5月4日于海上梅川书舍

序三

正如古农君所感喟的,"日记,记载着往事,也承载着情感"。而以《日记漫谈》《日记序跋》《日记闲话》《日记品读》四册选集所构成的"书脉日记文丛",则记载着《日记报》《日记杂志》的成长历程。

十多年来,我们用一腔钟爱日记的热情和干劲,用菲薄的收入和赞助,再加上可贵的恒心和坚持,终于使《日记报》这株幼苗茁壮成长为《日记杂志》这棵树,同时还赢得了一系列赞誉和褒奖,从而被南京大学徐雁教授认定济南已成为中国当代日记研究的重镇;被天津南开大学来新夏教授引为知己和"启发者"——结识《日记报》后又忘情地开始了记日记;还有长沙诗人彭国梁也在已出版的《书虫日记》的序文中公开声明是《日记杂志》引导他开始记日记,并且一发而不可收,连续出版了两部《书虫日记》。不可否认,在我们周围,的确集结着一大批全国各地的"日记人",大家以日记为纽带,集思广益,协力同心,围绕日记学这一新学科展开了相关研究探讨,成功举办了四届全国日记及日记文学论坛大会,适时启动了《中国日记大辞典》的编纂工程,加快推动了创建中国日记博物馆的步伐……我们完全有理由这样认为:目前全国的日记写作、日记教学、日记出版、日记研究已成为历史上的最好时期。放眼前瞻,我们信心大增,随着古农君主持创建的中华日记网的开通运行,用不了多久，一批真正能够代表当代日记研究水平的成果将会陆续问世。

收入"书脉日记文丛"中的文章，几乎都在《日记报》《日记杂志》上刊登或转载过，检点《日记报》和《日记杂志》所设置的栏目，可以因栏目成书的还有《日记情怀》《日记书札》《日记人物》《日记论坛》《日记原版》《日记书林》等。除此之外，还有以《日记杂志》"半月日记系列"专号形式刊印的《半月日谱》《半月日注》《半月日影》《半月日志》《半月日识》等原创日记，都有再刊或再版的必要，殷切希望有胆识、有魄力的出版家慧眼识真货，及早组织再版与发行。

著有《清人日记研究》一书的学者孔祥吉先生在其《自序》中曾写道："要认识一个历史人物，最简洁的办法，莫过于细读其日记。因为日记是记载作者见闻以及感悟的文字。日记仿佛是一扇心灵的窗户，一旦这扇窗户被打开，一切便都呈在眼前了。许多历史人物的内心活动，并不见诸奏章尺牍，或文书档案，而只有在日记中才能看到他们内心深处的东西。"以"普及日记写作，促进日记研究"为己任的《日记杂志》同仁，我们有信心也有必要帮助大家推开日记这扇心灵的窗户，让大家观赏到日记百花园中的珍株异木和奇葩秀草——这也正是我们选编刊印这套"书脉日记文丛"的初衷和目的。

自 牧

2011年11月21日于历下东山居之百味斋

目录

010　序一 ◎ 韩石山
014　序二 ◎ 陈子善
018　序三 ◎ 自　牧

巴　金 我的日记 001

许广平 鲁迅先生的日记 004

梁实秋 日记 007

施蛰存 我的日记 011

浦汉明 浦江清的日记 018

舒　乙 大爱无边——母亲的日记 022

陈平原 从《漫步伦敦》到《大英博物馆日记》 027

杜鹏程 岁暮投书——关于"写日记"一事的回答 031

张抗抗 遗失的日记 037

姜德明 达夫日记佚稿 041

姜德明 日记杂谈 044

叶永烈 我的"主日记"和"副日记" 047

张中行 日记 050

谢其章 人生·书·日记——一路走来 055

新凤霞 我写日记的体会 059

沙叶新 日记,我的精神家园 062

来新夏 我与日记 065

钱谷融 我与"日记" 070

于光远 我为女儿、外孙写日记 073

牧　惠 日记史话 075

牧　惠 夜烧日记 080

何　为 从"文艺日记"说起 085

周翼南 说日记 088

叶文玲 心灵的历程 091

刘心武 人生非梦总难醒 094

庞中华 日记·书法·人生 096

秦兆基 得益于日记的 099

塞　风 关于日记 103

胡世宗 关于写日记 107

丰一吟 还是写一点好 111

皇甫束玉 我写日记七十年 113

何满子 日记琐忆 121

吕　进 从投稿到记日记 124

凌鼎年 写日记是个好习惯 127

张石山 珍惜自由——关于日记的断想 130

张厚余 日记与时代 133

吴仲华 我为动物写日记 136

徐开垒 老师教我写日记——给凤城二村小学生薛晓雷的一封信 139

郭　风	我写日记的历程与方法	143
周骥良	从写日记起家	146
裴显生	日记是此我与彼我的交流	149
施雁冰	桂影梦忆——我和我的日记	151
陈　模	记日记使我走上创作的道路	154
晓　雪	将写日记坚持下去	161
海　笑	我和日记	164
韩映山	文学之路的起点	166
京　夫	关于日记	169
周同宾	关于日记的答卷	171
王宗仁	我是这样写日记的	175
骆承烈	日记与治学	177
桂　苓	谈谈我的日记	180
林　染	我和日记	182
张秉文	我用诗歌记日记	185

自　牧　我的日记 187

杨　栋　我的日记写作 190

郑可清　我的恋人——日记 193

凌鼎年　我的日记 196

耿　二　日记杂说 199

吴新宇　我与日记 202

郝孚逸　值得回首的往事——我与日记的两段姻缘 205

孙淑彦　陈迹时将日记开 209

白　榕　我和日记 212

圣　野　日记是从心灵开放出来的花朵 215

戴　海　日记，岁月的留痕 217

高增德　我的日记生涯 223

张阿泉　写在书边上的日记 227

胡　可　日记·人生 229

朱亚夫　几多感慨话日记 232

谭　竹	倾诉永不停止 235
张先瑞	日记，心中的痛 238
程树榛	记日记的悲剧 242
聂鑫森	我与日记 246
乔忠延	无心插柳柳成荫 249
沈立人	提倡写日记 252
杭世金	我的日记情结 255
刘恩波	点染生命的情致 260
任彦芳	我和日记 263
任彦芳	脚印 268
范凤书	我和日记 275
高　平	我与日记 280
自　牧	日记人剪影 283
古　农	编后记 308

巴金

我的日记

最近我在《花城》杂志上读到杨沫的日记《风雨十年家国事》，单是开头的一段——1966年8月23日的日记，就使我浑身颤栗，作者好像用榔头把一个字一个字打进我的灵魂。短短的一两页篇幅的文字记录了著名作家老舍、萧军、骆宾基……被斗、挨打的情况，这批斗，这痛打，导致了老舍同志的死亡。杨沫同志坦率地说："这8月23日的一日一夜……也将与我的生命共存亡。"我理解她的心情。

我们许多人都有自己的"8月23日"，都有一生也忘不了的血淋淋的惨痛经验。不少人受屈含冤痛苦死去，不少人身心伤残饮恨终身，更多的人怀着余悸活到现在。把当时的情况记录在日记里保存下来，发表出来的，杨沫同志似乎是第一个。作者的勇气使我钦佩，这是一个很不寻常的开头，对这个开头别人可能有不同的看法。有人认为家丑不可外扬，伤疤不必揭露；有人说是过去已经过去，何必揪住不放。但是在不少人身上伤口今天仍在流血。十年"文革"并不是一场噩梦，我床前五斗橱上萧珊的骨灰还在低声哀泣。我怎么能忘记那些人兽不分的日子？我被罚做牛做马，自己也甘心长住"牛棚"。那些造反派、"文革派"如狼似虎，兽性发作起来凶残还胜过虎狼。连十几岁的青年男女也以折磨人为快乐，任意残害人命，我看得太多了。我经常思考，我经常探索：人怎样会变成了兽？对于自己怎样成为牛马，我有了一些体会。至于"文革派"如何化作虎狼，我至今还想不通，然而问题是必须搞清楚的，否则万一将来有人发出号召，进行鼓动，于是一夜之间又会出现满街"虎狼"，一纸"勒令"就使我们丧失一切。我不怪自己"心有余悸"，我唠唠叨叨，无非想看清人兽转化的道路，免得第二次把自己关进"牛棚"。只有牢牢记住自己的"8月23日"，才有可能不再出现更多的"8月23日"。为了保护自己，为了保卫后代，我看杨沫同志这个头开得好。

　　称赞了别人之后我回顾自己，我什么也没有留下来。1966年9月我的家被抄，四年中的日记让作家协会分会的造反派拿去。以后我停笔大半年，第二年7月又开始写日记，那时我在作协分会的"牛棚"里学习，大部分时间都给叫出去劳动。劳动的项目不过是在花园里掏阴沟、拔野草，在厨房里拣菜、洗碗、揩桌子。当时还写过《劳动日记》，给"监督组"拿去挂在走廊上，过两天就不见了，再写、再挂、再给人拿走，三四次以后就没有再写了。《劳动日记》中除了记录每天劳动的项目外，还有简单的自我批评和思想汇报。写的时候总说是"真心悔改"，现在深刻地分析也不过是用假话骗人争取"坦白从宽"。接着我又在一本练习簿上写日记，并不每天交出去审查，但下笔时总觉得"文革派"就坐在对面，便主动地写些认罪的话讨好他们。当然我在短短的日记里也记录了当天发生的大事，我想几年以后自己重读它们也可以知道改造的道路是何等艰难曲折。总之我当时是用悲观的眼光看待自己，我并没有杨沫同志的那种想法，更谈不上什么勇气。但即便是我写的那样的日记也不能继续下去。到这年8月底，几个参加我的专案组织的复旦大学学生勒令我搬到作协分会三楼走廊上过夜，在那里睡了两个星期，他们又把我揪到江湾复旦大学批斗，让我在学生宿舍里住了将近一个月，然后释放回来。我的日记却不知给扔到哪里去了。

1968年我向萧珊要了一本"学习手册"，又开始写起日记来。我的用意不再是争取"坦白从宽"，我已经看透造反派的心（他们要整你，你大拍马屁也没有用处）。我只是想记录下亲身经历的一些事情，不过为了保护自己，我继续"歌功颂德"。我每天在"牛棚"里写一段，尽管日记中并无违禁的字句，我不敢把日记带回家中，在那段时间只要是自称"造反派"的男女老少，都可以闯进我的家，拿走我的信件、手稿和别的东西。我以为把日记放在"牛棚"内，锁在抽屉里面比较安全。没有想到不到两个月造反派、监督组忽然采取"革命行动"搜查"牛棚"，勒令打开抽屉，把"学习手册"中的日记和"检查交代"、"思想汇报"的底稿等等全抄走了。从此我就没有再写过日记，我不斗争，不反抗。我把一切全都咽在肚子里，把我的"8月23日"也咽在肚子里，我感到深深的内疚。

1984年1月2日

许广平

鲁迅先生的日记

鲁迅先生的日记有两种。除了《日记》之外,还有一种是《马上日记》或《马上支日记》(见《华盖集续编》)。从宽泛些说:也可以说日记有三种:《日记》,《马上日记》,《夜记》。可惜《夜记》一直没有写就,所以还是说两种来得恰当些。

先说《马上日记》等三篇,是在1926年预备投到副刊去写的。里面写些身边琐事,或读书心得。虽然也是日记体裁,然而总不免一看就晓得是故意造出来的,颇活泼,很能引人入胜,和他正式写的日记就大大地不同。用他自己的解释,日记是这样的:

我本来每天写日记，是写给自己看的。

写的是信札往来，银钱收付，无所谓面目，更无所谓真假。

据保存所得的检查一下，鲁迅先生的日记是从民国元年五月初到北京时写起的，一直没有间断。偶尔因为特别事故，如"一二·八"战事发生，只身出走，中间经历了一个多月，待到市面稍稍平静，重回旧寓之后，他才能拿笔补记。记虽简略，但奇怪，他就有本事逐天的排列回忆起来，一点不错，看了真令人惊服的。

他的日记的确写给自己看的，所以一点也不文饰。从民国元年到十四年的日记，离北京往厦门时并未带走，锁存北京客室里面。曾经有过一个使他不满意的客人，径自挖开锁来偷看了，事后给他晓得，可真气愤得很，足见他并非预备给人看的了，这是在他活着的时候所保持的态度。但是假如作为从此可以看出一部分真的面目，那么这日记是最真不过的了，在研究一位在民族文化史上很关重要的人物，对这是不应忽视的。况且以他自己一生的坦率，日记并没有不可告人之处，我们无须保持珍秘。但倘使说从这里可以窥知一切，那也恐怕未必尽然。

所以日记虽然"写的是信札往来"，有时也不全写。例如他托熟时常来往的人，和他通信，日记里不大找得到的，《两地书》的信札往来，日记就不尽写出。又如有关政治的人物和他通信或见面时，他也不一定写在日记里。这理由很简单，自然是防到文字狱发生的不便。至于"银钱收付"，据我观察所得，付出方面，倒不一定记载，而收入以及别人归还的，就比较不大肯遗漏。这缘故大约是付给人的，并没有以债主自居的态度，不必斤斤于账目。所以有时同是一人，并不见写出付款年月数目，而等到归还，就会写出的了。

因此我们可以得一概念，他的日记写的大约是不大不小的事。太大了，太有关系了，不愿意写出；太小了，没什么关系了，也不愿意写出。其间写作的大部生活，整天的忙碌非常，也不过在工作的某时期偶然说起就是了。

日记里有时写出"夜失眠"三字,别人看着很简单,不大理会的,其实里面包含许多辛酸处。有时为了赶写文稿,期限急迫,没有法子,整夜工作了。但是有时并不因为工作忙,而是琐屑之事,或者别人家一不留心,片言之间,毫不觉得的,就会引起回忆,可能使他眠食俱废。在平常人看来,或者以为这是大可不必的,而对于他就觉得难堪了,这在热情非常之盛的人,是会这样的。然而这是于他的病体很不相宜的,或者也可以说,他的病体促成这急激的脾性。可惜这一切的解释,知道得太迟了,没有好好珍惜他的身体,这是我每一想到就好像犯了终身不可告人的罪恶一样地惭疚痛悔。有时,他太忙了,或者因了什么不痛快的事刺激他,因此也许不免焦躁,容易动气,这是我了解得到的,我应该加倍小心,体谅他。然而彼此就是感情的动物呢,一面体谅,一面就含有勉强的克制性,待到勉强不来,自我的个性起来,大家就缄默一时。缄默之后,他也常常抱歉似地说:"做文学家的女人真不容易呢,讲书时老早通知过了,你不相信。""世间会有百听百从的好人的吗?我得反抗一下,实地研究研究看。"这有时是我的答复,时常就这样地和气起来了,我们从没有吵闹过。

梁实秋

日记

日记有两种。

一种是专为自己看的。每日三省吾身，太麻烦，晚上睡前抽空反省一次就足够了，想想自己这一天做了些什么事，不必等到清夜再来扪心。如果有一善可，即不妨用笔记在日记之上，如果自己有一些什么失检之处，不管是大德逾闲或小德出入，甚至是绝对不可告人之事，亦不妨坦白自承。这比天主教堂的"告解"还方便，比法律上的"自承犯罪"还更可取。就一般人而论，人对自己总喜欢隐恶扬善，不大肯揭自己的疮疤，但是也有人喜欢透露自己的一些以肉麻为有趣的丑事，非暴露一下心不得安。最安全的办法是写在日记上。有人怕日记被人偷看，把日记珍藏起来，锁在抽屉里。世界上就有一种人偏爱偷看人家的日记。有一种日记本别出心裁，上下封面可以勾连起来上锁。其实这也是自欺欺人之事，设有人连日记本带锁一起挟以俱去，又当如何？天下没秘密可以珍藏，白纸黑字，大概早晚总有被人察觉的可能。所以凡是为自己看的日记，而真能吐露心声，袒露原形者并不多见。

另一种日记是专为写给别人看的。这种日记写得工整，态度不免矜持，偶然也记私人琐事，也写读书心得，大体上却是作时事的记录，成为社会史的一个局部的缩影，写这种日记的人须有丰富的生活，广阔的交游，才能有值得一记的资料登上日记，我认识一位海外学人，他的日记放在案头供人阅览，打开一看好多页都近于空白，只写着"午后饮咖啡一杯"，像是在写流水账，而又出纳甚吝。我又有一位同事，年纪不老小，酷嗜象棋，能不用棋盘和高手过招，如有得意之局必定在晚上"覆盘"登记在十行纸簿的日记上，什么"马二进三"、"车一进五"的写得整整齐齐，置在案头供人阅览。同嗜的人并不多，有兴趣看而又能看得懂的更少，只要肯表示一下谅讶赞叹之意，日记的主人便心满意足了。至于处心积虑的逐日写日记，准备藏之名山传诸后世，那就算是一种著述了。以我所知的几部著名的中外日记，英国17世纪的皮泊斯（Pepys）的日记为最有趣的之一。他两度为英国的海军大臣，乃政坛显要，被誉为英国海军之父，但是使他在历史上成大名的却是他的一部日记。他从1660年1月1日起，到1669年5月31日止，这九年多的时期内他每日必写从无间断，写的是当时的大事如查尔斯二世如何自法归来实行复辟，疫疠流行的惨状，伦敦的大火，对荷兰的战争等等。对于戏剧及其他娱乐节目也不放过。最令人惊异的是他写他自己的行为，如何殴打他的妻子，勾引他的女仆，如何在外拈花惹草，一夜风流，如何在他妻子为他理发时发现了二十只虱子，如何教堂讲道时盯着眼睛看女人，如何与人幽会一再被妻子捉到而悔过讨饶……都有生动的记述。这九年多的日记累积有三千零十二页之多，分装为六大册。内中许多事情不便公开，又有些私事怕家人偷看，他采用"古希腊罗马速记术"。死后捐赠给他的母校剑桥的图书馆，在那里皮藏了一百多年，蛛网尘封，无人过问，最后才被人发现予以翻译付梓。

与皮泊斯同时也以一部日记而闻名的是约翰·哀芙林（John Evelyn）。他也是宫廷人物，但未任高职。他的日记从1641年起，当时他二十一岁，直到1706年死前二十四天，可以说是他的毕生行谊的记录。他是知识分子，所记内容当然有异于皮泊斯的。

我们中国文人也有不少写日记而成绩可观的，但是大部分近似读书札记，较少叙事抒情，文学史一向不把日记作者列为值得一提的人物。例如李慈铭的《越缦堂日记》六十四册，自咸丰三年至光绪十五年凡三十六年，几乎逐日有记，很少间断，洋洋大观，很值得一读，但我相信肯看的人不多。

胡适先生有一部日记，从他在北大执教时起一直到他晚年，其规模之大内容之富可能是超过以往任何作者。我在上海无意中看到过他的一部分日记，用毛笔写在新月稿纸上，相当工整，其最大特色为对于时事（包括社会新闻）特为注意，经常剪贴报纸，也许是因此之故他的日记不久就裒然成帙。他的私人生活也记得很细，甚至和友人饮宴同席的人名都记载下来。他说："我这部日记是我留给我两个儿子的唯一的一部遗产。"因为他知道这部日记牵涉到的人太多，只有在他去世若干年才好发表。隔好多年有一次我问他："先生的日记是否一直继续在写？"他说："到美国后，纸笔都没有以前那样方便，改用黑水笔和洋纸本子了，可是没有间断，不过没有从前那样详尽了。"他的日记何时才能印行，不得而知，我只盼望有朝一日可以问世，最好是完整的照相制版不加删改，不易一字。

抗战八年，我想必有不少人亲身经历过一些可歌可泣之事。可惜的是，很少有资格的人留下一部完整的日记。《传记文学》刊载的何成睿先生的《战时日记》是很难得的一部价值甚高的作品，内容详尽而且文字也很简练。所记载的是他个人接触到的一些军政情况与人物，当然未能涵盖其他社会与文化方面的动态。假如有文人或学者在八年抗战中留有完整的日记，我相信其可读性必定很高。日记只要忠实、细致就好，扭扭捏捏的文艺腔是绝对不需要的。人称抗战时期是一个"大时代"，其实没有一个时代不大，不过比较的有些时代好像是特别热闹而已。承平时期也未尝没有可记之事。写日记不难，难在持之以恒。

施蛰存

我的日记

在新的文学中,日记之开始被人重视,似乎不能不推源于周作人先生的一篇小文:《日记与尺牍》。因为作家之记日记虽然未必是由于周先生的鼓吹,但文艺杂志上刊载作家的日记,却不能不说是多少受了周先生那篇文章的暗示。今天又在《论语》新年号上看到陶亢德先生的《劝友人记日记书》,劝友人而在刊物上发表,大概是希望非友人也受一点影响的。同时又看到良友公司的广告,说今天将印行一部从未发表过的一个已故诗人的日记。同时,又看见了然的《文艺日记》的广告,大作家们非但自己记日记,还特地编好了"文艺的"日记给青年们记。据说,这本空白的日记册是"文学修养的模范",又是"帮助写作的利器",因为其中有"文坛巨子"来每月献一回辞的。这样看来,我们的日记文学的前途,大概总很乐观,说不定今年会是"日记年"了。

我对于日记的缘分,不知怎的,总不会好,虽然我也很喜欢看别人的日记。我几乎每年岁首都发愿要记日记,但记不上几天就中辍了。最近因为预备移居,整理一些书籍,检出了好几本日记册,大多是只写了最前几页乃至几十页,全本写完的几乎可说没有,我把这些日记称之为"残本",预备编辑起来学郁达夫先生的办法,出版一本"日记九种"——喔,不止这些,我有十一种——今天横竖闲着没事,不免拿出来翻看一遍。

我的最早的日记是民国十二年秋初到之江大学时所记的。用阴历记日,从七月十九日开始到九月十三日终止,而中间还有失记的日子。这是一本普通的硬而小型厚抄簿,用蓝色墨水横行写的,虽然是我平生第一本日记,但恐怕倒是我的记得最美丽的一本。在七月三十日晚上,曾记曰:

晚饭后,散步宿舍前,忽见六和塔上满缀灯火,晃耀空际,且有梵钟磬声传出林薄,因忆今日为地藏诞日,岂月轮寺有祝典耶?遂独行到月轮寺,僧众果在唪经,山下渔妇牧竖及同学多人,均行游廊庑间,甚拥塞。塔门亦开放,颇多登陟者,余踌躇不敢上。看放焰口至九时。欲归,无与同行者。山径晦黑甚,立寺门口,不敢独行。旋见×××教授女及其弱弟方从大殿东边出,望门外黝然者,亦逡巡莫知为计。余忽胆壮智生,拔弥勒佛前蜡烛,为牵其弟,照之归校,并送之住宅前,始返宿舍,拥衾就枕,不胜其情怀恍惚也。

这一段故事,我后来曾经写过一篇小品文,似乎还做过一首七绝,可是,现在诗文都散失了。在八月十七日,也曾记了一条钱塘江边的夜景:

晚饭后，在程君房中闲谈，忽从窗外见钱塘江中灯火列成长行，几及一二里，大是奇观。遂与程君同下山，在操场前江岸边瞭望，方知是夜渔也。忽间，渔舟绕咸圆阵，灯火亦旋作阇行。皓月适照江心，如金刚圈绕水晶镜也。须臾忽闻江上沙沙有声，则数百张网一齐撒下矣。波摇金影，目眩神移，生平未见此景也。

大概我在之江大学读书，在学问方面并未有多大长进，但在自然景色方面，倒着实享受了一些。那时我常常带了书本在江边沙滩上找一块大石头坐下看书，所以在这不到两个月的日记中，倒有十几处记着这种生活的。这里抄录三则：

下午二时后已无课，天气极好。在江边读《园丁集》。（七月二十三日）

今天未进城。上午睡觉。下午携《渐西村人诗集》一册到徐村江边大石矶上坐读，颇艰涩，不数页即废辍。（八月二十日）

今日课毕后，从图书馆中借到拜伦诗一本，携至山下石桥上读之。尽花生米五十文。（九月初七日）

我的第二本日记是在上海大同大学读书时所记。那是一本学艺社监制的毛边纸稿本。每页十行。我记得当时曾买了两本，一本蓝色印的，一本是红色印的。蓝的那一本专记些典故或摘录些自己欣赏的好句，所以题名叫做"座右漫录"。红的这本是日记，封面上题着四个蹩脚北魏体字："残年日记"。底下还标明着："十四年十一月一日至十二月三十一日"。这是分作两行写的。

这本日记似乎记得很勤，因为其中只失记了三四天。而三四天也是为了随父母到杭州去而停辍的。但是因为在大同大学读书的时间，生活非常单调，环境又不好，故所记的内容实在没有第一本日记那么有趣味。而且又因为生活单调的缘故，这一本日记中，记事的地方很少，而记思想的地方却较多了。记事的地方，即使文字浅陋，因为那些事很值得回想，所以现在翻出来看看也还有味。而记思想的地方，则因为弱冠时的思想毕竟幼稚得很，现在看来却觉得可笑了。十一月七日，星期六。这天晚上，大概很空闲，所以写了八页日记，最后一节很妙：

  同舍许君今天买回了一本《小说世界》（十二卷二期），其中第一篇颇有意思。该篇题名《未嫁》系署名"春野"君所作，读后颇有些回味。此篇内容只是说一个男子和一个女子，曾经有人给介绍过婚事而未曾实现。后来那男子出外去了，在某天遇到了他从前的学生，告诉他那女子尚未出嫁，因而那男子凄然生了一些回忆。

  情节只是如此，而且那篇小说的描写艺术方面也并不好。但是我之所以说它好看，因为作者的情绪之体会，竟使我读后登时起了强烈的共鸣。即此一点，它使我充分地愉快了，不禁也悠然地回到我的"记忆之国"里去了。

  真的，婚姻这回真是一个 miracle，它会有一种莫可名状的情绪给予当事人。所以即使只曾经有人把一双男女提起过配偶的话，即使这提议始终没有实现，然而被拟议的两人，从此就会发生一种神秘的同情心，这种同情心往往是很真挚的，很深沉的，有时或许比此两人的真正配偶所给予他或她的心尤为伟大。但以上所说的只限于被拟议的婚媾时双方默许的人，若当时就变色拒绝的两个互相蔑视的男女，是永远不会发生这种同情心的。

  这可以算是我当时对于一种半新旧的媒妁婚姻所发表的感想。其实，从"记忆之国"这些话来看，似乎当时也曾经有所忆念，可惜现在已不能追邀当时的情怀了。

  我对于时事的关心，并且还下批评，似乎也是这时候开始的。在十二月六日，曾记着：

  今日在闸北有市民大会，不知召集之团体何名，但知其目的为倒段而已。此时倒段，殊为根本滑稽，盖自郭李倒戈去张而后，老段地位根本摇动矣。从而呼号以倒之，岂非俗所谓打落水拳头哉，不武也。

这算是我的时评。

我的第三本日记是从民国十五年一月一日至四月七日，用的是商务印书馆的"国民日记"。第四本日记是民国十七年七月间所记，大约是暑假中忽然高兴，想再记一些日记，但这个毅力只坚持了十几天就中辍了。这两本日记中都没有什么使我引起回忆的材料。

第五本日记是我生平所用的第一本日本制日记册。那是昭和四年（民国十八年）的"新文艺日记"。这本日记从一月一日记起，到二月三日止，二月四日、五日似乎也曾记过一些什么事，但是不知道什么时候已经撕去了这两页，以后每一页上便记了一条读书随笔，已不是日记了。

这时候，我一方面在家乡教书，一方面与望舒、呐鸥诸人在上海办水沫书店，同时又是新婚时期，故所记的大都是这三方面的事情。这里抄录三则，

一月三日　晴

妻今日归宁。余初误以为期在明日，故今日伊家遣人来迎去，余未前知。归家后略有寂寞空房之感。

一月七日　晴

晚上看黄山谷诗集，觉豫章诗艺颇有出于玉溪、昌谷处。

一月二十三日　微雨

望舒来信，促本星期六到沪一行，共商书店一切事务。此间校事又急待结束，颇难兼顾，心烦不已。

第六本日记是十八年下半年的，日期是从九月十日起至九月十七日止，只记了八天。这本日记虽则所占的日子最少，但是最考究的一本。连史纸订，磁青纸封面，版式很阔大，每页栏衬乌丝栏格子工写。大概当时很有意于传世的。第七本日记很奇怪，竟一变而为中华书局的袖珍日记簿了。所记的日子是民国十九年一月十一至二月四日。记得很简单，而且大部分都是银钱进出的账目。恐怕是最不能传世的一本了。

我的第八本日记又是日本制的。这是1931年东京建设社的日记册。每页上并印好月日，可以自由写记，写得多可以占到一页以上，不记时也不必空掉一页。我觉得这种日记册很方便。这本建设社日记是一位在日本的友人朱云影先生寄给我的。所以在元旦日，我曾经记着：

前日收到朱云影先生寄送的此册，正好得用。今天希望能将此册记完，庶不负朱君一番美意也。二十年元旦。

然而朱君的美意毕竟是辜负了，这本日记一共只记了二十三页，大概断断续续的不过记了一个多月而已。

第九本与第十本日记都是民国二十一年的。前者是从一月一日起至五月九日止，虽然占了四个月之久，但实在只记了三十几天。这是一本美国制的皮面金边日记册，所以其中也有几天是用英文记的。只是我的英文可怜得很，只记了一些思想和行事的断片而已。大概是为了这本日记册行格甚狭，而且又必须横写，所以下半年就换了一本挺大的活页簿作为日记册了。这本活页簿大约有百余页，但有字写着的只有二十几页，日期是从七月二日起到八月二十七日止，这算是我的第十本日记。这两本日记中所记的大概是当时在上海编《现代杂志》时的事情，每天忙着张罗文章，现在看看，犹可想见那时凄凄惶惶的神气，真是为着何来！只有在七月二十日的一页上，发现了半阕小词，倒值得回忆一下，词曰：

思量前事何曾错，曾共伊人花底坐，玉钩不惜露华浓，愁眼生憎明目堕。

这半阕词的注脚可以在我的十一本日记上找到。这最后又是最近的日记，又是最华丽的一册。它是日本第一书房出版的豪华版"自由日记"。全书皮装金边，印刷装帧，都极为精致。所记的日期是从1933年一月一日起至三月二十三日止，以后又是空白了。在一月二十一日，曾记载了一个梦，很可以做上面那四句词的参考资料：

昨晚得一梦，甚可感伤。余恍惚身在某剧场，遥见云亦在座，惜太远未能通一辞。休息时，云离座出，余亦尾行。入酒排间，云饮混合酒，余亦待代者索啤酒。云乍回顾见余，方颔首间，忽然有一人立余身后，面目大可憎。云骤若一惊，即返身走，余亦随行，突身后人强把余臂，问："公园在何处？"余甚，答曰："在楼上。"其人遂上楼去，仿佛如凭虚而行，不籍梯阶。余瞿然而醒，则妻方枕臂酣眠也。

除了这一段我私人生活的史料以外，这本日记中曾记了四五次对于雪的欣赏。如一月十二日记云：

晨到县立中学阅报纸。午饭后到朱雯家闲话。二时一刻在罗神庙乘汽车赴沪。昨霄初雪，田塍间弥望皆白，俞塘一带，古木寒鸦，着雪色益饶拙趣矣……

又一月十九日记云：

晨九时，雇人力车到梵皇渡车站乘车归里。大雪初晴，一路玉树琼枝照眼昏眩，不可逼视。味东坡"冻合玉楼寒起粟，光摇眼海眩生花"之句，真觉诗趣盎然……

诸如此类，大概这一个冬季曾下了好几场大雪。此外，从这本日记中看起来，似乎我在这一个时期中，特别多上戏院。不到三个月，共计看了二十七次电影，两次西洋歌剧，这实在是空前绝后的盛况。

这里记录了我的十一种日记的内容，可以说是我自己的备忘录，也可以说是一个书目提要。倘若有人说这是我自撰的广告，希望能够有人肯买这些断简残编去印行，那么也听凭他说罢，我决不否认。

二十五年一月十五日

浦汉明

浦江清的日记

1957年父亲浦江清去世,母亲一直珍藏着他的文稿、讲义、诗词、书信、日记等等,企盼着有朝一日能出全集。1984年我们将全部日记交父亲生前好友吕叔湘先生过目,请他选出适宜刊行的部分。吕伯伯将日记编了号,并统计各册所记年代、日期,列出了清单。对选定出版的部分,尽量保持原貌,不作整段的删节,只在必要处改动了个别词句。家中所存父亲的日记,原并非每年都有,日期也不尽连续。因此,读者所见初版的《清华园日记·西行日记》,都是原貌,是现存该年日记的全部,并不是编选的结果，这是需要说明的。在父亲早年的日记中，只有1933年欧游部分，初版时未编入。现此书得修订，为使全书更为完整，决定将它补入，共有1933年8月13日~9月25日、10月5日~21日两段。这样，家藏父亲的日记，1950年以前的便全部公诸于世了。至于1950年以后部分，因为涉及一些人和事，目前还不宜发表，故仍未辑录。

父亲写日记原不是为公开发表。他在1929年1月29日的日记中说：

记日记丝毫无自尊的意思，也无预备作自传的虚荣心。我的目的，大约有四：练习有恒的笔墨，一也；作日后追忆过去生活之账本，二也；记银钱出入、信札往来，备一月或一年内查考，三也；记零星的感想及所见所闻有趣味的事，备日后谈话或作文的材料。四也。

练笔、积累材料、备忘，都只为自己之需，日记也就完全保持了本色。他本是一个胸怀坦荡的人，在日记中更是毫无伪饰，因此，读者从中可以见到一份现代知识分子生活的真实记录，触摸到一颗坦诚的心。日记的文笔自然清丽，往往寥寥几笔，便能勾勒出生动的轮廓，还不失幽默风趣，恰似一杯清茶，沁人心脾，余味无穷，就像他平日谈话的风格。

父亲体质素弱，抗战时不安定的、艰难的生活更损害了他的健康。解放后，生活条件改善了，但工作繁忙，他常感到力不从心。胃病频繁发作，为不误教学，一直勉力支持。1956年3月，终致十二指肠溃疡穿孔，因身体虚弱不能手术，医院采用保守疗法。出院后未及复原，便又忙于教务。1957年春，北大安排他到北戴河疗养。8月31日，新学期即将开始，疗养结束，就在他准备启程回京之际，十二指肠溃疡再次穿孔。因氧气不能及时运到，父亲的心脏在手术台上就停止了跳动。永难忘那可怕的下午，中文系的两位同志神色凝重地来到我家，找母亲谈话。知道一定有重要事情，不料恰似晴天霹雳，听到的竟是父亲辞世的噩耗！就在前两天，收到父亲寄来的一包书，母亲还笑着对我们说："爸爸快要回来了。这是他的习惯，动身前总要先把书寄出的。"谁能相信，我们从此就失去了父亲！

在修订日记的时候，我的思绪又不可遏止地飞向了两位伯伯：吕叔湘先生和王季思先生。

为本书的出版，吕伯伯花费了许多心血。凡接触过他的人都知道，极端的认真、严谨是他一贯的作风。当时他已近八十高龄，手头工作十分繁忙，还要事无巨细地为日记的出版而操劳，从编选、审订、翻译、撰写跋文到与出版社联系、校对，都亲自动手。我明白，这都是为了生死不渝的友情。吕伯伯与父亲是南京东南大学时的同学，早在20年代，便相交甚笃。解放初，他调到清华中文系工作，全家住在北院九号，与我家成为邻居，直到院系调整才分开。两三年间，两家朝夕相处，不只是父母，就连我们孩子，也都成为了莫逆之交。我到青海工作后，每次回京，一定要到他家拜望。他总要仔细询问我的工作、生活情况，关切之情不亚于对待自己的儿女。

1985年初，当吕伯伯将选定的日记寄还我转录时，我正有幸得到王季思先生的指导，在广州中山大学进修古代戏曲。所以，王伯伯也读了日记原件，并欣然撰写了长篇跋文。王伯伯也是父亲东南大学时的同学和老朋友，但一直在南京工作，以前从未见过我。初到中大，我担心自己根底不足，不免有些惴惴，是伯伯鼓励使我增强了自信。接触之后，令我最为敬服的是他的心态非常年轻，全不像八十岁的老人。他会饶有兴味地和我们讨论当时青年所关注的问题，在学术研究上，更是善于吸收新思想，学习新方法。一般说来，热爱学生的老教师，因为全身心地生活在年轻人中间，便会与他们有许多共同语言，心理上是会比实际年龄年轻一些，但是像他这样无保留地培养后学，在学术上不囿于成见、敢于创新因而葆有青春，在老学者中也是难能可贵的。为了让我在短时间内能有更多收获，王伯伯让我就在他书房中工作，利用他的图书资料。他在书中的各类批注，积数十年研究之心得，也无私地供我引用。他生活很规律，上午工作到约课间操时，要稍事休息，喝茶，吃点东西。这时，他总要慢慢走到我身边，也递给我一两块糕点。这平常小事，在我却有着异样的感受。抗战时父亲远在昆明，解放后他又过早去世，算起来，我在父亲身边享受他的爱抚的时间并不多。伯伯慈父般的举动使我仿佛又回到少年时代，好像就在家里一样。

得知日记修订出版，两位伯伯一定会高兴的。然而，他们已先后驾鹤西去，亲爱的母亲也离开了我们。读着伯伯们撰写的跋文，他们的音容笑貌如在眼前，在我的心中，他们是永远活着的。谨借此文，表达深切缅怀先辈之情。

1999 年 7 月

舒乙

——母亲的日记

大爱无边

父亲母亲都写日记,但风格迥然不同,这和他们的性格、主张以及记述的年代都有关系。父亲的日记越写越简单,简单到居然一日下来就剩下"理发"二字。这当然和他的情绪,和他记述的那个越来越左的年代有关。想想,他也真聪明,是无奈中的一点智慧吧。

母亲开始记日记很晚,现在查到的,最早也不过始自1982年。

为什么是1982年?

细细一想,颇有道理。从1978年起,她开始逐渐忙起来。这时她已经七十三了,找她来写字画画的人与日俱增。她好客，待人热情，而且心地善良，是个慈祥老人，招来一大帮朋友，谈天扯地，办这做那，每天都高朋满座。她有求必应，来者不拒。一来二去，便滋生了记日记的念头。头绪太多啊，必须一一记下来。

她去世之后，姐妹们在她抽屉里找到了不少她的日记，居然装了整整一手提袋，沉得很。我断断续续地翻着看看。

母亲的日记，头一个功能是充当她的工作日志：一天画了多少画，画的是什么，给谁画的；写了多少匾，题了多少字，是中堂，是题签，是贺寿词，是挽词；写了多少诗，是七言，是五言，是词；写了多少信，写给谁；见了多少客人，都是谁；出席了多少会议；看了什么画展，等等等等，非常的详尽，真忙啊。

她常常一日之内把诸多事情列成一、二、三、四、五，分头叙述，有时竟列到十以上。她可是个七十多，八十多，九十多的老妇人！

从她写到的人名看，几乎文艺界各方名流都能在日记中找到，许多人是到家里来看她，也有很多时候是向她求字求画的，难怪许多朋友手中至今还收藏着她的字画。

她的日记的另一大价值，是将她的诗作记录下来了一部分，其中不乏写得很有感情，而且颇有功底的。有一本日记中居然记录了二百零六首她的诗。

有一年，旅居台湾的老友台静农先生寄条幅赠诗给她，她有感而发，特书《怀老友》诗一首作答：

匆匆别去忽经年，有喜重逢海角边。

尔我遭时同作客，弟兄把臂各随缘。

遥瞻两岸家何远，近忆陪都梦自牵。

世处人情各不同，半窗风雨泪烛前。

母亲八十六岁那年，逢父亲九十二岁生日，她有一首诗记在日记中，也感人泪下：

识苦含辛八六年，此身难得一日闲。

齐鲁年年惊鼙鼓，巴蜀夜夜对愁眠。

几度团圆聚又散，首都重逢艳阳天。

伤心阴霾永隔世，湖底竭时泪涟涟。

由这些诗中可以看出母亲是个感情丰富而细腻的人，她恋家，重亲情，重友情，挺过了一生的坎坷，到了晚年，追忆一生，常常感慨不已，诗句便"流"了出来，随时随地。

母亲的日记，记着记着，突然蹦出我的名字，着实让我吓一跳。我平常白天在的时候很少，自己忙自己的，每天晚上陪她吃吃晚饭而已，交流机会实际并不多，和她接触的时间比起姐妹和妻子来要少得许多。怎么在她的日记中会有我的事呢？

当我们全家离开旧居平房，分别搬入各自的楼房宿舍时，我征求母亲的意见："你愿意和哪位儿女过呢？"她轻轻说了一句："就跟你吧。"这样，直至去世，我这一家和她又一起生活了十二年。

在这十二年的日记中，她多次记录了我的行踪，譬如："乙已去密云开会"（1990），"乙六时许回京，先开四天冰心学术会，带来水仙一筐，大号的头，并有大柚子一个，桂圆一大包，鱿鱼一大包，大蜜柑十个"（1990），"小雨，乙参观潭柘寺、戒台寺等处"（1992），"乙在国子监讲演"（1992），"乙照了许多四川、山东照片，但旧房全拆，抗战痕迹皆无，留大人物故居不多，北碚故居匾仍挂着，但没有前门"（1993），等等。

儿子每次远游，老人总是牵挂着。儿子回来了，老人放心了，跟着记述一些见闻。

这是我没有想到的。

平平常常的事，但此时此刻，翻阅着她的记录，心里便不再平静。小时候，在重庆北碚，看见过一大群小雏鸡当天上有老鹰飞来的时候，怎样钻到母鸡的翅膀底下躲起来，当时便觉得鸡妈妈真好，它的翼下毛绒绒的，肯定又软又暖，非常安全，完全可以无忧无虑。

同样是小时候，时常看见猫妈妈怎样叼着刚生下不久的小猫到处转移。猫妈妈担心小孩子们看了它的小宝宝，无密可保了，危险了，便精心地寻找一个隐蔽的地方，换一个窝，让小孩子们再也看不见摸不着。猫妈妈需要保证小宝宝的绝对安全，虽然叼着小猫走来走去的样子令人看着揪心和可怕。

不知怎么搞的，看了母亲的日记，突然想起了鸡妈妈和猫妈妈，仿佛自己成了那些小雏鸡和睁不开眼的小猫咪。

或许，在母亲的眼里，孩子永远是孩子，长不大，别管事实上他已经是五十多岁还是六十多岁。孩子自己倒不察觉，可是母亲老偷偷地惦记着你，不管你走到哪儿，她的心便跟你走到哪儿。不信，有她的日记为证。

天下的母爱就是这么一点一点积攒起来的。

我终于明白：所谓一点一滴的母爱，实际上就是一次次的揪心，一次次的惦记，或者一次次的不安。无数次的揪心、惦记和不安便汇成了两个伟大的字眼——母爱。

母爱永远是无声的，没有任何宣言，默默的，心甘情愿的，甚至让人不能察觉的，悄悄的，因为母爱根本不要回报，永远是单向的。

我在母亲日记里就读到一些微小而细碎的事，是她主动为我做的，或者是她特意记下来的，譬如1992年9月24日她写道："为乙去浇花"。在此之前，8月16日，我过生日，她找出一张"文革"时她画的画，写道："乙生日找出《猪圈多产丰收》祝寿"（我属猪），在这之后，同年12月13日日记里有这么一段："中午乙做头天剩的青菜，做面条，泡羊肉。"这样的记载，令我不光感动，简直有些吃惊了。

我发现她还有这样的记载，如1993年1月17日："舒乙越来越主观。"1993年5月1日："得知乙心脏忽然不适，劝其戒酒少紧张。"

在家里，我说话常常也不把门，有话直说，不会拐弯，对老人也间或有顶撞，无意中伤了她的心，她宁肯默默地写在日记中，少少的七个字，却也并不渲染。

这就是母亲的涵养和作风，对她来说，也许是最自然不过的事了，孩子永远是孩子。

回想刚到四川的时候，我只有八岁，上小学三年级，因水土不服，得了一身叫"天疱疮"的水疱，流脓不止，好了这处，又长那处，身上几乎没一处好地方，十分痛苦。母亲天天带我去转移至北碚的江苏医学院附属医院里换药，那里有一位叫刘燕公的外科大夫，医术很高明，给父亲割过盲肠。我的疱疮久治不愈，最后，刘大夫建议，说刚由国外传来一种疗法，由亲人身上抽血，再注射给患病者，增加病人身体的免疫力，或许能有救。母亲自告奋勇，说就抽我的血吧。可是，等往我身上注射的时候，因我的小胳膊太细，找血管困难，弄了半天也打不进去。我大哭不止，母亲自己竟难过得落下泪来。

她落泪的样子，我至今还记得。

我仿佛找到了母亲日记的源头：大爱无边。

陈平原

从《漫步伦敦》到《大英博物馆日记》

近日重读刘义庆《世说新语》，最欣赏的，依旧是"任诞篇"里的王子猷夜访戴安道：

> 王子猷居山阴，夜大雪，眠觉，开室命酌酒，四望皎然。因起彷徨，咏左思《招隐诗》，忽忆戴安道。时戴在剡，即便夜乘小船就之。经宿方至，造门不前而返。人问其故，王曰："吾本乘兴而行，兴尽而返，何必见戴！"

魏晋名士风流，千载之下仍令人怀想不已。只是其刻意讲究言谈容止，有时用力过度，流于做作。眼前这则逸事，因无此弊，甚得我心。

今人也讲闲适，但将其视同风油

精，平时搁置不用，关键时刻起"提神"作用。忙忙碌碌地赚钱，再忙忙碌碌地消费，一切都基于"计划"与"效率"，很难再单凭兴致挥洒时间、金钱与才华。偶有标榜"不随人后"、"无所顾忌"者，又走到了另一个极端，成了"我是流氓我怕谁"。既不想过分委屈自己，也不敢硬充名士，只是希企适性而行。眼下这册"计划外"的小书，便是如此意气用事的产物。

虽说只是几万字的小书，却并非一气呵成。在英国总共才居留一个月，所谓"席不暇暖"，居然就敢著书讲论，似乎有点不自量力。就像最后一则日记所说，这都是读童话读出来的毛病。可正因为"老大不小"，更向往任性而行。平日里上讲台、写论文，不好过于即兴；既然是假期，那就应该允许乃至鼓励自由发挥。

原先没想专写大英博物馆，否则定会多加留意，收集相关资料。回家前十天才突发奇想，要写点东西。当时定的题目，俗得不能再俗，就叫《漫步伦敦》，还连夜赶写出序言。这篇已经作废的"序"，放在附录里，以见最初的写作动机。

本想比照朱自清先生的《伦敦杂记》，也写九则，以便与之遥相呼应。朱先生前四则谈书店、文人宅、博物馆、公园，那好办，此乃游览伦敦者必经之路；最后一则记房东，我则略为转化，描写"在酒楼上"的"一间自己的小屋"。中间部分谈市场、谈吃、谈乞丐、谈圣诞节，我没有什么体会，于是转换视角，谈大学，谈桥，谈地图，谈议会大厦，好在都与伦敦相关。

朱先生早年的散文，常夹入小说笔法，描写生动而逼真，只是"经营"的意味太浓。中年以后文字，干净利落，粗看很平常，仔细阅读，才琢磨出味道来——并非才子型的"直抒胸臆"，而是言浅意深的"平易"。人多赞其散文集《背影》等，我则更欣赏《经典常谈》和《伦敦杂记》。轮到我邯郸学步，更倾向于在散文中带进随感，包括读书札记等。学不来朱先生驾御文字的功力，但散淡与质朴，还是希望略显一二。

由原先拟想的生活化的"漫步"，改成比较学究气的"日记"，那是因回到国内，恢复原先的工作状态，不只时间无法自由支配，连兴趣与感觉也都变了样。眼看又会像以前诸多自以为精彩的计划，电光一闪，照亮茫茫大地，然后隐入永远的黑夜。关键时刻，朋友坚邀为改版后的《文物天地》开专栏，一时冲动，答应整理大英博物馆日记。第一则日记发表，杂志还在封面上"广而告之"。这么一来，没有退路了，所谓"开弓没有回头箭"是也。

将"漫步"改成"日记"，不免稍为约束自家笔墨。但这也有个好处，既藏拙，也便于"延伸阅读"。每则日记后面的"附记"，固然是"事后诸葛亮"；就连日记本身，也有所修饰与补充。当初只是记下大致印象，改写成文章，不能不略为铺陈，还核对了若干引文，且注明版本等。不想旁征博引，害怕变成另一种考据文章，故还是采用限制叙事，勉强维持"日记"的体面。至于日记中为何多有关于读书生活的记载，并非炫耀博学，而是当初阅读这些"闲书"，就知道其不太可能进入我的专业论述；舍不得丢弃这些"鸡零狗碎"的有趣资料，故抄录在日记中。当初的想法是，杂记若干客居伦敦时的读书生活，也算一种纪念。

古人云：读万卷书，行万里路。这既可以理解为在行路中读书，山川与书籍相映照，故容易领会与查核；也可以理解为书籍散落四方，非走万里路前往搜访不可；还可以解释为，读书人也像侠客一样，非浪迹天涯，不能成就大学者的气魄与境界。清初学者傅山之以鹿车载书漫游，以及顾炎武的出走北地访书，在国仇家恨之外，确实也与此古训有关。更近的例子，便是胡适等现代学者的海外访书了。看前辈学者伦敦读书，左右采获，煞是羡慕。我此行的学术目的是追寻晚清画报以及明清小说之绣像，不过并没寄予太大希望。因此才随心所欲地阅读，给自己"学术休假"，以恢复对于未知事物的强烈好奇心。

至于"附记"部分之不时搀杂当代生活经验,目的是打破博物馆的封闭性。在一个"神圣事物"受到普遍挑战的时代,博物馆不可能独善其身。不管是追究藏品之来源(这一点乃大英博物馆的软肋,最容易招来后殖民主义者的严厉批判),还是辨析其入藏标准、展出原则,以及维护主流社会政治意识与审美趣味的功能等,都有其合理性。但博物馆不可能被废止,其基本功能也很难被取代,改良的方法,在我看来,可在多元视野以及古今对话上下功夫。也就是说,让藏品走出封闭的博物馆世界,与当代人的日常生活以及精神世界发生关联。这也是我阅读大英博物馆的方式,以及不避累赘地为每则日记撰写"附记"的原因。博物馆不是一个自足的世界,它在召唤观众的同时,也被观众的眼光所改造。只有将储藏远古记忆的博物馆,与关注日常生活的大众传媒,以及沟通古今的学校串联起来,互相支持,也互相质疑,其"传播知识"的宗旨,方才比较容易得到体现。

伦敦读书,主要着眼"图文并置"所产生的阅读效果。这既延续了此前自家若干著述的思路,也有新的体会。在一个陌生的文化环境里,图像所传达的信息,远比文字清晰,且更容易被接受。不仅仅是因为读者的语言能力,更包括图像所特有的直观性与丰富性,容易激起主动介入与重新阐释的欲望。举个例子:"看图说书"就比"读后感"更多自由驰骋的空间,也更容易激发创造热情。当然,文字也自有其优势,比如抽象性与深度感等。古已有之的"左图右史"与"图文并茂",都是意识到图文二者互相补充的可能与必要。从出版《触摸历史:五四人物与现代中国》(广州出版社,1999)、《点石斋画报选》(贵州教育出版社 2000)、《图像晚清》(百花文艺出版社,2001),到为鲁迅的《中国小说史略》(浙江文艺出版社,2000)和自家的《千古文人侠客梦》配图(新世界出版社,2002),再到眼下的这册小书,在我,都是在努力探寻文字与图像互相阐释的有效途径。

如此说来,闲书不闲,冥冥之中似乎自有安排。

杜鹏程

岁暮投书
——关于『写日记』一事的回答

寇广生同志：

你9月24日写的信，《鸭绿江》编辑部的同志早已转给我了。

你询问我怎样坚持写日记？这些日记对文艺创作有什么意义和好处？要我回答这一类问题，劲头实在不大。原因是，"四人帮"肆虐十多年，我们每个人都失去了许多宝贵的时间，现在正是奋发起来好好写一点东西的时候，把急需要写的作品放下，老是回顾过去，你说，有什么意味呢？其次，像我这样的文艺工作者，写的作品并不多，因而当我想到自己的工作时，想到伟大而苦难重重的祖国需要有更多的埋头苦干的人时，心里总是深为惭愧和焦灼不安。这种心情，你作为文艺爱好者，是一定能够理解的。可编辑部的同志，一再来信催促，你的信又那样热情，真是有点却之不恭。那么，让我简单地谈一点有关情况吧。

记得，抗日战争初期，我在农村工作了几年之后，回到了延安大学学习，那时我党历史上伟大的"整风运动"已经开始。我和许多投身于革命熔炉的青年一样，回顾自己走过的道路，总结在斗争生活中学到一些什么东西。在严格地解剖自己时，我深深地感到，虽然在农村工作了好几年，但是并没有很好地向群众学习，并没有自觉地向实际斗争生活汲取种种知识。从某种意义上说，似乎是把大好的时光辜负了。我想，一个人置身于时代的洪流中，如果不进行研究，不认真思考，那么他经历的事情再多，恐怕到头来头脑也是空空如也。于是，我深有感慨地对自己说，如果不努力使头脑充实起来，恐怕这一辈子只能是浑浑噩噩，虚度年华！这些话，现在看来是老生常谈，似乎用不着叙说，但在当时——对于作为一个青年的我来说，却是很大的发现，很大的震动。基于这种认识，从而下定决心写日记，把我对生活的观察，学习心得以及改造自己的体会等等，记录下来。这些想法看起来有些稚气，但在当时，我觉得这是一种迫使自己认真思考和分析事物的好办法。社会生活那样广阔，斗争形势那样复杂，个人的经历总是渺小而有限的。但是，你每走一步都能热情地注视着周围的生活，锲而不舍地钻研生活，这却是可以办得到的。其实，我虽然爱好文学，虽然热烈地读着每一本能弄到手的文学著作，但是并没有打算终身从事文艺工作——我当时爱好似乎是偏重于学哲学、学历史以及提高文化水平。那时，断断续续地在粗劣的纸张上写日记，现在留下的只有一本，看起来比较空泛，没有什么意思。这种空泛是必然的，它反映了我当时生活经历简单和各方面水平还很低。后来，我从学校出来，被分配到延安附近一个工厂工作了几年。这个工厂虽然人数不多,但是其中有红军老战士,有参加过长征的女同志,还有一些负伤后不能作战的八路军的战士也来做工。这些人是我的老师,也是我学习和研究的对象。这时,我的学习兴趣和研究重点转移到文学方面来了,于是我更加专心致志地把日记变成研究生活的工具。其时,我对这个处于战争时期的工厂的生产状况、生活情景和各类型的干部和工人,只要我能接触到的,自己认为有意思的人和事,统统作了记录;还为工厂里许多有特点、有代表性的工作,写了专为我自己看的"小传"。我写的日记,大约叫做生活记录更恰当,像托尔斯泰那样在日记中无穷无尽地分析自己,他那样做固然有他的道理,但我却不愿意那样去做。在工厂,写日记这件事,我顽强而津津有味地做了好几年,真是受益匪浅。解放战争过程中,有好几次情况非常危急,我的衣服被褥全部丢光,可是我却一直背着这些视若生命的破烂本本,走过了万里征途。这一个时期我虽然写了一点报告文学作品和一些秧歌剧本,从文学创作意义上讲,它似乎并没有给我带来多大成果。但这一段工厂生活的研究、记载和积累,显然有两个好处:首先增加了实际工作经验,增加了生活知识;其次,养成了观察生活、分析生活和详细记录生活的习惯。正因为如此,所以当我离开工厂投身到战争生活中的时候,那才算真正开始"写日记"的岁月。后来,到了50年代和60年代中期,我在许多著名的建设工地活动,所经历的生活情况,也是详细地记下来的——同时把一些自己认为有意思的见解和突然想起的种种创作设想,也写下来。只是在最近十几年,写日记的事情中断了。这原因你我全知道,用不着去说。这一段生活是生命的可悲的空白,但仔细一想,也不尽然。有什么真正的"空白"呢?只不过把惨痛的经历压到心底罢了。现在我又断断续续地写日记,不过劲头没有以前那样大了。

照我看,不热爱人生,不热爱生命,不对生活充满火一样的热情,要坚持几年、十几年或者几十年写日记,恐怕是不可能的。在我所写的日记中，数战争中写的最充实，最有用，最有感情，对我来说最为珍贵。那时写的日记，真正是我生命的一部分。平时行军时，我便把好多日记本用包袱包起来，往腰里一缠。蹲在战壕里在膝盖上写，急行军后趴在老乡的锅台上写，在烟雾升腾子弹横飞的阵地上写。举凡人物、生活印象、心得体会、生活感受、观察所得，以及各地方的历史特点、地形外貌和人情风俗，甚至动人的语言等等，统统热情地记录下来。一句话，把战争生活中所见所闻所感，统统记下来。这样做，对理解生活，对从事创作，真是有说不尽的好处。让我举一个例子。一次，敌人的炮火猛袭了一夜，次日黎明，我从战壕里探出身子，朝周围看，并记下了当时看到的情景："黄沙丘上，到处都是发黑的弹坑，许多工事都炸垮了。身边树上的枝叶，都让子弹打光了，晚上栖居在树上的小鸟都被子弹打死，掉在地上。原来晚上战斗这样激烈！"不少身经百战的人，他们在生死斗争中身负重任，对许多细小的事情，无暇顾及；同时，因为对战争的一切经见的太多了，反倒不加注意。而我们这些文艺工作者，随时随地把它们记录下来，你看，是可有可无的吗？总之，写日记，不仅对我留心和观察事物有巨大的帮助，而且使我牢记许多事情。比如，战争中，凡是我经过的地方，我一定向老乡或司令部的参谋人员问清地名，并在日记上记下来，因而，只要我打过仗的地方或者重要的宿营地，诸如县城、市镇和重要村子名字，我到现在都记得很清楚。有时翻看日记，仅仅一个地名、一个人名、一个简单的句子，就会让人想起那火热的年代的许许多多激动人心的人和事，从而感情涌动，不能自已。当然，我在日记中把人和事以及时间和地点都记载得那么仔细，是因为我较长时期做新闻工作，它要求我腿勤、眼勤、耳勤、手勤；它要求我精神奋发地工作。不过，一个文艺工作者这样做，我认为也没有什么不好。

话说回来，写这么多的日记——有时候就是材料记录——在创作时有什么用处？40年代我写了不少报告文学作品，它离不开日记和其他笔记本，因为它反映的是真实事件。后来，我写《保卫延安》的时候，最初并不是按文艺创作的要求来写，而是要写一部真人真事的长篇报告文学作品，因而我在写作中反复阅读日记的每一页，以便把所记载的事情摘录下来，连每次战斗的时间和地点，都是靠日记提供的。后来，我又把这部报告文学变成小说，那当然又得按文艺创作的要求去进行工作。说来你也许觉得难以置信，如果不是写报告文学作品，而是写文艺作品，那么虽然写了一本又一本的日记，在创作过程中却很少翻阅。比如，我在战争年代写的剧本、短篇以及后来写有关社会主义建设的中篇小说、短篇小说和散文作品等，在创作过程中，并没有去翻阅日记，也不需要去翻阅。那情况是：在生活和工作过程中，要写的东西已经逐渐在脑子里形成了，于是提起笔去写就是了。当然，也有因生活的触发而突然产生一篇作品的时候。从这个意义上讲，简直可以说，日记写那么多，搞文艺创作的时候好像根本用不着似的。表面如此，其实不然。试想，你坐到那里有东西可写，而且觉得写也写不完——一个作家一生中能把他所设想的作品写出百分之一，也算不错啊，那还是靠平时的辛勤积累哪！

搞创作的人，各人习惯不同，写日记或者不写日记，无可厚非。也许因为我做过新闻工作，养成了一种详细记录所见所闻的习惯，因而在我看来，要搞创作而不写日记或者笔记，似乎是很难以想象的事情。我以为，写日记对有经验的作者或初学写作者，都是必不可少的。生活固然很丰富，但是只有那些有意义的东西才能对文艺创作有用，特别是那些形象的、生动的、富有特征的事物，对描绘生活，塑造形象，意义十分重大。这一切必须尽心搜集，而要做到这一点，方法之一就是写日记或写笔记。我记得，1947年秋，是西北战场最艰苦的时日，在长城线上一次战斗中，我跟随一位团政治委员打扫战场，当把负伤的战士往山坡下背的时候，团政治委员心情激动地对我说："抗日战争时，在晋西北的一次战斗中，有一个战斗英雄负了重伤，他怕自己身上的血染在老乡的被子上,因而在生命垂危之际,还拒绝人家把他抬到老乡的炕上。"我当时把这一段无名英雄的震撼人心的事迹,在日记上写了几十个字,后来在《保卫延安》一书第五章第六节中变成了主人翁周大勇的事情,并且加以改变和发展,于是写了几千字。这几千字概括了战士们的英雄业迹,人民的苦难和我的童年生活某些感受,因而,我认为它是该书中字字血泪的动人的章节。是天才,信手拈来,皆是文章,洋洋万言,倚马可待。可是像我们这些文学界的普通劳动者,除了努力学习和顽强劳动之外,没有别的捷径可走啊!上述的一切,不知你以为如何?不知是否对你略有启发?

你看了这封信如果感到失望,那是意料中的,因为我本来没有多少话可说。

接到你的信时秋高气爽,而复信时已是隆冬寒天。迟迟回复,固然可以说工作忙,开会忙,但水平低,出手慢,也是重要原因。请你多加原谅。

顺祝
刻苦学习

杜鹏程
1979年12月底于西安

张抗抗

遗失的日记

我在这里记述的,是一段真实的往事。

一

这个遗失的日记,同一个名叫过大江的年轻人有关。

过大江是一个很特别的名字。故事发生那一年,1969年,他才15岁,是杭州一所中学"新初一"的学生。

那年我19岁。由于"文革"的耽搁,算是"老初三"了。

他和我虽在同一城市,却不是同一个学校的。

那一年年初,由于"文革"中一场突然的变故,我丢失了心爱的日记本。那两个日记本,其实是被人强行抢走的。日记中记录了我刚刚萌发的一场初恋隐秘的心迹。而我那个初恋的对象,另一所中学的"老高三"学生——那所学校的一派红卫兵头头,此时已被另一派打倒。那另一派红卫兵涌入我家翻箱倒柜,发现了我的日记,认定其中必有可置其于死地的线索和材料,他们抢了我的日记本扬长而去。

我清楚地记得自己在日记中写过的那些话。那些人一定会利用这些所谓的"材料"大做文章,对"他"攻其一点不计其余;他们也许会在大批判会上把我的日记公布于众,对我其中的"小资产阶级情调"无限上纲;说不定还会把我也同他一起打成"反动学生",甚至殃及我的父母……

19岁的我已隐隐懂得,中国人的日记还有信件,有时甚至会让它的主人付出生命的代价。越想越害怕,越想越担心。那段日子里,几乎每一天,我都等待着厄运的降临。

就是那一年,我从小学三年级开始,已经坚持了十年之久的写日记的习惯,被我自己彻底放弃。

然而奇怪的是,我日夜担心的那种情形,却始终没有出现。

二

第二年初夏我去了北大荒,遥远的寂寞中,我却自此不再写日记。

过大江这个人,是在我遗失了日记的十一年以后,也是我终于渐渐淡漠了当年那一场日记本的风波以后,突然冒出来的。

那是1980年,我正在北京的中国文学讲习所学习。一天,过大江这个陌生的名字,从一封来自杭州师范学院英语系的信中,忽然跳了出来。

他在信中以急切的口气探问道:你是不是就是那个曾经在杭州生活过的人呢?你是不是在1969年曾经丢失过两个日记本呢?你的名字很特别,天底下难道还有与你同名同姓的人吗?假如你是那个人,假如你真的曾经丢失过日记本,那么我要告诉你,在这十一年的时间里,我一直珍藏着那两本日记。如果我能确定你就是日记的主人，我愿意把它们归还给你……

我当即就给这个叫过大江的大学生回了信。我说，我就是你要找的那个人。

三

那两本日记究竟是怎样到了过大江手中？他又是怎样在长达十一年的时间里，将它们精心保存下来？恍恍惚惚地直到现在，我似乎还是很难相信这一个曲折奇特而感人的故事。

他说那一年自己还是个调皮的小鬼头。一次他被叫到工宣队的办公室去谈话。

可时间过了很久，还是没有人来找他谈话。他感到很无聊，在屋子里东张西望了一会儿，似乎在无意之中，拉开了桌子的一只抽屉。

那抽屉里塞满了一堆大批判材料，他用手撩了一下，发现里面裹着两个小小的本子，封面有很好看的图案。

他好奇地翻开了其中一个本子，发现这是一个女孩子的日记。上面有一些关于感情的话语，朦朦胧胧地使他感到新鲜。

他的呼吸有些急促起来，他不知道究竟是什么吸引了他，心里忽然强烈地涌来一种想读下去的愿望。

他说后来连他自己也没有想到，他把那两个小本子很快塞进了衣服里，然后从窗户上跳出了那间办公室，一口气跑回了家。

两年以后，他被上山下乡洪流裹进了内蒙古草原。他带着这两本捡来的日记，住进了异乡的蒙古包。

过大江在内蒙兵团整整七年，这期间多次调动搬迁。他说曾有好几次，他都差点想把那两个本子扔掉，但最后居然把这两本日记重新带回了杭州。

1979年他考上了杭州师范学院英语系。

四

直到1980年,有一天他在图书馆阅报时,忽然觅见了那个熟悉的名字。

然而在他看来,作为作家的她,对于他并没有特别的意义。但他仍然十分守信地将那两本日记,很快托人带来了北京。他决定将它们物归原主时,准备得过于严肃认真,以至于我拆开那用牛皮纸包好的信封,很费了一些力气。现在,是轮到我面对这两本从天而降的日记,想象着在长达十一年的时间里,收留了它们又替我照料了它们的那个过大江,究竟是一个什么样子的人?

五

那年春节我和过大江终于在杭州见面。

我无法对他说出"感谢"这样的词汇。我只能说我已在他的目光中恍悟:这位替我保存日记的人,如若不是与当年那个女孩同样善良和单纯,在那样的一个年代里,他恐怕早就把它们作为"反动日记"上交组织,或是偷偷销毁。甚至,当他获悉那个女孩成名之后,他还可用日记来敲诈她勒索她……如果我的日记不是因为遇到了过大江这样的人,何其糟糕的后果不会发生呢?

所以我只对他说一句话:那两本日记长达十一年飞去又回的旅行经历,决非是一种偶然。

我忽然感觉着一种难堪的惭愧。我说你曾经在日记中憧憬过的那样热烈而真挚的爱恋,当你见到我的时候,它已成为一堆无法复原的碎片。我唯愿你不会因此而对爱情失望。

他淡淡地微笑着。不。他说,只要曾经有过。

我相信他懂得,因为他曾经和我共同享有过那份纯真。

姜德明

达夫日记佚稿

作家中郁达夫先生是爱写日记的,也肯于发表日记。早在他留学日本的时候,即断断续续地写下不少日记,稿本已亡佚。有人说达夫的日记写时就想到要发表,可他在1935年给北新书局编《达夫日记集》时,却很认真地表示:"当记载的时候,当然是没有把这些无聊的日常琐事,公之于众之前的意思的。"意外的是自他1927年刊行了《日记九种》之后,销路奇佳,"为了版税"便让书局多次再版,并又续刊了几种。日记难免涉及个人的隐私,多少带有自传的性质,按达夫先生的说法,最好的日记是属于自己的，不会给外人看的，因为其中含有忏悔的成分，而文人或名人的日记，也未必一定是好的，"大人物大作家写的日记，有时候也可以比无名作者或盗贼小贩写得更干燥而无味。"（见《达夫日记集》代序《再谈日记》）我爱读达夫的日记，甚至感到即或他写时已想到要发表，也都是直率的真情，极少虚伪、做作的痕迹。这同他平时处世为人的风格是一致的。

讲到达夫的日记，我想起四十五年前的一件往事。那时我曾接触过达夫先生1930年上半年的一册日记佚稿。岁月匆匆，人海茫茫，不知这份珍贵的手迹今在何处？

1956年7月1日，《人民日报》改版，恢复了文艺副刊。大概是7月下旬，当时在中国作家协会书记处工作的刘白羽转来一册方型横格笔记本，没有封面和封底，显然是个残本，正是郁达夫以钢笔写的日记，间用英文写就。据白羽同志说，这是一位读者，在南方小城的货郎担上捡来的。这位读者是个喜欢文字的有心人，以为稿本珍贵，便寄给中国作家协会保管。白羽同志认为这对于报社文艺部或者有用，即批转给我们。我记得当时是文艺部主任袁水拍将此件交给我的，让我考虑是否可以选编部分公开发表。（文艺部副主任袁鹰同志分管副刊工作，当时他正出访越南，不在北京。）我读过之后，确定这是达夫先生的真迹无疑，即着手摘编工作。当时正赶上大力贯彻"双百"方针的大好时机，在此前后的文坛上几乎早已不再提"颓废作家"郁达夫的名字了。但是，限于当时总的环境和报纸副刊的有限篇幅，我只能选摘了千余字的几天日记。选择的标准当然不突出政治，以及有关他与鲁迅或左翼作家往来的记事，其余未必是无意义的"琐事"就略而不录了。1956年8月30日，即以《郁达夫日记——1930年1月～6月日记八则》为题，发表在《人民日报》副刊上。

达夫先生的这册日记究竟怎样流落街头的？我猜想原稿可能存放在

郁氏富阳的老家，后在抗日战争中间散失。若在今天，不是全稿都可以在报纸副刊上连载吗？1930年上半年，正是达夫先生与鲁迅先生携手参加中国自由运动大同盟和左翼作家联盟的时候，应该说这册佚失的日记是非常重要的。例如5月1日的记载："是阴惨的雨天。""租界上杀气横溢，我蛰居屋内，不敢出门一步。示威运动代表者们一百零七人都已被囚，大约今天的游行，是不会再有了。军阀帝国主义者力量真大不过，然而这也犹之乎蒸汽罐上的盖，罐中蒸汽不断地在涌沸，不久之后，大约总有一天要爆发的。""今天为表示对被囚者们的敬意，一天不看书，不做事情，总算是一种变相的志哀。"这里透露的消息，恰是达夫先生并不"颓废"的一面。为了显示此文的重要和佚稿的真实性，当时我还选取一段日记原稿照相制版做成题图，内容是他评价日本作家广津和郎的一篇近作"已经是强弩之末"，以及他准备创作小说《东梓关》的事。

日记发表后，原稿如何处理呢？当时的作家协会，哪里会想到日后还有个中国现代文学馆，而我们单位，也没有接受和保存这类原稿的机构，经与领导同志商定，就把这册日记稿本送给人民文学出版社的"五四"文学编辑室，或者他们在编辑出版郁达夫文集时会有用。按照常规常理，这部佚稿不会发生意外，谁能料到会有"史无前例"的文化大革命发生，佚稿的命运难卜，怕是凶多吉少了。前些年我曾打听过，果然查无下落。失而复得的佚稿又一次流落无闻了。近闻上海的丁言昭同志正编注达夫先生的日记全集，因向她提及这个线索，可惜她电脑收进的也只是当年我摘编的那日记八则。达夫日记佚稿还能再次失而复得吗？我真希望能出现奇迹。归来吧，那凝结了达夫先生心血的时代纪录，后人实在太需要了。

姜德明

日记杂谈

我没有记日记的习惯,但我写过日记。

从读小学时,老师就让我们写日记,说是可以培养写作能力。其实那日记都是瞎编的"伪日记",如某天游公园归来,见到路边一老丐正向行人乞讨……真是少小不努力,老大徒伤悲呀,等等。没想到在读高中时,国文老师黄振镛先生仍命我们课余写日记,并限期交卷,他要亲自校改,用毛笔加批。有两则日记承老师加双圈,一篇是写国民党伤兵的;一篇是夜观滑冰场,有点忌恨那些少爷小姐们不问世事地寻乐。现在想来,这后一篇简直近于极左思潮,真是冤枉了那些少男少女。

解放后，三联书店出版了由曹辛之先生设计的一种《学习日记》，装帧设计很美，勾引起我写日记的欲望，写了足有多半本。后来政治运动不断，无暇顾及，就此中断了，但那本日记仍珍藏着。不想又过几年，偶翻这本日记时，竟然发现有不少称赞赫鲁晓夫发言的感想，虽然他那些发言都是公开发表在《人民日报》上的，只是事变情迁，那时已在批判苏修了，我怎么能对修正主义头子的讲话唱赞歌！鉴于胡风一案的教训，留下白纸黑字，总是祸患，还是主动地销毁了事。于是我早与日记无缘。

难道真的再一字不记了吗？不是的。平生有个爱逛旧书摊的习惯，某日幸得奇遇，淘到一本久觅不得的好书，兴奋之余便记上一笔，类似读书题跋。"文革"后期，常去老作家曹靖华、王冶秋先生家闲谈鲁迅轶事，问及当时的文坛掌故，以为珍贵，为了备忘，归来后即随手记下。正是有则记之，无则空白。新时期以来，去见巴金先生，每次都有所获，便有意将所谈记下，以备日后采用。怕别人误我生编硬造，每次都留下具体时日。这也就是1999年我在文汇出版社出版了《与巴金闲谈》那本小书后，有的朋友便以为我有写日记的习惯了。

我一向爱读作家的日记，起初也可能受到"偷窥犯"的影响，想知道别人的一些生活内幕。《鲁迅日记》不离手，是为了查证鲁迅先生的一些事迹，同时也了解到先生的南北行踪，体会到先生的某些爱好和生活习惯，绝不像有的人说的那是一本单调乏味的流水账。郁达夫的日记可能是为发表而写的，即使如此，也因为他性格使然，还是真实地披露了不少思想深处的东西，我在读他的日记时便无生编硬造之感。为此，我也养成了读作家日记的习好。

上个世纪30年代，赵景深先生在编《青年界》杂志时，提倡过日记文学，在1937年6月号编过一本厚厚的"日记特辑"，有胡适、周作人、郁达夫、阿英、老舍的，许广平还选摘了鲁迅先生的日记，真是洋洋大观，事后还由北新书局出版了赵先生辑成的一本《日记新作》。这是新文学期刊史上新鲜别致的一笔，堪称创举。

我的藏书中有一本 1955 年上海文艺联合出版社出版的《托尔斯泰最后的日记》，诗人任钧据日文译本翻译，是我至今爱读的一本书。这是托翁最后一年的思想和生活的真实纪录，也是他晚年家庭和思想上遭遇各种矛盾最激烈的一年，一直写到他搁笔出走，终于死在小火车站上……就在他死前不久的日记里（1910 年 10 月 12 日）还写着他与妻子不可调和的矛盾和读《卡拉马佐夫兄弟》的意见："起来得迟。跟索菲亚·安德列维娜作痛苦的会谈……饭后读陀思妥耶夫斯基的作品。好像过于罗嗦而夹杂着太多的没有意思的谐谑，但描写得很出色。会话好像按上去的，完全不自然。夜里又跟索菲亚·安德列维娜作痛苦的辩论。我沉默着。睡吧。"这些坦诚直白的内心抒发，在托翁的日记里随处可见，也是我们在读他别种作品时很难看到的。

我们没有理由不多读点作家的日记，特别是伟大的托翁和鲁迅先生的日记。

叶永烈

我的『主日记』和『副日记』

就像每当中午要吃中饭,每逢傍晚要吃晚饭,到了深夜,临睡之前,我总是习惯地打开日记本,写好当天的日记。年年、月月、日日如此。即使出差,把厚厚的日记本带在身边深感不便,我也要在活页纸上逐日写好日记,回家后请妻子帮忙,替我抄在日记本上——这样,我就用不着向妻子"汇报"出差的情况。她一边抄我的日记,一边就明白了。

日记有各式各样的写法。有人把日记写成一篇篇优美的散文,有人记下"日有所思"写成随想录,而我的日记纯属工作记录——没有什么"文采"，几乎不涉及思想，这日记甚至可供任何人阅读。我的日记只是记述我每天的工作，诸如与谁会见、出席什么会议、写了什么文章，如此而已。也就是说，我的日记是"大事记"式的。

长年累月记日记，给我的写作带来很大方便。因为"好记性不如烂笔头"，一旦写进日记，可以准确查明什么作品写于什么时候，可以了解自己一年内的写作进程。尤其是在写回忆往事的文章时，翻阅日记，可以使所涉及的日期、史实准确。

日记必须逐日记。时断时续的日记，犹如一件毛线衣老是缺针，失去了完整性。切忌"三天打鱼，两天晒网"。

日记必须当天记。过几天再记，或者几天一起记，往往会有所遗漏，或者把这天的事写入了那天的日记。

日记最好从小开始记。年复一年，一本又一本日记，记下人生道路上每天的脚印，组成一部完整的"成长史"。

我除了有一部"主日记"之外，还有几本"副日记"。"副日记"不是逐日都记，而是有感才记，而且笔调各不相同。

其一是《影视笔记》。每看一部电影，或者一部电视片，随手写下自己的印象，分析它的影视技巧。我曾出版了《电影知识》《电影的秘密》《电影》等书，书中所举的影视例子，很多来自我的《影视笔记》。我写《影视笔记》不是面面俱到分析一部电影或电视片，而是记下感受最深的几点。我在电影制片厂当过十八年编导，所以很注意从影视技巧角度分析影视，如某句对话特别好，某个横格、推拉镜头用得好，某处音响效果好。当天看影视，当天写笔记。日积月累，成为很重要的电影业务参考资料。

其二是《随想札记》。在生活中，有所观察，有所思索，有所得，随手记下。这种《随想札记》，成为我从事创作的素材仓库。例如，一位大学教师来我家，谈及目前该校评教授职称，有三种人：一种是"真教授"——有真才实学；一种是"争教授"——争而及之；一种是"赠教授"——即将退休的讲师,"赠"个副教授头衔。我即记于《随想札记》,并写下我的感想。这样的所见、所闻、所想,稍纵即逝,一定要随手记下,半点也不可怠惰疏懒。

其三是《旅履散文》。我经常天南地北,四处奔波。每到一地,我总随手写下自己的印象、感想,回家后整理成一篇篇散文,在报刊上发表。这些《旅履散文》,也就是文学性的日记。

其四是《作品目录》。迄今,我已发表两千多篇文章。每发表一篇,在《作品目录》上写明发表的年、月、日、刊名、篇名。这也是一种"日记",虽然是流水账式的,却必须随手记下。不然,日积月累,等到发表了数百、上千篇文章,再去整理目录,就很吃力,而且难免会有遗漏。同样,出版的书,我也在一个本子上逐本登记。翻译、获奖,被改编成连环画、电影、电视,都逐个记下。

我的日记,确实与众不同。我的"主日记"与"副日记"已经形成了"日记群"。我的创作任务甚重,每天只是在子夜时分,抽出几分钟,随手记下几笔。多少年来,我已养成了每日必记的习惯——因为日记已成为我的生活的不可分割的一部分。

张中行

日记

日记之类的事也有阶段,帝王的起居注,由别人执笔,早年还是宫中的女知识分子。帝王的活动需要记,是因为确实影响大,上至群体的安危,下至某些人的祸福,都与他的心血来潮有关。这样的日记是为多数人。为自己呢?孔子在河边,慨叹过去的难得存留,说"逝者如斯夫!不舍昼夜"。在京剧中以大白脸出现的曹阿瞒竟也有这种心情,《短歌行》中有句云:"譬如朝露,去时苦多。"时间无情而人力有限,留不住,只好安于退一步,用纸笔记下来,以备日后翻检,像是还没泯灭。比如真就记了,翻脸，以常人为限；发现若干年以前，某月某日，想得一顶高职称的帽子，真就得了；某月某日，想看到意中人点头，真就点了头；以及下而又下，某月某日，被梁上君子拿走几张（因为仅有这一些）大团结；某月某日，被红卫兵小英雄揪去批斗，往事如影，有笑有泪，总当很有意思吧？也就因为有意思，所以有不少人，依祖先老例应该日入而息的时候，却拿起笔，记当日的事，包括见闻，主要是自己的身心活动。这活动，依照各个人的多方面的不同，入记就难免有所偏重，如翁文恭之流偏重政务，越缦堂之流偏重学问；还有破格的，如鲁迅记洗脚（用文言，曰濯足），清朝某道学家记与老妻敦伦，以证事无不可对人言。总之，内容五花八门，就是别人翻捡，也会发现，至少是有些地方，有意思。有意思还有个重要来由，是写了供"自己"日后翻检的（少数人例外），就容易掏出血心，说真话。说"容易"，不说一定，是因为世间是复杂的，比如就时间说，我们也可能躬逢伟大的时代，那就时时要准备红卫兵英雄之类来搜查，就空间说，如果有同室人，有时候，她或他也许有兴致看看吧？再有，如果诸多条件齐备，所记有问世的机会，则想到十目所视，也当为避免十手所指而笔下留情（自己之心情）吧？

但问世，终归是极少数。说起来这也是人间的一种遗憾，有印刷术以前无论矣，专说五代以后，如果李清照曾记日记，而有幸传下来，那就可以设想：一，其可读性必超过《金石录后序》；二，是否改嫁张汝舟的问题，也就不会直至今日还争得脸红脖子粗了。这位易安居士大概没记日记。据陆放翁《老学庵笔记》，黄山谷是记的，未能传世，推想其时还不觉得这也是可以让别人看看之文。这看法，直至后代也仍是只有小变而没有大变。这小变是极少数人，既人名高又文名高。记，也许落笔时就想可能问世甚至希望问世，而真就问了世。至于绝大多数人，我们要用减法，先减去个最大数，不识之无因而也就不能拿笔的。接着还要减去能拿笔而没有兴致甚至并未想到记的。这样一减，所余就都是记日记的,估计数量不会多。这不多之中,文值得看的,估计还是少数的;值得看的,如果人无高名,问世也不难,因为刊印之前不能不考虑销路。这结果,与其他问题相比,市面的书架上,以及图书馆的书架上,日记就成为罕见。语云,物以稀为贵,也因为上面说的,容易说真话,多年以来,我总是喜欢看。能不能举一种最喜欢的,如果不是比高下,允许说偏爱,我想说,那是李慈铭的《越缦堂日记》,小原因是学富,大原则是文高,通行说法是辞章好。辞章好,可以说是用意写的,因为一本写完,有借与人(如樊增祥)阅读之事;也可以用意而没有离开本然,因为影印的传世本是稿本,并未誊清甚至重写。

不重写而可读,至少是我,读,就是总是有高不可及之感。说不可及,发自肺腑,是因为我也写日记,看别人的,就难免反观乎己。反观,自知不可读;但家有敝帚,享之千金,关于写的种种,像是还无妨说说。我生于农家,很少机会亲近书香,因而直到中学阶段的后半段才想到写日记。为什么想到写?后来回想,大概是贵生从而有伤逝之情在作祟,舍不得,没办法,只好记下来,以期经历之事以及伴随的笑与泪能够留在小本本里。体例同于一般人,每日睡前写,记月日,记阴晴风雨,日常活动记大(如上课、下班)不记小(如漱口、洗脸),略常而详非常(如外出、来客等)。内容有偏重,是多写心的活动(后来有变,详下),分说,曰思想,即对什么有看法;曰感情,即对什么有爱憎。这样一来,所写就成为头轻尾重,头部像记账,尾部变为写文章。

这样,从20年代晚期起,到40年代末止,记了二十多年,迎来另一个新时代。新之一是是非有了规定,带来的困难不小,因为忘掉彼亦一是非,此亦一是非,各是其所是,各非其所非,不容易。结果就只有两条路可走:要是非,说己之所信;不要是非,说己之所不信。新之二是是非的要求严格,带来的困难更大,因为卫冕的英雄无时不有,无地不在,如果说己之所信而不合规定的是非,而竟入卫冕英雄之目,那就后果不堪设想。幸而我还有保身的明哲，于是先是清飘扬于外之文，用的是古法，非礼勿言。紧接着就清只可自怡悦之文，用的是留头去尾法，即写日记，只记账而不再作大块文章，敞开胸襟给人看。想不到这先见之明真就有了大用，是文化大革命中，有革命性的人物来搜查了，日记当然要拿走，而不久就退还！推想是对于这样的写实文字，"某月日，星期几，小风，不热。准时上班，注解某篇课文。六时下班，返家，路上买扁豆一斤"，既无兴致看，又无兴致保存，发还可以心净。

这是日记引来的胜利，可以拍掌称快。但也不是没有麻烦。其一最难处理，是有些事，记不记，如果决心记，记到什么分寸，如何措辞，都要大费斟酌。我是常人，而且是庄子所说"其耆（嗜）欲深者其天机浅"的常人，身心的活动，有时就难免与传统的礼法，甚至心中的天理（用宋儒的说法），不能尽合，记不记？昔日的有些道学家，是自负为事（甚至包括梦的内容）无不可对人言的，他们是否真能做到，自然只有他们自己能知道。至于我自己，就认为，如果也求事无不可对人言，就要有大雄之心，我行我素，不顾传统，并少看四面八方。这不容易，以梦为离，情动于衷不罕见，其中总难免有应该止乎礼仪而未能止乎礼义的，也记吗？我则常是采用今世的保身之法，曰多说不如少说，少说不如不说，不说，即未记，即使事轻微，关系不大，有时想到古人说的愧于漏，终归是不能心安理得。

其二，除极少数有史料价值或文化价值，值得问世以外，日记都是备自己日后翻检的，而说起翻检，其中又会有不少酸甜苦辣。就我自己说，是几乎不翻检，主要不是因为昔日的生活苦，而是因为回顾过去，感到人生真是如梦，往事已矣，来者也不会有什么价值，而又不能不活下去，所以更苦。这种感触，有时甚至使我想到，与其记了不敢翻检，还不如不记。但是又想到，万一有什么旧事需要翻检呢？所以还是保留生活旧迹的愿望占了上风，直到现在，不问有用无用，还是记。

  还有个其三，是最后如何处理，也不好办。我自信，这多年的日记，"七七事变"以前的若干本，毁于战火，可以不计，还有几十本，确是没有传世价值，那么就学林黛玉，焚稿？困难不是来自理论，而是来自实际，比如说，决定焚，自己尚有力时，考虑到也许还有用，不好焚，自己已无力时，下一代可能看作家乘（黄山谷的日记即名家乘），舍不得焚。如果竟至留下来，又竟至有人（纵使是家门之内的）翻阅，看到不少不足为训的，会有什么感触呢？想到古人说说的人死求速朽，不禁为之慨然。

  但那终是身后事，不管也罢。至于身前，明日之事不可知；今日，以及以前，已定，可意也罢，不可意也罢，都是切身的，应该珍视，能有个比较明晰的痕迹，总比茫然一切好吧？这痕迹，我未必检寻，甚至未必敢检寻；不过知道有此痕迹，藏在那一堆本本里，终归是个安慰。而说起藏，忽然想到一篇早已想写而仍未能动笔的文章，"十年泉下"，也许终于不能动笔吧？那就能有个藏这样的人和事的地方也好。前事不忘，后事之师，所以我还是决定继续记下去，直到无力拿笔时为止。

谢其章

人生·书·日记
——一路走来

我的家是千百万家庭中最普通的三口之家。没有显赫的地位,没有传奇的经历,也没有雄厚的经济基础,我所拥有的只是一万册引以为豪的书刊。它是我的物质财富,更是我的精神财富,迷茫中它指引方向,困惑中它给予力量,它是我孤寂时的良伴,它是我危难中的挚友。节缩百费,日月积之,今天的一万册书刊就是一万个良师;一万册书刊就是一万个知己。有它们相伴漫漫人生路,还有什么困难不能克服?还有什么烦恼不能排遣,还有什么理由不热爱今天的生活?

我从初中二年级开始记日记,至

今未辍,算起来近四十个年头了,一万四千多天一万四千多篇日记。日记和书籍一样,已经成为我人生中不可或缺的一个组成部分,一日不读书一日不记日记,对于我都是不可想象的。我无法理解那些个不读书的人,同样,我也无法理解那些不记日记的人。

书,引领我们一天天成长;日记,记录着成长的历程。

古典意义上的藏书家今天几乎不可能存在了。遥想当年,藏书家富可敌国,汗牛充栋,或楼,或轩,或馆,或阁,左图右史,红袖添香,黄跋顾校,宋元秘籍——"曾游五岳东道主,拥书百城南面王,万人丛中一握手,使我衣袖三年香。"何等的豪情,何等的富丽!他们视书如命,甚至与书同葬。人终为灰土,书终以传世,延续至今,旧式藏书家消遁,新型的藏书爱好者却继往开来,我或许有资格算作这队伍里的一分子。对于普通的藏书爱好者,以往年代的豪情盛景,好像高悬的月球离我们那么遥远,我们聪明地意识到自己永无可能拥有那些珍籍善本,我们以自己的所藏引为满足。

我有"攒"书的念头是从文化大革命开始的,第一本收藏是宣传毛主席最新指示的小册子,售价六分钱,浩劫之中的一个初中学生还能收集别的书吗?那真是个书荒的年代,也真是能够认认真真读完每一本弄到手的书的年代。日记里记着我在青海务工的时候,每天修路回来,躺在帐篷里,靠着油灯,读一本叫《虹南作战史》的书,读得"津津有味",连白天那么重的体力活也似乎因为晚上还有一本书等着我而变得轻松了,书使人忘记饥寒与劳苦。前些日子,我在旧书摊又重新买回了一册《虹南作战史》,三块钱,书友们不理解我为什么买这样低档次的书?我不愿多解释,他们记日记吗?他们可曾有过青海旷野读书的经历?彼情彼景,今天到了灯光敞亮的书房中再也复制不出来了——猛烈地从大漠深处吹来的风刮着帐篷摇摇欲塌(有一晚上还真塌了,但帐篷压不死人)。帐篷里面一灯如豆,你读着一本书,脑子里什么杂念也没有。如果我是本书的作者，有这样一位读者，足矣。

在内蒙古大草原插队的岁月，真是不堪回首的日子。6月骄阳似火，在大田里锄草，汗出得太多，一摸脸上都晒出了"盐粒"；冬天里寒风砭骨，冻手冻脚又冻心，我住的房子墙上挂着霜，滴水成冰。我仍坚持着记日记，记下艰苦的劳动，记下苦闷的心境，记下对亲人的思念，记下对前途的迷茫。为了记日记用油灯，还与插友们发生过争吵，就一盏油灯，你老把着记那个劳什子的日记，小心哪天给你揭发了告你个记"变天账"。见我老写日记，插友们也开始记，真有几个人坚持记，后来不记了。有人偷看别人的日记，发现了"谁跟谁好上了""谁说谁坏话了"一类绝对隐私，闹的不团结，日记成了祸水祸根，那还记个鸟用？我坚持下来了，那些年老同学聚会成了时尚，一聚会必然要怀旧，我的日记成了珍贵而可靠的文字记录，某年某月某日发生了何事起因如何，不查老谢日记真叫个"空口无凭"。我敢说，我的"插队日记"，绝对是一笔宝贵的文化资产，大可佐证那个特殊岁月中青年一代的心路历程。

插队岁月，无书可读，每天都盼望乡村邮递员老黄的到来，骑着那辆绿色的"二八"加重型自行车，停在小院。除了可抵万金的家书，我最惦记着的是《参考消息》和《内蒙古日报》，以致于插友们称我为"报痴"。读报也是一种阅读，至今我仍保持着每天阅报的习惯：两份读书类报纸，三份晚报，一份足球报，四五种综合类报纸。当然多是"蹭"报，自费订阅，实不堪重负。

我的日记经历了"中学日记"、"文革日记"（内含"串连日记"）、"插队日记"，终于熬到了"城市日记"（结束了八年插队生活返回北京），后来又加上了"买书日记"。大本小本加起来一摞子，专门存放在一个大抽屉里，将与我同生共死，相守到生命的完结。

返城之后，文禁始解，书荒年代终于过去，我开始大过买书瘾藏书瘾。我在新华书店连夜排队买文学名著；去万头攒动的降价书市全国书市国际书展挤过热闹；奋勇冲击过中国书店每年的春秋两届旧书市；京城的大小书店数不清的旧书摊都留下过我寻书的足痕，我甚至为了一本心爱的书而在拍卖会上举过牌，一出豪手，举座惊诧。各种形式的买书渠道我似乎都遍尝了，有朋友去台湾，我托他买了一本叫《我的书名就叫书》的书，只是觉得书名起得好。二十多年来，我一直以"菲饮食，恶衣服，减自奉，买书读"的古训为座右铭；二十年来，我一直小心翼翼地呵护自己那颗爱书的心，即使在生活最困难的阶段它也没有受到伤害——这就如同一个缺乏食品的家庭中，最小的孩子从没有挨过饿一样。

日积月累的藏书挤占了家庭的生活空间，但我总在思考：我们可能失去了一点居住面积，获取的却是无穷的知识。

如果是光买书而不读书，光藏书而不用书，似乎意义不大。所以多年来我尽我可能之力大写读书心得一类的小文，大致积有上千篇。我的文章被北京广播电台广播过，听播音员柔美的音调朗读自己的"大作"，那感觉绝对胜过"变成铅字"的处女作。我被评选为北京首届藏书明星户。我在电视台的读书节目中露过面发过言，甚至还有中央电视台。我已出了四本关于书刊收藏的书，虽然写得不怎么样，但多少安慰了一颗爱书之心，那么多年了，总算有个了结。我还独创了"出书日记"，详细记录了一本书从构思到策划到写作，到找出版社到签合同到拍图片，到校对书稿到如何与编辑打交道，到收到样书到收到稿酬到签名送书，到如何在书上区分不同对象写不同的话，到决心不再随便把书送人。（拙著分别为《漫话老杂志》《老期刊收藏》《创刊号风景》《旧书收藏》）我真希望有一天，我的"出书日记"能公诸于众，那可是极少有人涉足的一个领域。

人生是一部大书，人生是一部日记。人生是一天天过去的，书是一本本买来的，日记是一篇篇记过来的。如果我的生命结束了，读书买书也就结束了，日记当然也随之断了。我甚至想象不出：生命中还有什么比读书更重要，比记日记更有趣的事？

新凤霞

我写日记的体会

我是从六岁学戏、没有资格上学的穷苦女孩儿,在学戏读剧本中边猜边学认识几个字。但我从记事时,就认为最富有、最被尊重的是有文化的读书人。小时候,在有钱人家垃圾堆里拣了一个钢笔帽儿,这可是件高兴的事。把这个笔帽戴在衣襟上,这在当时就被戏班人看成我有文化了,装着有文化能认识字,觉得自己很体面了。

后来学文化是在解放初期,当时口号是:"向文化大进军"。我参加了六个部合办的扫盲班。从这时起,我就天天写日记,学写作文,注意用词造句，学习标点符号。既上学又不能耽误演出排戏，所以，忙得我连一分钟的休息时间都没有，但我很用功。同学们大都是老干部、部队的老战士、妇女工作的大姐们和文艺工作者。我们的老师在讲课时，强调最重要的是课外学习，并要求我们写日记。就是从这时起，我开始天天写日记。开始写日记时，什么都写，例如：演戏、练功、观众反映、戏中好坏故事、生活中的鸡毛蒜皮事、洗脸刷牙、天气阴晴、一日三餐等等。倒是有得写，但自己看着也觉得太罗嗦了。在写作实践中，慢慢懂得了写日记要找出一天中的重要事，而且也知道用简练的文字写得短小精悍些。可是，对我这个没有正式上过学，文化基础太差的人来说，很难哪！

我自己写完日记后，再仔细地看看，发现了一个好处，那就是：我从早到晚时时刻刻都排得满满的，一分钟也不空过，这一点倒是很好。后来我就学会运用时间，戏曲演员要练功，要学习姐妹艺术，还要学习文化写日记。如果把时间安排好了，也就不觉得紧张了。在一天当中不论怎么忙，我也要挤出时间写日记，坚持不懈。

写日记，我从写人物、写环境来练习。写人就从头到脚写穿着打扮，写他的神态、气质。我们唱词中有一个老套子叫"夸象片"，就是唱出人的模样。如："我在这里细留神，上下打量这个年轻的人儿，大大两只眼，弯黑的两道眉儿，高鼻梁儿薄嘴唇儿，个头儿不高又不低，健壮的体态，他定是个能人儿。"我在写日记中就像唱词那样学写人物的神态。我写的是一些可爱的人，如我的良师益友，也写那些欺负我的狠毒的人和事。更重要的是写自己的信心，写自己的追求和理想。在日记中，我记下了在任何情况下，都不服输，不讨饶，能吃苦受累，不做脸红事。因此，我写出的日记能很真实地反映出自己的思想和性格，自己看着也很高兴。因此，我爱写日记。

在"四人帮"横行的年代，我挨打挨斗，劳动改造。即使这样，每天也要写出一篇有声有色的日记。写完了自己看看，觉得那些可怜的斗人能手，造谣编假话的棍子们，他们本人既是害人者，也是受害者啊！

　　从写日记到我学习写小故事，写身边的老师前辈，厚厚的日记本，都写得密密麻麻的。非常可惜的是，在"文革"中这些日记全部丢失了。

　　我在"四人帮"被粉碎之后，边学边写已经写出了近三百万字的回忆文章。这些文章即等于补写我失去的日记，也是为了让青年人知道那"浩劫"的时代，更加珍惜今天的好日子得来不易。让我们像保护眼睛一样保护今天的胜利果实吧！

沙叶新

日记,我的精神家园

我从读初中起就开始记日记,至今已有四十年,基本上没中断过,即使在"文革"当中也是如此。那年月人人都在烧毁自己的日记,怕被打成反革命,而我却照记不误。不是我想主动提供罪证,而是我心中无鬼。最重要的还是我不想丢弃这最后一点自由——自己和自己说话的自由,自己和自己交流思想的自由。不自由,毋宁死。所以我的日记在那极不自由的年代依旧自由地记下去。

小时候记日记没有什么深远的目的,是为了练练笔,也是为了使自己在感觉上像个大人。自己每天像记账似的在认真做一件事了，自己就觉得不再是个小孩子了。长大之后，有了自己的秘密，特别是爱情的秘密，不好意思对别人说，只有向自己倾诉，日记便是最理想最隐秘的一个角落。再大些，成熟了，有了属于自己的思想观点、行为方式之后，或者说我开始真正成为我自己之后，日记就成了我思想的领地、感情的禁苑、心灵的天堂、精神的家园了。

我喜欢我这块家园，我在此散步，我在此沉思，我在此独语，我在此休憩。每当在大雾弥天的阴冷气候中迷失了路途，我总要回到我这个温暖的家园擦拭我的双眼；每当从世俗的战场厮杀归来，我便在这块干净的家园舔干身上的血迹；我可能从不会在大庭广众中皱一丝眉头，可我完全有可能在自己的家园里失声痛哭；我假如在人生的旅途中尝到一盏美酒，我也一定要留下一两口让我在自己的家园里独斟独酌。因为这是我的家园，是我的，仅仅是属于我的。

也正因为这是我的家园，不是公园，因此我不必西装革履，不必道貌岸然，在自己的家园里我完全可以赤足光膀，可以狂歌乱舞。因为这是我的家园，不是戏园，因此我也无需扮演角色，无需取媚观众；在自己的家园里面我完全可以暴露真面目，可以胡言乱语。我不希望别人闯进我的家园，我也从未想过要使我的家园变成公园、变成戏园。可是……可是现在放在诸位读者面前的这本我的《精神家园》只怕已经是公园和戏园了。

当出版社提出要出版我的日记时，我的第一个反应是触我霉头。为什么？我还没有死嘛！我认为日记是给自己看的，日记公开出版，给别人看，那必须在日记的主人去世之后。如果在生前就出版日记，我认为其内容不可能完全是真实的，必有许多虚假和矫情。我第二个反映是我的日记并无出版价值。特别是我近年来的日记像流水账，由于越来越忙，无暇将每日的所见、所闻、所感、所思都详细地记下，有时是几天一记，甚至半月一记，所以也极为简略，已毫无可读性。可出版社恳请再三，我也就从命了。

　　但是我又不愿意出版一本虚假的日记。前几年，德国某一骗子宣称他们发现了一本希特勒的日记，闹得沸沸扬扬，结果证实是一场骗局。国内前两年也出版过一本引人注目的日记，但已将一些重要的"真事"隐去，那只是另一种形式的"起居注"，也有虚假性和欺骗性，不是日记。我要尽量保持我原有日记的面貌，至少所记的人是确有其人，所记的事是确曾发生，所记的思是实为我思，所记的感是真情实感。当然我不可能将我日记中所有的内容全部、毫无保留地发表出来，这既不必要，我也不会那么傻。我像任何人一样也有不愿公之于众的隐私，也需将一些"真事隐去"。所以从这一点来说，我如今发表的日记不是全部的真实，只是部分的真实。此外在文字上也已经过加工和修饰，甚至是很大的加工和修饰。某些内容为了集中等原因也重新做编排，作了某些技术性的处理，因而已经不像随笔式的日记，而更像是日记式的随笔了。总之，我的《精神家园》已经破墙开店，并不全是真草真花，也出售一些塑料花草了。如今正打假，我要把这些老实交代出来，以免读者上当受骗。如今什么都是假的，只有骗子是真的；我能部分是真的，已经很不容易了。倘若非要看我"高保真"的日记，那只有等到我跨鹤西游之后，读者诸君，等得急吗？总有那一天的，耐心一点，如何？

1994年12月31日

来新夏

我与日记

日记是一种排日记述个人每天行事的文体。内容可以事无巨细，无所不包，大至于国计民生，天下大事；小至于思想点滴，读书心得，人际交往，社会新闻，都可以信笔记述，留作反思备忘。文字既不用太讲究，思想亦可随意倾诉发泄，了无顾忌。有不少人因为天天动笔，形成习惯，夯实了自己的写作根基，渐渐写得一手好文章。许多文人学者在谈及自己成长历程时，常常会说到自己得益于记日记的习惯，而能较完整地保持生存足迹的记忆，也只有日记。

我最早接触的文体就是日记。

1936年我13岁,在南京读小学六年级,校长高蛰苏先生是我们语文老师,课上课下反复要求学生写日记。他说,每天写日记,写长了成为习惯,不仅可以练习文字纯熟,还有益于铸造坚毅的性格。我虽然遵照办理,但理解不深,常常遗忘,几天一记,渐渐也就不记。这是一次善始而未能善终的文字锻炼,因而失去为日后文字工作打好基础的良机。每思及此,往往追悔莫及。

抗战时期,正从读中学到大学毕业,漫长的八年时间,我主要沉浸在书海之中,读了不少正经正史,杂著诗文,但最喜欢的是读杂著,而杂著中又最喜读日记。我读过《越缦堂日记》《曾文正公日记》《请缨日记》《缘督庐日记》等等,特别对《越缦堂日记》颇感兴趣。通读了这几十册日记后,自我感觉学问颇见长进。日记作者李慈铭是晚清很有个性的一位学者,他不仅记个人生活行事,还有许多读书心得,写了无数读书提要,后来有人从他的日记中专门辑出他读书治学的内容,成《越缦堂读书记》二巨册,我又通读了一遍,得到不少读书治学的门径,并养成我读书写提要的习惯。我的《近三百年人物知见录》一书就是这种良好习惯的产物。当时因在日寇统治下,怕惹是非,不再写日记,只是隔三岔五地记点大事,录以备忘。

上世纪40年代末,政权易手,万象更新,社会发生剧烈变化,新鲜事物比较多,我自觉地开始写日记,记录社会要闻和个人行事,有长有短,一晃十几年,我的日记已积有十余册。有时翻阅,可引起很多意味深长的回忆。日记中也比较审慎地记下历次政治运动的大概和自己一些哀而不伤的感慨,即使公开,自认为也无大碍。孰知1966年"文革"开始,我是第一批遭到抄家洗劫者。这十几本日记,到专案组手里,无疑可从中挖出不少确凿可据的罪证。他们据此大做文章,按图索骥,每天追问日记内每一件事,每一个有过交往的人,每一点想法感受,都穷源竟委地一竿子到底,无止境地查问,令人困扰烦恼,也株连到一些见于日记的亲友，至少会遇到几次提审式的"外调"。因此发誓再不写日记，有不少写了几十年日记的人也多辍笔不写。但也有人一直坚持写日记的习惯。"文革"期间，我和已故历史学家郑天挺教授同在牛棚扫地，曾在休息时聊过写日记的事，郑老悄声告诉我，已经写了几十年，成了习惯，现在还在写，只是简单记事而已。那个时候，日记似乎成为写作的禁区，日趋无声无息。直到世纪之交，山东有几位好学之士，如于晓明、自牧、徐明祥等青年朋友，尽全力为日记的再生、发展，奔走呼号。他们不仅自己写，鼓励朋友写，还千辛万苦地创办《日记报》《日记杂志》等刊物，引动很多人响应和参与。我不仅因略参与其事而结识这些朋友，还激发起重写日记的激情，并于2004年10月间启动，至今仍在延续。

在开始欲言又止的地方重写日记的同时，我又找一些新出版的日记来读，我最先读的是宋云彬先生的《红尘冷眼》，可从中看到一位旧知识分子的生活足迹，亦能参悟出他的心路历程，因为是作者身后出版的，所以内容没有故作修饰，基本真实，有些欲言又止的地方，或是整理者为避时忌所略，也是可予理解的。我也读过一种读起来很费力的日记类专著，那就是法籍华人艺术家熊秉明先生根据自己日记写成有关罗丹的专著，书名是《关于罗丹——熊秉明日记摘抄》。熊秉明先生是我国数学界前辈熊庆来先生的儿子，青年时期旅居法国，攻读哲学及造型艺术。中年以后，即从事这些方面的教学与研究，我读过他两本挺引人注目的书——《中国书法理论体系》和《关于罗丹——熊秉明日记摘抄》。这两本书是一家出版社编辑于2002年国庆前送给我写书评的。我先较快速地读了前一本，而有关罗丹的那本，则是在国庆长假中认真地细读了一遍。这本书是对艺术大师罗丹的研究，命题很严肃，但体裁很别致。它是作者熊秉明从自己1947～1951年间的日记中摘抄出来写成的专著，应属日记类独辟蹊径的专著。我在读完这本书后，感到这是为日记从单纯记事走向研究高度的一种示范，至少有三点值得注意。

一是作者写日记的态度是严肃认真的，不是随手一写，而是博涉多书，又深思熟虑后写的；二是作者具有深厚的学术底蕴，在日记中反映他很强的学术自信心；三是作者很有思辨能力，特别是对自己未来人生道路的选择上，令人惊讶作者的冷静。他将所写的日记片片段段辑成为一篇短文，又按主题将若干短文了无痕迹地熔铸成一部专著。这比读那些仅有记事的日记更令人手不释卷。读熊氏论罗丹之书，诚如有些人认为能归宿于灵魂。我读此书很有点参禅味道，有些短文的精彩段落，读来颇类机锋，可得会心一笑，或俯首自省。不幸在我尚未读完这本书的时候，突然听到作者的噩耗，我痛悼永远失去已经约定第二年春天相晤的机遇，只能默默地铭记他对本书的题词："到了罗丹手里，雕刻忽然变成表现思想的工具，个人抒情的工具……变成诗，变成哲学，变成自由的歌唱。罗丹给了雕刻以思想性，也给了雕刻以新的生命。"这段题词也可作为衡量作者与这本书的意义，作者让日记这一文体变成艺术，变成抒发感情的乐园。他把自己对罗丹的研究，变成"你中有我，我中有你"的融合体，把罗丹与读者拉得很近。他拓宽了日记的领域，提高了日记的境界。

我读得最用功和深入的日记是林则徐的日记。早在上世纪60年代初我应中华书局之邀，审读《林则徐集》的书稿时，曾通读过林则徐的日记。虽然其中缺漏很多，但观察很细密，内容很丰富，对我撰写《林则徐年谱》提供了不少资料。90年代，倾全国有关方面的力量，编纂《林则徐全集》，我是主编之一。职责所在，又一次读了经过继续搜求补充的《日记卷》。《日记卷》所收时限，上起嘉庆十七年，下至道光二十五年，其中不少年份付缺，有些年的月份也不全。即使如此，因为这近三十年正是林则徐建功立业，事务繁杂的年代，而林则徐又是一位事业心强，观察事务细腻，勤于政务，娴于笔墨的能员干吏，记录了许多可供采择的资料。我在修订和改编《林则徐年谱》时，就从中采集和补充了较多的资料和细节，加深了我对日记具有史料价值的认识。

　　本世纪以来，日记的编写和研究，日趋发展，并引动不少读书界朋友的参与。有些国家编纂机构如清史编委会出版的《清代稿抄本》（第一辑）中就收有未刊日记二十二种，大部分记中晚清的官场形迹和民间习尚；有的学者私下整理未刊日记，如海宁学者虞坤林整理《徐志摩未刊日记》。这个整理本不仅使徐志摩未发表的手稿得以面世，而且借此对徐志摩有了更全面的了解。一般人对徐志摩的印象是一位放浪形骸的风流才子，甚至还有更不屑的贬斥。几十年后，也还有诗人写诗来骂徐志摩。开头的一段是这样斥责的：

　　我不喜欢你，志摩

　　我在你诗中看不见一丝祖国

　　看不见一眼流血的土地

　　看不见一勺院墙外面的生活

　　如果读了徐志摩生前未发表的1919年所写的《留美日记》中6月22日记事，就可以读到他在一次旅美华人学生集会上所表达的感受，他慷慨激昂地赞扬各界对五四运动的支援，并真诚地号召："吾属在美同学，要当有所表示。此职任所在，不可含糊过去也。"他关注祖国命运的热情跃然纸上，岂能说他"看不见一丝祖国呢"？在8月6日的记事中，又自省见一唱歌女子而心动的不当念头。类此对研究徐志摩的心灵动静能有更完整的认识。近年更有许多人撰写有关日记的文章见诸报刊，惜散在各方，不易集中参读。

2010年11月写于南开大学邃谷

钱谷融

我与『日记』

得《日记报》主编于晓明先生的约稿信,使我想起我虽素性懒惰,却也曾经记过一段时间的日记。但终于因为实在太懒惰了,还是不能坚持下去,只记了三个月零四天,就戛然而止了。

所说的三个月零四天,就是从1981年的12月22日起,到1982年的3月26日止这段时期。为什么从来不记日记,却会忽然动笔记起来呢?因为1981年是鲁迅诞辰一百周年,除北京以外,各地也都纷纷举办纪念活动,我有机会跑了许多地方,结识了许多朋友。有的还因此成了终身知交,不断有书信往还。我的日记,主要就是记录那一段时期与许多新朋旧友之间的交际活动和书函往来的。其所以只记到3月26日,那是因为3月27日我就离家去广州开会了。所记虽只有短短的三个月,但这三个月却是活动频繁、内容丰富的三个月。这里不妨随便摘录几天看看:

1981年12月27日

接(鲁)枢元信。下午与(徐)中玉同访(王)元化,畅谈至晚八时半方归。

1981年12月29日

晚汤逸中来。上午看法国电影《蛇》。下午吴强传达作协理事会情况。赵家璧寄赠《编辑生涯忆鲁迅》。

1982年1月6日

《上海文学》《文艺理论研究》假作协西厅联合召开座谈会,并备茶点、便饭招待。得单演义赠书。

1982年1月9日

晚在家宴请(王)西彦、元化、中玉三对夫妇。

1982年1月12日

晚元化在衡山宾馆设宴,同席者于伶、吴强、钟望阳、王西彦、徐中玉、蒋孔阳、李子云、章培恒等共十人。

1982年1月13日

桑弧招待看《子夜》,晚与霞华同去儿艺剧场。

1982年1月22日

晚西彦、周雯设家宴招待,偕霞华赴宴,同座者许杰、施蛰存、徐中玉。九时许方归。

以上摘录的虽只限于从1981年12月到1982年1月一个月间的日记,但此后一直到1983年秋季为止,全国的政治气氛、社会情况,基本上都差不多。知识分子普遍感受到天朗气清,心情舒畅,莫不意气风发,精神振奋。知识文化园地里也是百花争艳，生意盎然，一派欣欣向荣的气象。今天，在时隔二十年之后，再回过头去重新审视一下，不免思绪纷绘，感慨万端，不知说什么好。尤其可叹的是，单就我这段时期的日记中所提到的十六个有名有姓的好友中，已经有半数不在了。以在我的日记中出现的先后为序，他们是：单演义、赵家璧、吴强、于伶、钟望阳、许杰、王西彦和蒋孔阳。他们虽都不算是早夭，但假如能够多活几年该多好！

尽管我的日记十分简单，只记事件，不述经过，但从中已可看到许多东西。当时社会之安定，气氛之祥和，不待言说，便在在可感。这是个多么令人怀念的时代呵！

所以，日记这东西所记的虽然大都只是个人的一己之私，琐琐屑屑，微不足道。但世事勾连，环环相扣，牵一发而动全身，窥一斑可知全豹，饱经忧患、洞达事理的过来人，往往能够即小见大，见微知著，从中看到更多的东西，得到更多消息的。从这个意义上说，日记的作用，可见是不可低估的。

日记原是给自己看的，本不求发表。但也不妨有可供发表或专供发表的日记，如鲁迅的《马上日记》《马上支日记》就是，尽管其中有很多文学性，增加了创作的成分，但大都仍有事实根据，不同于一般的创作，而更近于实录。现在《日记报》对日记所持的也是一种兼容并包的开放性的态度。这是一种非常明智而又十分正确的态度。在这种态度的主导下，相信《日记报》必然能够具有旺盛的、不可战胜的生命力，必然能够愈办愈好，我感到非常高兴。谨在此再一次表示我对《日记报》和它的主编于晓明先生的感谢之意。

2001 年 6 月 29 日于上海

于光远

我为女儿、外孙写日记

1963年12月小东诞生的那一天,我和她妈妈决定为她写日记,记了两年多。这本日记在"文革"中抄家时被抄走了,这个故事写在《"文革"中的我》里,这里就不再重复了。1995年5月,小东的孩子非非诞生的那天,我开始写观察非非的文章,到现在已经写了二十来篇了。今天我可以不担心被红卫兵抄走,而且我写的东西大多已在报刊上陆续发表,也就不怕失落。我不知道关于非非的文章会写多少篇,我还准备把所写的几篇汇集起来,加上一个总标题:《非非——我的观赏动物》,那就更不怕丢失了。

从《小东日记》到《非非——我的观赏动物》，三十多年的时间过去了，换了一代，从写女儿变成写女儿的女儿，所记的孩子、所记的东西不一样了。《小东日记》内容比较单纯，主要是从教育学的观点观察她的成长过程中的表现，此外便是记她的一些趣事。《小东日记》用的是小东第一人称，当然只记载没有议论。由于这本日记很早就被抄走了，现在记得的内容很少。就现在记得的来说，小东有一个特点，当她的一只手拿东西的时候，如果把东西给她另一只手，而她接的时候，就把原来那只手里的东西放开，即她不同时两只手拿东西。还有一个特点，在瓶里放有她喜欢的东西，她不敢伸手到瓶内去取。她还特别喜欢站在书架前取书，把书取出来玩。作为有趣的事记下来的是，有一次她见到彭真同志，彭真同志逗了她一下，我们就把这件事记作她被彭真接见（当时彭真同志如何会见到她，现在记不起来了）。还有一次她病了，去儿童医院治病，褚福堂院长为她检查时，她尿了诸院长一手等等。在日记中我不分析也不评论，这也是受到日记这种形式的限制。现在写小非非的虽然都是我这同一个人，但从那时不到五十岁变成了八十多岁。记的形式也不一样，从日记变成文章，但是基本的思路是一个——仔细观察一个婴幼儿的成长过程。现在我写的内容比三十多年前的更丰富了。我还在文章中作分析，提出一些儿童学、心理学乃至自然辨证法和一般哲学的问题。

我觉得现在的写法与当初的日记相比，应该说各有优缺点，总的说来我更喜欢现在的形式。不过现在的条件也与三十多年前不一样了，我已离开工作岗位，比较自由，老伴儿也离休在家，因此我们对非非的观察比当初对小东的观察要更具体更细致。

我准备继续写下去，不知道写到何日为止。

牧惠

日记史话

我开始写日记并不是觉得有什么非记下来不可的事件或感想，而是学校规定的一种作业。大约从初中开始，学校规定每天必须写一篇日记，由值日生收集送老师审阅。对于一个没有什么阅历的少年来说，写日记是一个苦差事，倒不是没时间，也不是不喜欢作文，而是天天的生活都不外乎那一套：早晨听到起床号后起来，洗脸刷牙打绑腿然后集合升旗做早操。白天上课下课，晚上自习、晚点呼（那时广西"寓兵于学"学校实行军训，晚上临睡前按班集合，值日生检查后向军训教官报告应到人数和实到人数，由教官向校长报告全校应到人数和实到人数，是谓"晚点呼"），吹熄灯号，睡觉。偶然去什么地方野游，到哪个小镇给农民表演节目，是最好的素材了。

经过一段时间，终于找到窍门。我 1940 年进中学，正是抗日战争时期。打从小学起，我们就接受了爱国仇日的思想，关心时事。入中学后，学校阅览室里陈列着好些种报纸供我们浏览。于是从报上摘抄什么新闻和就此发表几句感想成了日记的内容。后来，读了什么课外书，可以在日记里说说它的内容，也发表几句感想。这就使得日记天天都有些不同的内容，对练习作文，提高认识都有好处。到了高中，同学们写日记的方式也来了个多样化，有用楼梯诗来写日记的，有日记加漫画的。那时的老师（政治课老师和军训教官除外）大都比较进步，对于种种"创造性"都不禁止。在我印象里，同学们的思想比较活跃，作文水平也比较高。

考进大学后，写日记不再是必交的作业。我实在是忙，除了听课、读书，还参加学生运动，再写点文章赚稿费应付开销，没有时间写日记了。后来进了游击区，时间倒不缺，但生活流动，而且纸张紧缺，没有记日记的本本，没有条件也没有心思写，要不然倒有不少好素材。建国后，先后在区、县、地委工作，也懒得记日记。于是一停就是十余年。

重新写日记是调到省委，当了"黑秀才"之后，我不时（全年几乎一半以上时间）跟着省委书记下乡，在工作中萌发了重新写日记的兴趣。因为那是一个很特别的"大跃进"时期，所见所闻实在是太新鲜、太离奇、太让人深思了。那时省委书记下乡不像现在那样有一个车队（1990年我在某地见过这种阵势），仅仅是一辆面包车，书记、秘书、记者、农业专家再加上我（或我们），一辆车全装下了。下乡前不给下面打招呼，连我们这些随员也只是知道个方向而不知具体地点，书记叫开就开，叫停就停。往往是在路边停下来，找在那里干农活的社员聊天，然后让小队长带路去大队部找大队书记、大队长或公社的头头，一问一答地谈话。

书记提问是心里带着一连串问题,大队、公社干部则只有个脑子里装着的东西任由省领导掏,因此见到听到的真情较多。当然随着那股"赔本赚吆喝"疯劲的增长,大队、公社乃至县领导应付"突然袭击"的招数和编假造假的本领也见长,为了怕"打击积极性"(很可能也包含了不当"观潮派"的考虑),省领导也渐渐注意了表态的分寸。一次去惠阳,路边有一块预定亩产万斤的公社书记试验田,省委书记让司机停车下去参观。只见稻田上大白天也亮着几十盏100瓦的电灯,据称这是增加太阳能。几台鼓风机在那里不歇地工作,这当然是为了让高度密植的稻苗能够透气。尽管坚守在稻田的几位工作人员大侃如何有把握达到预定指标,我们这些随员(特别是那位农业厅的专家)都悄悄在"泼冷水"讲怪话,只有书记沉默着,既不点头叫好,也不摇头否定,不声不响地上车走人。路上他仍不发言,我们当然也只好沉默。诸如此类的吹牛假话越来越肆无忌惮,我都一一在日记里立此存照,心里很为这股无法遏止的浮夸风(那时还没这个词)焦急。我印象最深的是整个1958年加上1959年上半年听过两次真话。一次是大约1958年春夏到新会。我们刚下车,后来因"左倾机会主义"被狠批得垂头丧气的县委书记党向民,很不客气地指责省报胡闹搞吹牛皮比赛,今天你保证亩产一千斤,明天我用二千斤来超过你,于是吹到了五千、六千斤。老党说:"农民说,包产七八百斤,我们心里都很紧张,担心完不成任务怎么办?过了千斤,反而轻松了。大家都完不成,着什么急?"省委书记笑笑,摇摇头,什么话也没说就进了县委。一次大约是1958年底或1959年初,在潮汕地区。那里人多地少,种田有如绣花,是第一批亩产千斤县。地委书记陪省委书记下县,路过一条河。那时公路没有桥,汽车得乘船过河。在渡船上,一位青年农民既不认识地委书记,更不认识省委书记,对着省委书记提问,他竟发表了一通"公社不如高级社,高级社不如初级社,初级社不如互助组,互助组不如单干"的高论。我们这些随员躲在一旁偷偷做鬼脸,省委书记默默听着,最尴尬的是地委书记,那位农民的"反动言论"简直是在出他的丑。上车后,也许是为了让地委书记和自己都有一个台阶下,对于这种明显的"反动"言论,书记只轻轻地说了一句:"认识差距很大。"接着是反瞒产,接着是饿死人和省上面对饿死人的责备和下面无言却明显的对抗——不反瞒产,就不会饿死人。对于省委书记的要求他们说真话的哀求(注意,是哀求),他们沉默对抗:你们说我们瞒产,狠批我们;如今饿死人了,又往我们身上推,还有说理的地方吗?……这些,我都一一记录在日记里,并根据这些材料,按照中央文件包括毛泽东讲话的精神写出一批文章发表。

说话到"文革"。当第一张揭发我"三反罪行"的大字报贴出来那天,我从大字报说我写过"许多三反大毒草"的揭发中,猛然想到我这几大本日记实在是个太危险的定时炸弹。我和太太费了两晚时间,将它们一页一页地烧成灰烬。

理由很简单。打从姚文元批《海瑞罢官》的文章发表后,我一天比一天更明白这场运动的必然到来和自己在劫难逃。心病之一就是按照姚文元的办法,完全可以把我那些文章上纲成特大毒草。大字报一贴,我更是铁板钉钉的罪人。既然经过修饰的文章已经十分反动,十分猖狂,赤裸裸地记下了所见所感的日记,肯定是"反革命透顶"的罪证。报上发表的文章无法抵赖掉,日记必须在抄家之前把它们彻底毁灭。

从此以后,我摆脱了坚持好纪念的臭习惯,再也不写什么惹祸的鸟日记。只有一本账簿式的东西,把哪天写了什么文章寄到某处,哪天某处发表了什么文章,收到了若干稿费这类事记录下来备查。

一直到现在,我仍很惋惜那几本日记被毁。如果保留着,稍加整理,就是一份关于三面红旗很有价值而且难得的原始材料。但是,在彼时彼地,我别无选择。

大力提倡写日记的《日记报》编辑部不止一次来信约稿,要求我就日记这个话题写点什么。我迟迟没有写，原因没有别的，仅仅因为我此后再也不写日记。我如实写成文章，岂不成了泼冷水之作吗？其实，我喜欢读别人写的日记（但不喜欢矫情的假日记），也曾很热心很认真地写日记。但是，提倡写日记得有一个不可缺少的前提，那就是得保证个人隐私权。未经本人同意，偷看（更休说当作罪证）抢走别人的日记应当是犯法的行为。乐秀良曾经写过一篇《日记何罪》，据说确实救了一位日记的作者，这当然很好。按照《宪法》，不仅日记，而且用笔写出来的文章，也不能是判罪的根据。只怕乐秀良未必全部救得过来。

有了保护隐私权这个最基本的前提，提倡写日记才能落到实处，不知朋友们以为然否？呜呼！我那本变成灰烬的日记。

牧惠

夜烧日记

小高好心地告诉我,马列研究院的人给我在大楼贴了第一张大字报。虽然早有思想准备,我仍然脑子里"嗡"地一声,茫茫然不知所措。小高嘱咐我快去看大字报,争取早表态。我去一看,标题就吓死人:《揭穿林文山反党反社会主义毛泽东思想的画皮》。内文除了说我同他们一起在北京郊区"四清"中如何右倾之外,特别要命的是,他们提醒革命群众,千万别放过我这些年炮制的大毒草。自从姚文元批《海瑞罢官》的文章发表以来,我一直心里就嘀咕着这些年来发表的那些杂文,如果用姚文元的套路来衡量我那些文章，肯定凶多吉少。

一整个下午，我坐在办公室里发呆。

活了三十多岁，经历的风险不可谓少；但是，同眼下的情况比起来，那些都只不过是小菜一碟。

1938年，日本鬼子两架飞机飞得极低，在我们小镇上盘旋来盘旋去（有人说看到了飞机上的人），极吝啬地投了两枚炸弹。不知是不是鬼子故意制造效果，炸弹扔出后到爆炸前发出一种刺耳的声音确很吓人；但是，老师早就反复给我们讲防空常识，我们知道该怎么躲。何况前后不过半小时，他们一走就平安无事了。

在中山大学参加了地下学联，上了蒋政府的黑名单。他们要抓我，还准备在特种刑庭上审判我。我从来没有害怕过。只不过不断地换宿舍，不断地在同学们陪同下泡在游泳池里锻炼身体（特务不敢在大庭广众中抓人），有点像玩捉迷藏的游戏。风声更紧了，我带着写了假姓名的身份证，从从容容地登上开往尖沙咀的火车，半点可能失去自由的恐惧感都没有过。

接着是打游击，在武工队里开辟新地区。往往是由小鬼胡仔陪着只身去见乡保长、地方士绅和大天二，加上敌人三天两头"扫荡"，细细想起来，这确是相当危险的工作，有的同志因此牺牲。于是，确有人害怕得做出一些可笑甚至可耻的行动；我不敢有所非议，却硬是不明白他们为什么胆子那么小。

之所以如此，现在回想起来，并不是天生大胆，而是崇高的理想、群众的支持和必胜的信心使我一往无前，从来就不把蒋介石这个不得人心的腐败政权放在眼里。

如今的情况不同了。经历过十几年反反复复的政治运动，我不得不逐步退却地给自己戴上"资产阶级知识分子"这顶帽子，不得不一再检讨自己的"右倾"却仍然情不自禁地"右倾"，发现自己似乎不再是革命的动力而可怕地成了阻力。姚文元的文章一发表,我就知道做检讨的气候又来了。这年四五月,我仍在广西桂林郊区"四清",从报上读到一些来势凶猛的文章,又听说其中有关锋写的文章,我更感到大势不妙。那原因,是我在北京郊区同马列研究院一批人搞"四清'时,就对关锋、戚本禹的左得可怕不以为然,对在我那里搞四清的刚刚从大学毕业的关锋小舅子周凡英的狂妄很反感,同支部的绝大部分人(只一票例外)一起对他的入党申请投了反对票。这样一来,我分明站到了反对关锋的一边。奉命从桂林回机关参加文化大革命后,从关锋家人的表现不难看出,我在劫难逃。大字报唯一使我出乎意料的是:当年同我一起投了周凡英反对票的人,包括对我哭诉过那唯一一张赞成票的投票人的同志,都把自己的名字签在大字报上。

我心里乱得很。办公室外面更乱得很。我们这座办公大楼,是中宣部的办公大楼,《红旗》杂志只不过借了他们一点地方编杂志。如今,中宣部已被宣判为"阎王殿"瘫痪了,中宣部的文化大革命仍在这里进行。于是,办公大楼前的"五四广场"成了张贴各种大字报的闹市,来看大字报的群众人山人海。每隔一小时左右,总会有上百人在大楼面前集体高呼:"揪×××出来示众!"于是,早有准备的中宣部有关人士就把群众指名的某副部长"揪"将出来,让群众批斗一番,戏弄一番,然后以一声"滚!"宣告结束。我的办公室朝南,这些场面早就看个够。此时,我突然有了一种似乎那被"揪"的就是我,而高呼"把×××揪出来示众"的竟是马列研究院那十来位大字报作者的感觉。我突然无师自通地想起了"陷入革命人民群众的汪洋大海之中"这句话。我面临灭顶之灾。

我同老苏同在一个办公室。老苏是个好人,他知道得罪关锋的小舅子意味着什么,他一方面对关锋一家不以为然,同时也批评我为人太直,心里藏不住事,因此惹下了大祸,谈话中间,有人进来告诉老苏一些最新消息:景山东街有人撞汽车自杀,某某机关宿舍大楼有人在被抄家时不服被当场打死……老苏自言自语地说：无产阶级专政的威力可怕得很。我想起了"白色恐怖"，但这时的"白"字已经换上了更可怕的"红"字了。

我在心里打谱：如何应付这张大字报。写一张大字报表示欢迎，承认自己有错误，要在文化大革命中接受考验，这是一。第二，要不要主动把这些年来发表文章的的剪报交出来？不交，可能被动；交了，从此多事。最后，咬牙决定，交了主动。

晚上马上把一摞剪报拿了出来。过去老觉得自己不够努力，写得太少，如今是觉得太多了，而且篇篇有辫子可揪。其中几篇很碍眼的，几次想把它们抽出来，一想到反胡风时命令"胡风分子"交出私人信件那一回，马上感到这样做只能是欲盖弥彰，罪上加罪，只好老老实实地放回原处。从这里联想到：还没有发表过的，特别是1963年以来报社编辑已经排好，因不符合越来越紧的政治气候而退回来的，应当而且可以毫不犹豫地毁掉：我当时就没有留下来嘛！

想到这里，马上觉得比整理剪报更重要千万倍的事要赶紧做：必须把不曾公开发表过的文字销毁掉。我有一个该死的记日记的习惯，竟陆陆续续地写了好几本，里面大都记下我的见闻、感想加上当时广东省领导人的谈话：放卫星的真相啦，基层干部对反瞒产的抵制啦，饿死人的调查啦，关于反右倾机会主义的议论啦……这些，肯定比那些文章更"毒"，足以用它来论证我那些文章的反动实质……烧！

我当时同在中宣部文艺处工作的黎之共住一套单元，他三间，我三间。这时，他也成了热锅上的蚂蚁；但是，防人之心不可无，把那么多日记烧掉，绝对不能让他们知道。于是，我们夫妇俩关上房门，一页一页地将它们放在铁簸箕里烧掉，还得小心不能烟雾太大让别人有所感觉，得不时地停下活来让烟雾从窗户扩散出去。那光景，那心情同杀人放火差不多，货真价实的自绝于人民的"反革命"，每分每秒都担心外人（特别是机关红卫兵）的闯入。

干这个话,我们从晚八点忙到凌晨一两点,足足花了两个晚上的时间。

然后,我再一一过细检查还有什么可以致罪的材料,其中包括焚毁我特地保存下来的田汉、唐弢、王朝闻等作家写给我的信——那是我同文艺黑线紧密联系的罪证!

坚壁清野完毕,下一步是如何迎接抄家。我一天、两天、三天,一夜、二夜、三夜地等,没完没了地等,耳朵里老是不断地"听"见那熟悉的怒吼:

——把×××揪出来示众!

从此以后,我不再写日记。

何为

从『文艺日记』说起

1935年在汉口小学毕业时，预订了一本上海生活书店印行的1936年"文艺日记"，预订者可在日记布面上，免费赠送烫金签名。及至取到日记，写上新年第一页，我已到了上海。

"文艺日记"是我写日记的开始。这是一册棕色布面精装的日记本，装帧美观典雅，每月前两页有道林纸精印的国际摄影名作，世界文豪肖像，特约国内名作家撰写的当月献辞，作者有夏丏尊、郁达夫、老舍、洪深、王任叔、丰子恺、茅盾、郑振铎等，每页下端有一句外国作家的语录，整本洋溢着浓郁的文艺气息。

日记中的每月献辞，都是千字文，有些仅六七百字，篇篇都是精短凝练的小品随笔，有独到的文学见解和创作经验谈，对初学写作者很有教益。出版于1937年的"文艺日记"则更着重于日记写作的探讨。这一年"文艺日记"与上年的风格相同，每月之首刊登作家照片外，还选载外国作家诗人和艺术家的日记，例如托尔斯泰、纪德、曼殊斐儿、乔治·桑、海涅、肯脱和果庚等，足供写日记者的研究参考。这两册日记本围绕日记写作为主，如叶圣陶的《日记与写作能力》，沙汀的《记日记与文学修养》，艾芜的《我写日记的经验》和郭沫若的《写日记要有恒》等文，对有志于文学的青年以莫大的启迪。不知什么原因，我只买到那两年的"文艺日记"，1937年忽然改名为"生活日记"了。这以后许多年我用的日记本越来越乱，只要有空白本子拿来就写，近年来则用一般的工作手册，实在谈不上有什么文艺气息。

我很珍惜旧藏的两册《文艺日记》。六十多年前的如梦似烟的往事，已模糊褪色的笔迹，历历呈现在眼前。旧日记像童年的照片，看到自己的幼稚天真，蹒跚学步的样子，几乎没有勇气看下去。我的日记很少涉及政治，记的无非是日常生活，友好往来，读书随笔和感悟，人生和社会的思考。其间也有弥漫着战火硝烟的记事。当然，还有欢乐与忧伤的故事带来的感情印痕。日记是我的心灵独语。

在特殊年代，作为私人日记是有危险性的。人所共知，日记往往造成政治上莫须有的罪证，株连无辜，祸害无穷。即或在平常的日记，日记也可能造成意外的事端。

我的一位朋友，写日记时，为防止被人窥视，于是以神秘的符号替代文字，谁也看不懂。当然这是极个别的，但却是真的。

我的日记毫无价值，只能说明一点，持之以恒写日记，按照各人不同习惯写日记，日久必将有助于练笔。我常劝告年轻朋友写日记，以提高运用文字的水平。举一个我家的例子，我的大儿子上小学时与弟弟吵架，我罚其写日记反省自己的过错，他含着泪伏案照办。写日记终于成了他的习惯。现在他在境外出版多部国际政治首脑的传记，有些影响，这固然是由于他的长期积累，但追本溯源，昔年坚持写日记，对他的遣字造句不能说没有益处。

日记有公开发表的，也有不发表的。公开发表的常有失实虚构之处，且有自我吹嘘之嫌。作为一种文学创作体裁，则又当别论。我喜欢写日记是由于这种文体的随意性。我从第一天写日记开始，从未想到要发表，因为日记是写给自己看的，现在一个严酷的问题迫在眼前，我这些记录人生轨迹的文字，今后该如何处理。看来，最终将付之一炬。

说日记

周翼南

读中学时,我开始记日记,学习生活在日记中均有反映。那时的日记没有流露出一丝一毫对现实的不满,看到的是一个青少年单纯而赤诚的心。

当时从未想到日记会惹祸。日记中记了些人际交往,特别在1962年参加工作后,我开始创作,写了两个历史剧,而且当时市文联负责人召开过我的作品研讨会,这样便认识了一些作家并有了往来。我对他们是尊重的,交往谈话均记在日记本上,那时我仅二十一岁。到了1966年,关注我的文联负责人成了"文艺黑帮"的"头子",株连便不可避免。

文化大革命初期，我便成了"牛鬼蛇神"。即使我没有写剧本，也在劫难逃，因为教语文便是宣传贩卖"封资修"，语文组成了"黑窝子"。何况我与文艺界来往几乎是众所周知的事，当然是重点中的重点，我立即被监禁。进驻学校领导革命的工作组似乎很有经验，监禁的同时派人到家中去查抄，抄走了我的剧本原稿和全部日记。

我很单纯，而且赤诚，做梦也想不到"反革命"、"反党"、"反社会主义"会同我的名字发生关联。工作组组长（一个胖胖的北方人）审问我，我便申辩，我说我的剧本不是借古讽今的"大毒草"。

工作组长冷笑道："住口！"他厉声说，"白纸黑字，铁证如山！你的剧本、日记，都是罪证！"然后他逼问我是否还藏有"反动日记"。

"文革"长达十年，"反复"颇多，我在浪涛中沉浮，经历足可写成几部长篇小说。如若谁在"文革"中坚持每天记日记，无须加工，也是极难得的文献资料，但恐怕中国无此人。时近1970年底，我旧习不改，又记起日记来，均耳闻目睹之事——因为我读过美国记者里德写的记叙十月革命的《震撼世界的十天》，我觉得将来可以写一部这样的纪实文学作品出来。然而不久，工宣队进驻上层领域，我又一次被批斗抄家，这些可作未来创作素材的日记又一次被视为"罪证"，我便彻底地心灰意懒，而且追悔莫及。

后来发配农村改造，一个字也不记；再后来落实政策，回校教书，仍一个字不记，我的兴趣转移到国画上。但到了1975年底，"小道消息"颇多，均有记录的价值；1976年初，周恩来总理去世，继而发生"四·五"事件，使我深受震撼。这阶段，又萌生了记日记的念头——把所闻所感记在一本未抄走的《历史唯物主义》的书上，用了一些当时清楚的符号简句，但现在看这些潦草的简化了的"记载"，简直弄不明白写的是些什么，与后来披露的历史事实比，它已毫无意义，只是过去留下的一点痕迹罢了。

1976年10月以后，又"落实政策"，退还"黑材料"，退还的"材料"中附有过去抄走的日记，已残缺不全，此非珍贵文献，无法也无需赔偿，但我失落了许多青少年时代的回忆。

当然，后来又开始记日记。生活也有变化，我由教师转为编辑，由编辑转为"专业作家"。身份虽改变，但日记均简略，每日读何书，看何稿，开何会，访问或接待何人，或者今天写了什么发表了什么，很少抒发感慨。我只是想借此表明每一天尚未虚度，多少做了一点事，如此而已。

我读过乐秀良先生著的《日记悲欢》，这本书叙述了50年代后期以来，特别是"文革"中一些人因"日记问题"造成的悲惨遭遇。我的这些琐事与之相比，似不值一提了。

乐秀良先生曾写《日记何罪》《再谈日记何罪》，均发在《人民日报》上。如此看来，中国政治趋向清明，法制逐渐完善，记日记者可以无虑了。

叶文玲

心灵的历程

记不清是什么时候记第一篇日记了，我想最早也是在上了小学以后。我只记得，开始写日记，是遵照老师的吩咐。

学校每学期都要发几本作业本，其中有作文和周记本。周记每周一次，老师定期检查，我很喜欢记周记，因为写作文太不过瘾，且受题目的约束，而周记则可以随心所欲。我每周都要"超额"，都要写三五篇。我自小爱想象，又喜读书，因此，写周记使我得到了很大的满足。当然，这样的练习，也提高了我的记叙能力。

但是,这样的记叙,还不能说是真正的日记,因为要送交老师审阅,所以写我的事情就有所选择,并不是无所不记;选的也往往是"最有意义的",记叙的词句也每每做细细的推敲。这一来,周记实际上已成了我的自拟题目的第二作文。所以,我的周记常得到老师的好评,虽然不挂分数,末尾却常见老师批的一个"好"字。

小学毕业那年,我得到了哥哥的同学——一位大姐姐赠送的礼品:一本非常漂亮的硬面日记本。我高兴非常,颤颤地握着笔,写上了我的第一篇日记。

这以后,我天天不间断,日记成了我最亲密的朋友,我尽情地对她倾诉心曲,包括最隐秘的思想,包括对妈妈、姐姐也不肯细诉的衷肠。我纯乎一心,神驰天外,记录了少年时的种种波谲云幻的向往,率真幼稚的情感,记录了生活中的所有欢乐和苦恼。

我渐渐长大了,一本本的日记是心灵的历程,忠实地记载着我成长的过程。不管生活道路多么坎坷曲折,心情多么郁闷,当闲暇时,我常常爱翻读往昔的日记,心里便觉得津津有味,许多亲切的记忆都被唤醒,我的一颗鸥鸟般的心,在日记的抒写中,找到了翱翔的天空。

生活并不是一味的歌与舞,我在日记中记载的当然也不全是糖和蜜。尽管这些文字浸透了生活的各种滋味,有的顺畅,有的苦涩,但它们都是我心灵中最宝贵的财富。如果说那时我有最宝贵的财富,那么,除了珍存的书籍,便是手边的日记。

我的密密麻麻的日记记到第七本时,我和祖国一起遭受了沉重的灾难。文化大革命把一切美好的东西都损毁了,我和我的当教师的丈夫,也面临着突如其来的厄运。

各行各业揪出了许多"牛鬼蛇神",他们的罪名往往来自所谓的"反动日记"。一页页本来属于个人心灵秘密的日记,抄成大字报,被批判被践踏!我每每走过这些大字报栏,总涌起一种难言的郁愤,人的尊严被践踏到何种地步啊！

我们也被抄了家，我在青少年时期发表的作品，也和许多书籍一起焚烧了。因为见多了这种场面，我反而只有一种麻木的悲愤。这时，我忽然想起日记往往是祸根，虽然我这些沐浴着解放的阳光写下的青少年日记，一篇篇，一本本都可以公诸人前，但决不想叫这些心灵的秘密，日后因再次抄家而被当众亵渎。那一夜，面对着抄家后的破壁残灯零碎日记，我自己烧了一盆火，把这些日记连同所有亲朋的来往信件，都付之一炬！

日记，十几年所积累的珍贵的日记，袅袅成烟，零落成灰，我的心也成了碎片。我发誓：这辈子再也不记日记！

天地很快明媚，1979年春，我到云南边疆采访时，再度开始我中断了十多年的日记。这个小小的日记本，带着战火的硝烟，但却记录了宝贵的材料，使我在访问的间隙及回到内地后，写了七八篇散文和小说。假如当时我没写日记，我想决不会有如此丰硕的收获。

现在，我并不像以前一样认真详细地写日记。当然，我现在较忙，每晚最有效的时间都用来看书或写作，因此，我采取了最简便的办法：在台历上记下这天最重要的事件，三言两语，便成了永远的记忆。

当然，我也在记另外的日记，那就是当我外出生活或采访时，便不间断地天天记录。这时，我已分不清了：这到底算是我的采访笔记还是生活日记？

我曾把记日记的必要性告诉过我的小儿子，并教他从七岁起就开始记，他总算照办了，虽然不是"日日"，但至今也已积了十来本了。当我看到他有时饶有兴趣地翻看自己最早那些稚气十足的日记时，我就情不自禁地露出欣慰的微笑：儿子也有自己心灵的奥秘了。

我想，我用不着罗罗嗦嗦地叙说写日记的好处和必要了，我只想对所有的青少年朋友们说一句：写吧，写吧，即便是写到韶华将逝，你也不会后悔你为此所做的努力！

刘心武

人生非梦总难醒

这是切割给读者的一块带血肉的生活，我的生活。

这当然是再平凡不过的生活。稍微与一般人不同的是，我是一个作家，一个主要写小说，也兼写散文、随笔、评论的作家。因此，在我的这些日记里，也许比较多地体现了一个作家的特殊视角、特殊关怀、特殊的敏感与矜持，并有不少直抒我对文学、艺术、文化见解的文字；而我在诸多作家中，又属于比较耽于理性的，即使一桩在别人看来很平淡很惯常的事，落入我心窠后，我也很可能把它揣得火烫，生发出许多纷杂沉重的感慨。有人说我这种心态太"古典"。可是我偏又是一个很入世、入时、入俗的人,因此,我的日记又仿佛是这90年代中期不断摇出新花样的都会世态人心的"万花筒",而我的牴牾、应变、融通与苦索,又令另一些人视为颇具"后现代"特征。其实,我就是我,重览这些渐渐远去的时日所留下的心迹,聊以自慰的是,我没有失去自己。目前我们所共临的社会转型期,正如大瀑壮泻后,那布满漩涡的奔流,随流而进,却不失却自己,特别是自己的心——一颗大体干净通透的心,并不是一件很容易的事!

我把这些日记公布出来,正如邀朋友们到我家作客,并拿出自己的私人照相簿给大家翻看,也很在客人们面前曝了些私家之光。不过,这印出来的日记,当然不可能是我个人日记的原始面貌。正如家里来客前,我少不得要将家里特意打扫布置一番一样,你所见到的,容当比无客时的我家光鲜一些。有一些以往得到的自以为是美好的东西,平时早已收起,这里可能又拿来摆出,意在与客分享;而你来到我家,我虽热情相待,有些部分,我却并不向你展示,如卧室、柜橱、抽屉内部等等。因此,我编这本拿出公开的日记,对原始状态的日记作了一些调整润色,并删去了不愿公诸于众的私秘部分,你一定能够理解。不过,我要特别向你保证,这本书里所有的篇什,均非虚构,并且确是我的心音;这不是一本日记体的小说,或只是用自己为载体的一本随笔集。我是真心真意地,用这本书,请你到我的精神之家即我的"心窠"中做客!

我把这本书定名为《人生非梦总难醒》。我现在正反复咀嚼着这七个字的味道,心弦颤动不已。但愿读者诸君能与我共鸣!

1994年10月22日绿叶居

庞中华

日记·书法·人生

我深信,人们的心都是相通的。我们期望理解别人,也渴望把自己的心思向别人倾吐。于是,诗人用火热的语言,画家用感人的形象,音乐家用悦耳的声音,把自己诚挚的心奉献给人间。从某种意义上说,每个人都是诗人、画家、音乐家,日记是写给自己的诗,唱给自己的歌,是作者向自己倾吐的一种最好的方式。

我是从青少年时代开始写日记的。1962年9月,我十七岁,在重庆建材专科学校地质勘探专业念书,深感时光流驰,岁月蹉跎,心里时时涌出按捺不住的激情,于是每天就在笔记本上写下一点东西。写自己的感受、经历，也从书报上抄下一些诗词、谚语、格言及故事。这很像开"杂货铺"，什么东西都尽收本上。稍后，我改变了方法，凡读书的内容，全记录在另一本《读书笔记》中，日记只写自己每天印象最深的东西。就这样，写完一本又一本，才发觉这些本子规格大小参差不齐，既不美观，也不便于收藏归类，从此后我就采用统一规格的本子了。当时我很年轻，对自己的意志和毅力缺少锻炼，也不知自己能坚持到何时。当身体有病，心情苦闷的时候，就想撒手不写了，但翻开第一本日记，看看自己当初写下的决心，咦！我连一件小事都不能坚持，还能成大事吗？我不愿做一个虎头蛇尾的人，就又坚持写了下去，久之便成习惯，至今不间断地写了二十三年。"文革"中，我几度身陷"囹圄"，遭批判围攻，住"学习班"，连上厕所都有"狗腿子"盯梢，在那困苦危急的日子，由于得到朋友的帮助，我居然巧妙地保存并继续书写了我的日记，它成了我不屈服的记录。愿我平凡的日记会伴随我走完生命的旅途，就象那位古希腊的战士，在跑完马拉松的全程才停止呼吸一样。

1966年，我开始研究钢笔书法。钢笔书法的最大优点就是能结合应用，于是日记本成了我最好的"实验园地"。当我追随地质队伍，走遍祖国山山水水，小书包总装有日记、笔记、字帖和钢笔。在高山巅，在小溪畔，在老乡的茅屋里，在轰鸣的钻机旁，翻开书，打开本子，把自己这颗年轻急跳的心写进日记和笔记里，该是何等的惬意啊！

那时，因为生病，我爱上了体育锻炼。为了使锻炼卓见成效，我又增加了一本《锻炼日记》，记录每天练习的时间、次数，以及脉博、胸围、体重、睡眠、自我感觉等各种变化，通过《锻炼日记》经常进行自我检查、分析对比，身体日益健壮，充满青春活力，真有说不出的快乐！

我根据习字的计划，在日记和笔记中，分别用楷书、魏碑、隶书、行书交替书写，这样就把日记和钢笔书法紧密地结合在一起，只要翻开日记，就能看出我各个时期书法的进展，日记本不但是钢笔书法驰骋的天地，同时也记录我对钢笔书法艺术的实践、理想和追求。后来当我把自己研究钢笔书法的成果写成书、写成文章、写成讲稿，向同胞们进行宣传，引起热烈反响的时候，我真应当感谢我的"日记"，因为它不但提高了我的钢笔书法技艺，同时也提高了我的文字表达能力，使我把这颗炽热的心都深情满怀地捧献在同胞面前……

　　日记，也是人生的镜子。由于它是自己真实感情的记录，当时过境迁，再回首翻阅一下自己的日记，我也常常感到心跳，感到脸红：啊！原来我在很年轻的时候，做过那么多蠢事，有过那么多愚不可及的念头。于是，就知道反省，知道自责，绝不敢摆出"一贯正确"的样子去教训别人，因为现在的青少年，要比我们那时候聪明得多。只要记得自己穿开裆裤的模样，就不会嘲笑孩子们的幼稚了。

秦兆基

得益于日记的

日记是一种灵活轻便应用得相当广泛的文体，又是一个被人们研究很少的领地。很多文体能使人成名成家，诸如小说家、戏剧家、诗人、散文家、报告文学家、杂文家等等，从没有听说过日记家。

这也难怪，除日记（也可以包括书信）以外，其他的文体都是面向公众的，用这些文体写出的作品能打动人，使人们折服，自然会被认为是名家了。日记（书信），一般情况下，是面向自我或特定对象倾吐情怀的。交换日记看，非是极要好的朋友不可。即使写得好，自我陶醉或为少数知友倾倒，怎能成其为"家"呢？

不过许多人，包括我在内，还是喜欢读日记，研究日记，自然去写日记。既想保持自己内心中那块隐秘世界，又想发泄，想进入别人的精神生活又不得其门而入，趋向于日记是最便捷的了。鲁迅认为研究日记和书信，可以"从不经意处，看出这人——社会的一分子的真实"，"知道这个人的全般"。对于进行文学研究的人来说，"从作家的日记或尺牍上，往往能得到比看他的作品更为明晰的意见，也就是他自己的简洁的注释"。

作为一个语文教师，文学评论工作者，很大一部分工作是分析作品。披文以览情，离不开了解作家，特别是了解作家在写这个作品时期特定的生活、传记、回忆录，他人的作品分析都比不上读作家的日记来得贴切。

读作者自己的日记，可以更清晰地了解作品的写作背景，进入作者的内心世界。我很喜欢鲁迅的小说、杂文、散文和散文诗，也很喜欢他的日记。在大学读书时，我把《鲁迅全集》和《鲁迅日记》参照起来读了两遍。当教师以后自己买了一部《鲁迅日记》置于案头，经常翻阅。《鲁迅日记》是"排日记事"，属于备忘型，很少揭示内心波澜。但在记事中，可以看出一位伟大的思想家、文学家和教育家对世事、友情和青年学生的态度。从"日记"看出他对劳动人民的同情和对军阀的不满。在教《纪念刘和珍君》时，反复读了鲁迅在"三一八"惨案前后的日记，了解了他这时内心是怎样的愤懑。最近两年在研究鲁迅散文诗《野草》，从日记中看他的精神重负和感情纠葛，接触和摸索到一些文学史家没有提及或讳言的事，这样破解作品时就能较好地发掘其深层意义。好的文学批评，应该是在双元宇宙的交叉上去认识作家和作品，特别要深入作者的内宇宙，这样舍日记又何求呢？

读作者日记中写下的人和事，往往比读少年以后写的回忆录、传记要真切得多。日后写的不仅有记录失真的，也有因随岁月流逝而感情流于淡薄的。日记中的形象是直接捕捉和植入的，感情没有减弱或掩饰。如现在被有些人捧得上了天，认为差那么一步就可以得到诺贝尔文学奖的林语堂。鲁迅在1929年8月28日日记中勾勒出他的形象，并且表露了自己的态度：冷峻、严正、直率，表现出鲁迅对林语堂的人格评价。再如读周全平的《北京日记》，从中看到了新闻学运动中的一个流派——狂飙社主要人物高长虹等的形象，其他文学史论著从未涉及到的这班人的狂放、颓唐的私生活。从"日记"中了解到他们中的一些人，始而拥护鲁迅，以后大肆攻击鲁迅，最后又投身革命的原因，补文学史著之不足。

读日记，如对良师，如晤知友，年龄差、时代隔膜、地位的悬殊、国家的界限都不存在了。我认为读一本思想平庸、技术拙劣的小说，一篇矫揉造作、故作高深的散文，不如去读日记。夜深人静，泡上一杯茶，摊开一本名家日记，如聆听他讲阅历和人生体验，亦乐事也。

我也写日记，也鼓励学生写日记。

我认为日记可以备忘，促使自己思考，记下研究用的材料，更重要的是可以练笔。

写作是件苦差事，人是有惰性的。我的文章非逼到非写不可时，决不会去写。有时外出开会半个月不写文章，就有点不知道如何落笔的味道。有位作家，大概是屠格涅夫吧，每天在写，如果写不出，就写："我写不出，写不出……终于写出来了。"我没有这样试过，像是以日记代之。好在日记兼容并蓄，什么都可以备忘、志感、描述、报告、札记，无一不可，写一两首诗也成。在我来说，写日记是自我鞭策，是语言操练，是意志磨炼。有时实在无事可记，就做读书笔记。日记为我的散文和文学评论的写作出了大力。

对学生,我鼓励他们写,指导他们写,选一点名家日记给他们读。尊重他们的"隐私权"并不要他们呈交,只要求他们每周选一则可以给大家看的日记交来,一般写得都很起劲,有些获奖有些公开发表的文章、诗歌就源于此。

日记未使我成为"家",但是它帮助我成为一个问心无愧的语文教师,也帮助我写了二十多本语文教育论著、语文读物和四本文学评论集。

谢谢你,日记。

塞风

关于日记

日记,就是自我心迹的披露,就像面对忠实的朋友,毫不遮掩地倾诉心声。

我从上初中起,就逐渐养成了记日记的习惯。记得在河南陕中读书时,每晚要在汽灯下上两个小时的自习,温习当天的功课并预习次日的新课。在这当儿,我总要偷着记点日记。不料有次被训导主任发现,责我学不专心,狠狠挨了几教鞭。然而,我记日记的兴趣有增无减,在以后许多年里,一直不曾间断。而且,我记日记非常随意,有感而发,形式不拘,什么杂感、心得、评论、摘录、乱弹、倾诉……无所不写，有时也忍不住发几句牢骚。正是由于这种积累，使我不断有诗歌、散文、杂文在当地的报纸副刊上发表，后来我还当上了它的编辑。

直到"文革"中的某个时候，我的日记突然被"抄"并且成为我的"罪证"，我才猛然醒悟：记日记原来是这样可怕的一件事情！于是，决心不再"沾惹"，宁愿把所见、所想、所感的一切"烂"在肚里。然而，人的大脑有如一个信息库，有着惊人的储存能量，暂时忘却是可能的，烂掉却永远办不到。

现在，凭着记忆的碎片，"复制"几则当时的日记，供读者品味。尽管心情已非既往，但情景依然如昨。

1949 年 9 月 × 日

《人民日报》副刊编辑袁水拍（马凡陀）奉命到上海请几位老作家进京参加开国大典，有冯雪峰、胡风、魏金枝、章靳和罗茵子等。路过济南，山东省文联主席王统照留客小住，召开了一个文学座谈会，与会者五十余人，公推雪峰主持会议，由陶钝和我作记录。座谈内容事先未及研究，会议显得有些冷场。雪峰急中生智，将目光对准了我，说："还是让咱们的青年作家塞风提问题，大家讨论吧。"我顿时脸红，不知说什么好，但又不好推辞。于是，就有针对性地提了三个问题：一、在解放了的今天，如何向鲁迅学习？二、怎样创造工农兵典型形象？三、诗歌应该走什么样的道路？雪峰认为提得很好，于是就此展开了热烈讨论，谈论记录由我整理，送《山东文艺》月刊发表。

1956 年 7 月 × 日

想想真像一场噩梦！我胡里胡涂险些被打成"胡风分子"！整整"禁闭"我一年，今天始得重见天日。想不到竟是那次有胡风参加的座谈会"惹"的"祸"！回想当时，是文联驻会作家骆宾基把我拉到胡风面前，介绍说："这是胡风先生！"转脸又说："这是青年诗人塞风。"胡风连忙站起同我握手,将我的名字记到小本上,说:"咱们以后通信。"我道:"向胡先生请教!"

事情就是如此简单,不想这一"握"一"记",竟成了我的"夺命棒",差点置我于死地!我好端端的驻会常委、组联部和创作部副部长,一夜之间,成了"胡风反革命集团驻河联络站站长"(此时我已在河南省文联),七斗八斗,最后以莫须有的"罪名",强制下放到一个小县城去教书,硬是扼杀了我的文学生涯,天下哪有这种道理?!事实上,我从未与胡风通过信,也再没有见过面。但在严酷的现实面前,容我选择的只有一个字:"忍"!

1962年8月×日

苦海漫漫,回头"无"岸,噩梦连着噩梦。想不到伤口尚未愈合,又被打成"极右分子",押解到河南西华县"五二劳改农场"苦役五年。其实,1957年反右鸣放,我守口如瓶,一句话也没说,一张大字报也没写,硬是将一顶"极右"帽子给戴在了头上。在几千人的斗争会上,我哑口无语,而受蒙蔽的群众对我拳打脚踢,一个家伙用牛皮靴踢得我满口淌血,牙齿全部松动……我始终弄不明白,为什么穷追不舍、蓄意加罪,让我蒙受这不白之冤?!如今再次获释,我已四十一岁,白白葬送了青春年华!真是欲喊无声,欲哭无泪!五年中,适逢"大跃进"和"自然灾害",其强劳与饥饿的滋味,是大墙外的人们所难以想象的。

我终于回来了,回到了妻儿身边,是戴着"帽子"回来的。谁知道,等待我的又是什么?

1967年2月×日

在社会底层出卖劳力的我,忽然接到了作家萧军的"题赠",大喜过望,百感交集。

对我文学创作影响最深的有两人,一位是德高望重的曹靖华先生,另一位就是铁骨铮铮的萧军师。1940年秋,我在延安"陕北公学"读书时,萧师在文学课上讲述他如何创作其代表作《八月乡村》的情景，至今历历在目。

萧师以《老枣树》为题赠诗一首："铁骨权桠托地坚，风风雨雨一年年；秋来结子红于锦，何与闲花斗嫣妍。"我深深理解诗的含义。一种无形的力量将我的自信和自尊高高托起。我万分珍惜这来自博大爱心的真诚抚慰。

1981年2月×日

今接曹靖华先生从北京寄来"题字"，心中十分不安。因为此刻，年过九旬的他正在久病之中，虚弱地躺在医院的病床上。他在这种时候，还关注着远在济南的学生，让我由衷地感动！

他书写的是陶渊明的名句："木欣欣以向荣，泉汩汩而始流。"我细细体味着先生的用心，不由联想起1944年秋，我去重庆拜谒曹先生时的情景。当时，在尽情倾谈之后，他在我的笔记本上，郑重写了"大智若愚"四字相赠。多少年来，我一直将它当作座右铭，指导着自己的人生。一日为师，终生为父。我难忘个中深情。

胡世宗

关于写日记

的确,我与日记有不解之缘,我开始写日记的年龄大约在十四五岁的样子,并不很早,而且我那时真的不知怎么写才好,比起当今许多初中同学写的日记差远了。我至今保存着这些日记本,每次翻看,都为当年幼稚和低能感到羞惭和可笑。比如:

1958年1月3日 阴

午前换了班级的黑板报,并画了一张国画。

上语文课纪律不太好,没有理由,今后一定改正。到×××家借第四册历史书。

1958年1月9日　雪

今天妈妈去铁西工人俱乐部开家长会。爸爸去第七人民医院看病。我和弟弟妹妹们在家收拾屋子。11点半上学。放学后到新华书店，本想买几何学习参考书，可是不适合我看，所以没买。

从这些枯燥的流水账似的日记里，根本看不出一丁点文学味儿，可我觉得我正是从记这样枯燥的流水账似的日记开始，把自己的生活影像一点点记下来，从含混、呆板、肤浅，到比较清晰、生动、深刻，同时也把自己对大自然，对社会、人生的观察和思考逐步深化并积累、储存起来。

开始可能是流水账，后来慢慢就不是流水账了。这就是过程，是养成习惯、形成爱好的过程，也是从量变到质变的过程。

为了督促和鞭策自己写日记，我早年的每个日记本的扉页上都几乎写着这样自省的两句话：

"假如你对生活热爱，就不该让一页日记空白……"

这两句话，有的是我手书的，有的是我精心刻了蜡纸、油印到上面的，有的在这两句话后面还加了两句："可以让我少吃一顿美餐，然而日记不可任意中断！"有的，如1962年5月的日记本扉页上还写了一段以"历史老人"、"时光老人"、"生活"、"战斗"合题的赠言："世宗：你今天走没走路？走路并没留下脚印？你今天有没有思想？有思想记下来没有？不必现在回答我，我是要常翻看你这本子的！"有的扉页还贴着鲁迅诞辰60周年的纪念邮票或赵宗藻木刻的鲁迅先生像，写上自己编的句子："食草酿乳愿为牛，及哺人民死方休"。有的则抄上一段名言，如奥斯特洛夫斯基关于"生命属于我们只有一次……"的那段话。

我还曾机械地规定自己把每天的日记写满整个编页，不管这天写一页、两页、十页、八页，最后一句话一定在最末那页的最底下一行里，每一天都另开页，每一页都不空行。这种因履削足的方式，我虔诚地坚持了好久。

写日记关键是持之以恒，在坚持写中摸索，千万不能"三天打鱼，两天晒网"。可惜我的日记也时有中断，但总算是坚持了三十多年，近年我只是外出才较仔细地写日记，在家活儿忙，事儿乱，我就把台历当日记本，在台历页的空白处写简要的日记。从我写日记时起，已写了大大小小几十个本子，具体数字没估过，也估不准。

长年坚持写日记，对我的文学创作很有帮助，这种帮助是一言难尽的。我曾多次同我接触到的青年文学爱好者朋友和一些喜爱文学创作的中小学生朋友交谈写日记的好处。也许写日记当时或写上一个短时期还看不出它的作用和价值，但坚持时间长些，过后一看，那真是受益匪浅。我相信俗话说的"好记性不如烂笔头"。你脑子再好使，也不可能把多少年前发生的事情都记得那么准确，不可能将当时的音容笑貌、言谈举止等等记得那么详细。日记就可以帮助你清晰地回顾这一切。我的《当代诗人剪影》和《当代诗人剪影·续影》，对一些诗人的印象所以写得比较真切，就是得力于我的日记。我的日记里有同这些诗人接触时的印象记录，我写他们的剪影时，这些日记可帮了我大忙。我觉得坚持写日记更主要的好处是帮助自己，养成"勤于动脑"的习惯，让大脑这架机器总是在灵活地运转之中。从事创作的人坚持写日记就是保持随时可以进入创作过程的最佳状态。就像运动员在正式比赛前一直都在跑跑跳跳，心身处于良好的竞赛准备阶段一样。常备不懈，一旦要写作，笔不会是滞涩的。

我主张写日记"不拘一格"。写日记没有、也不应该有固定的模式。我写过一首题为《椰子树像什么》的小诗"椰子树像什么？／像芭蕉？像棕榈？／芭蕉没有它高，／棕榈的质地比它细腻。／椰子树像什么？／不像芭蕉，也不像棕榈。／椰子树就是椰子树，太像别人就没有了自己。"我希望所有日记爱好者顺从自己意愿去写，不要被什么框框套住，也不要为写日记而写日记,特别是不要为给别人看而写。把自己每日见闻和人生体验记下来,有话则长,无话则短。可写自然景色,可写人物素描,可叙述一件事情,可记录自己内心活动,也可作为影视戏剧的观后感、诗、散文、小说、报告文学的读后感,或是对一段名言警句的体会和理解……都行。写得越自然越好,越放松越好,太拘禁不可能写得自如,不自如就容易枯燥呆板。当然,为使文字更精练些,下笔时还是要字斟句酌,尽可能写得精美一些,这与放松自如并不矛盾。

  我在日记里也写过诗,也写过所谓"日记诗",那是我的未婚妻远行南方,我每天都写一首诗表达怀念的心情,一连写了二十多天,直到她归来。后来也写过这样的"日记诗",比如去西沙,上老山前线,走长征路……但不是每天都写一首,有时一天写十几首,有时连着几天不写一首。这是因为诗创作不可能像工人生产机器零件那样机械地生产,写诗要有灵感,要有创作的冲动。"写不出来的时候不硬写",这是大家熟知的鲁迅先生的教导。如果硬性规定每天一首日记诗,恐怕未必能保证诗的质量,而且这诗也未必能把一天的见闻和思索准确地勾勒出来,肯定会将大量有价值的东西遗漏掉,那该多么可惜!日记和诗可以同时进行。有写诗的灵感时就写诗,诗就写在日记之中,是日记的一个部分,这对喜爱写诗的青少年朋友来说并无所谓,诗可成为日记的精华或日记的点缀。没有写诗的冲动就不写,只一般地写日记。这样就免得把自己逼到一种痛苦的境地。我这样说也不绝对,因为或许有朋友每天坚持写日记诗写得很顺手、写得很好呢!

丰一吟

还是写一点好

我年轻时候不知写过多少次日记,但都是有头无尾。好好的一本簿子,才写了几页就停止了。后来只得把写过的几页撕掉,留下残缺的簿子另派用场,这样有过好几次,以后就再也不写日记了。

1969年初,在风雨飘摇的日子里,不知怎的,我又开始写日记了,而且居然一直写到今天!

最初的几年,由于两次被抄家后成了惊弓之鸟,日记上都不敢写心里话。总是写"开会"呀,"动身去五七干校"呀,"回上海"呀等等实事,可是毕竟留下了往日岁月的一点痕迹。

后来的日记，内容就丰富起来了。但由于工作忙，有时一星期才写一次。前面六天，补得齐就补，忘记也就算了，而且每天只写几行。

可即使是这样的日记，现在看来，也是一笔很大的财富。有时家里人问我：我们这个洗衣机是什么时候买的？你去九寨沟是什么时候？我们第二次装修房子是什么时候？一时谁也答不上来，人们的记忆力竟是那么的有限！可是我只要一查日记，几乎都能作出回答。

从1969年到现在，我已写了三十三年日记。虽然字迹潦草，记事简单，可它常常在我需要的时候助我一臂之力。有闲暇时，我翻一下旧时的日记，还能陶醉在往事中。看到好玩的事，会独自笑出声来；看到苦难的事，就庆幸现在安静丰足、幸福的日子。看日记，还能为自己的生活作一番总结，从中悟到一点人生的道理。

每天写几行日记并不费时，可日积月累，你就会拥有一大笔财富！

奉劝大家都来写日记吧！

2002年3月上海

皇甫束玉

我写日记七十年

日记，日记，
知我伴我是你。
写呀写进心田，
记呀记到老年。
年老，年老，
记他百年更好。

这首《调笑令》，是我 1999 年为《束玉日记》写的自题词。"写进心田"、"记到老年"，我已从十三岁记到八十三岁了，还要坚持记下去。"贵在坚持"，这是我今年 5 月为山东诸城百尺河中学生第四届日记节的题词，也是我这七十年写日记的一条基本经验。

上学期间

1931年，也就是"九一八"事变那一年，我十三岁，考入山西省立第五贫民高等小学校。学校规定，每周一篇文章，记六天日记。国文老师还比较宽容，校长则十分严厉。他对国文课（包括作文、日记、书法等）要求非常严格，每逢星期天，我们要轮流给他背书，背错一字，打一手板。一次，我背错两个字，应挨两板，我恳求手下留情，校长念我初犯，记下两板，再错加倍。那时写日记，我们虽不太自觉，但是却认真按时交卷。经过这两年严格训练，养成了天天记日记的习惯。

1933年，我高小毕业，考上了山西省立第八中学（初中）。学校还是规定每周作一篇文章，但不要求记日记。国文老师只教文言文，不教白话文，我也只写文言文，不写白话文，读懂古文已很困难，写好文言文更是难上加难，一次作文课，老师以"雪"为命题，我痛痛快快地作了一篇白话文，贴了堂（大院玻璃橱窗展出），老师还加了批语："予常谓能为白话文者，未必能为文言文，而能为文言文者，必能为白话文，今观皇生此作，益信者矣。"我体会老师之意，还是要把文言文写好。于是我大量阅读古书，寻文摘句，锤炼文字，写日记就是最好的练笔方法。那时同学们传看两本日记——《芸云日记》和《蕙芳日记》，我也看过，文言文写得漂亮，但那实际是一种言情小说，对我写日记帮助不大。对我日记影响最大得益最多的要数蒲松龄的《聊斋志异》，其笔法简练，为我所师。初中三年，我记日记是自觉的主动的目的明确的，那就是为了提高写作水平，而我的写作能力也确实大有长进。有一年全校三个年级作文会考，我榜列甲等第二名。1935年"一二·九"运动中，为声援平津学生爱国运动，我们停课宣传，大家推举我起草宣言和传单，那篇《宣言》就是我用文言写的，当时认为是"得意之作"，现在看来，那是属于"诚心不让人看懂"的东西。我非常感谢国文老师及禹攸先生，以及音乐老师董伯勋先生，他们给我批阅日记和修改诗词，给我"吃偏饭"，凡是籍老师大笔圈点之处和董老师亲笔修改之句，至今都留有深刻印象。董老师爱好诗词，上音乐课常教唱古典诗词，如孟浩然的《春晓》、李后主的《虞美人》、岳飞的《满江红》等，使同学们不知不觉受到了这种艺术的薰染。我就是从那时开始学写诗词的，而且一一写在日记里，一直到现在还是如此，那两本诗集（《束玉吟草》和《凌晨集》）选录的五百五十多首诗歌，大部分都是从现存的日记中抄录来的。

有一篇日记，我至今难忘。一年暑假回家，我和同乡同学贾鸿儒、郝继曾同行，一天夜行迷路，在荒山古树上熬过一夜，因怕家长责怪，相约绝对保密，此事亦未敢记入日记，只在当天日记里一笔带过："抵温城时（我们投奔住宿处）犹红日在山也。"我每学期的作文和日记，父亲、舅父（曾教过我课）和大哥都要过目。一天，大哥对我的"红日在山"提出疑问，我一听就知道此事有人泄密了，于是如实叙述了那晚的事，并认真写了补记。那天我们走至山坡前，天色将晚，这时想起《水浒传》"三碗不过岗"的故事来。补记记述了我们怎样鼓起武松打虎的精神，奋力向山坡上走去，过了此山，便有住处。谁知行未及山顶，夜幕下降，此处才经雨水冲刷，山径难辨，上爬下滑，左转右转，不知所向，补记又记述了我们心急无奈，怎样相扶爬上了一株老树。"鸿儒年小居上，继曾次之，我手握棍杖，局下守候。盖鸿儒怕鬼，继曾怕狼，我怕坏人也。"补记还记述了我们在寒星满天，山风阵阵里，一夜无话，行至温城村，各自投亲，倒头便睡。如此异常表现，恐怕就是此时泄密的来由吧……我有这样一点体验，凡是动手写在日记里的事，一般都记忆比较长久。凡是记忆最深最久的事，那天可能就有一篇好的日记，此即一例也。可惜的是，不仅这篇好日记没有保留下来，就是整个上学期间的全部日记、作文、书籍、照片等，也都在战火纷飞的年代里荡然无存了。

战争年代

1937年，抗日战争爆发，我于太原成成高中辍学，像许多爱国知识青年一样投身革命。火红的战争年代，是我生活最艰苦、工作最紧张、思想最活跃的时期，在抗战、渡荒、土改、生产等如火如荼的斗争中，把耳闻目见的许多动人之事写在日记里，有的还发表在报刊上。那时我是太行抗日根据地几家报社的通讯员，也为几家杂志写稿，这些文稿不少就是从日记里抄过来的。例如收录在《束玉日记》中的"群众领袖五自占"和"双喜进村"两篇日记，就曾分别发表在《新大众》杂志和《人民日报》上。有一年，《晋察冀日报》（原《胜利报》）公布过一次通讯员供稿名次，我名列第一，可想我写的通讯不在少数，而且这些稿源也大都来自日记。

参加革命两年后，我记日记更自觉也更自由了。从此写日记没人翻，也没人看了。古今中外知识，喜怒哀乐之情，想什么就记什么，文言文、毛笔字、红格本，已不能适应战争环境和困难条件了，怎么说就怎么写，能找到什么样的本子，就记在什么本子上，记得有的本子封面上还曾写过"心境"、"心声"和"心曲"等字样。我有一件最苦恼的事，常挂在心上，也多记在日记里。1937年参加革命，1944年才入了中国共产党，这真是不堪设想的事，原因是当我觉悟到并且积极要求入党的时候，却无中生有地出了个"国民党问题"，我接受党组织的审查与考验长达五年之久。这期间，我焦急、苦恼、委屈、失望的心情，是难以向外人倾诉的，只有在日记里倾吐，好像和挚友谈了心，向组织上汇报过一样，心里觉得舒坦一些。后来找到一个机会，我把几本战时日记交给了当时的县委书记，也是我的入党介绍人杨蕴玉同志。她是最关心我的人，也是唯一看过我的日记的人。那时我曾这样感叹过："生我者父母，知我者大杨！"（当然应该说是党组织）可令人痛惜的是，就这几本战时日记，也和以前的几本日记一样，在一次反"扫荡"战斗中彻底毁掉了。当时我痛下决心，不再记日记！但是积习难改，没过多久，我又写起日记来了。

1945年8月，抗日战争胜利了，1946年2月，我带着我的日记本下了太行山，到晋冀鲁豫边区政府（在邯郸）工作。随着解放战争的胜利发展，1948年5月，我又北上到华北人民政府（在平山）工作。1949年3月，载满我喜悦心情的日记，同我一起进了解放不久的北平。遗憾的是，在风风雨雨中诞生的整个革命战争年代的日记，又在风风雨雨中一本本地流失了，幸存下来的只有记录在《束玉日记》中的两本：《1947年晋冀鲁豫区土改勘察日记》和《1947年太行区生产检查日记》。

建国以后

难忘的1949年。10月1日，中华人民共和国开国大典，我站在天安门城楼下，亲耳聆听毛主席的开国宣告；11月1日，中央人民政府教育部成立典礼，我站在逸仙堂的讲台上代表全体职工讲话。这种喜悦和振奋的心情，一直贯穿于以后的工作中。十多年来，除坐机关外，我曾两次下农村（稷山县劳动锻炼和怀柔县搞"四清"），两次上学校（中央高级党校和中宣部举办的景山大学），五次陪外国教育代表团访问，十多次出差到各省、市调查研究，本来这一时期的日记记述得较详实，保存得也很完好，但是文革大革命一场浩劫，它们也在劫难逃，有幸保存下来的只有收录在《束玉日记》里的两本日记：《1955年陪朝鲜教育考察团南访日记》和《1958年下放稷山劳动锻炼日记》。最近我重读这两本日记，觉得它基本上反映了我平时的工作态度和思想认识水平，还有一定的代表性。

看过这两本日记，有人提出："你那样紧张劳累的工作，哪来的时间写那么多的日记呢？"我说："时间问题客观存在，一天24小时，谁也多不了一分一秒，但人有主观能动性，只要有吃饭睡觉的时间，我就有记日记的工夫。只要你觉得非常必要而又十分乐意干的话，时间是可以挤出来和抢到手的。就以这次陪外宾南访来说吧，一天参观、访问、浏览、开会、看戏等活动以后，晚上12时以前还必须向当地外事部门汇报情况，研究问题，他们也同时要向中央有关部门汇报，这是制度，天天如此，所以我的日记就常是在别人的鼾声中记下来的。当然有时条件十分困难，三天五日不记一字的事，也是难免的，十年浩劫，不就完全停笔了吗？"

文化大革命开始了，我不知道好歹，还在写日记。被"夺权了"，住"牛棚"了，照样记，并按规定向红卫兵组织交劳动汇报，天天如此。忽然有一天，群众开"反击右倾翻案风"的批判大会，我的日记就成为物证。因为日记里抄录大字报时也抄录了给我贴大字报人的名字，被认为是想"秋后算账"。我受到了批判，也接受了教训，从此，不敢再写什么日记了，这一停笔就是十来年。这次批判大会引起我的高度警觉，家里立刻实行"空室清野"，老伴儿全力协助，所有包括日记在内的一切文件手稿等材料，藏的藏，销的销，小部分躲得过去，大部分化为纸浆，彻底销毁了，前边提到的战争年代和建国以后的四本日记，就是十年浩劫的幸存者。

离休以后

1983年，我离休了，被迫中断了十多年的日记，自然而然地又重新恢复起来。当时，就听胡耀邦同志说："离休对老同志来说，不是革命生涯的结束，而是开始了一个参加革命的新阶段。"我想新阶段就会有新任务，就应该有新记录，也可说是"老兵新传"吧。

"我自老兵骑在马，拼将余热发余光。"我离而不休，十多年来，积极参与编写与审订了《中国革命根据地教育史》《毛泽东思想研究》和《左权县志》等二十多部（本）专著，为各报刊写了几十篇文章，1989年获国家教委"老有所为精英奖"。这是我离休日记的主要部分，旁人可能很难想象，完成上述这些繁重的任务，正是我在长期患冠心病、脑血栓、脑肿瘤和肠胃癌等情况下坚持下来的，我在带病坚持工作的过程中，也坚持写了日记。就在最近几年内，我两次重病住院，也没有间断过记日记。前一次作肠胃癌手术，住院九十九天，在日记里写下了《病房漫想》和《抗癌记》等诗歌近三十首，选录在我的诗集《凌晨集》里。后一次是得了败血病，全身血液里都有细菌，同时伴有肺炎和肝功能不正常，还起了带状疱疹，医生说病得很严重，也很危险。我住院一个月，记日记三十天，其中十多天，我高烧不退，全天输液，夜半还要再输一次，就在这种情况下还天天坚持记日记。有人怪我多事，我说正是这时才更需要记日记。过去我常引用白居易的诗句："人各有一癖，我癖在章句。万缘皆可消，此病独未去。"那是指我爱好诗词而言的。现在可以补充一句："我癖在日记"，记日记已成"癖"，那就没有别的话可讲了。

"书画以自娱，山水不了缘。"日记记录了老人这些年的赏心乐事。我离休十多年，坚持学习书画，多次参展和获奖。眼看着"云呀水呀流笔端，花儿鸟儿活纸上。"能不怡然自得吗？谈到山水之缘，我的离休日记第一篇记的就是承德之游，接着是大连休养，以后由国家教育部和高教出版社连年组织离退休干部到各地参观休养。十多年来，我到过全国二十一个省市的四五十个旅游胜地，南至天涯海角，北到黑龙江畔，一般都有游记，《束玉文存》里收录的十几篇游记就是从离休日记里抄过来的。老有所乐，其乐无穷，我更感欣慰的事是今年元旦和春节前后到马尼拉探亲，女婿陈恳在世界卫生组织西太平洋区办事处（驻马尼拉）工作，女儿皇甫夏在国际学校教书，在美国上大学的外孙陈恺也在这时放假归来，我和老伴儿李淑贞和他们一起在此团聚，并且观览异国之风光，叙天伦之乐事，真乃人生之大快事也。我们是第一次探亲，又是第一次出国，每天就所闻所见所感之事，一一笔之于书，四五十天记日记约三万字，近在《日记报》（第20期）择要发表了几篇。

老来记日记与往年不同，时间虽有余而记性则更差。不仅是今天不记，明天会忘，甚至上午不记，下午也会忘掉，有的时候，还得随办随记。另外，每本日记后还附有活页"浮记"，有些琐事、细事，暂记一笔。俗话说"好记性不如烂笔头"，我的离休日记既是一本"流水账"，也是一本"备忘录"，全家都管用，老伴儿戏称我为不管钱物的"管账先生"。我离休十八年，天天记，年年记，累计约二三百万字。说是细水长流，有时也有曲折，有时还激起浪花。这浪花，或者叫思想闪光，或者叫心血来潮，兴之所至，尽情发挥，有的形成了诗歌，有的写成了短文，都随时记在当天的日记中，其中有些诗歌选入了两本诗集（《束玉吟集》《凌晨集》），有些短文选入了两本文集（《束玉日记》《束玉文存》）。它没有什么豪言壮语，也很少奇闻要事，只不过是一个离休老人的所为、所学、所养、所乐和所见、所闻、所感的点滴记录而已。

日记是我的知心朋友，是我的终身伴侣，是我的精神财富，也是我的成长历史。公开出版日记，是我思想的一大解放。《束玉日记》和它的姊妹篇《束玉文存》同时出版后，得到了一些老朋友（为数不多了）、新朋友（没有见过面的）和小朋友（有通信联系的）等的关心和鼓励，使我更有决心、更有信心将日记坚持记下去，生命不息，日记不止。

"回首峥嵘日，放眼艳阳天，耄耋何言老，迈向新纪元。"在进入新世纪的时候，我写了一首小诗，《写在2000年日记的首页》：

新的一年，
新的一篇。
写在新世纪的起点，
记着新千年的开端，
钟声振发不老的童心，
曙光迎来了又一春天。

2001年11月17日

何满子

日记琐忆

从少年时起,我就开始写日记。并不是懂得写日记的好处方这样干,而是——很可笑:我小时候就努力想装大人,大人干的事我也得干。家里的大人,父亲、舅舅们,我知道他们都是写日记的,因此我也得写。开头时写时辍,不能坚持,大约十四五岁起,便一直坚持着,除了特殊情况外,没有间断过,一直维持到1955年5月因胡风案受株连,入狱前一天为止。

哪怕是流浪和迁徙中,历年的日记我都随身带着。30年代初期开始,我喜欢用一种生活书店印行的布面装的《生活日记》本子，每年一册。记得淞沪战争，日寇从金山卫登陆，我随着战地服务团的伙伴仓惶逃出，在敌机轰炸射击南昌的险境下逃亡途中，五册日记仍装在我背上的行李包中，曾被伙伴们取笑。1937年年底，流亡到安徽屯溪，我卖掉了母亲留给我备用的一枚金戒指，第一件事就是在市上书店里买了一本《生活日记》。

日寇是那年11月上旬末（8日或9日）登陆金山卫的，从那时起的一个多月中，我们没日没夜地先是战火后是混乱中奔跑，真叫做"疲于奔命"。这段时间中或没法写日记，或只能匆匆记上数行，言不尽意。因此，1938年日记的开篇，是追述一个多月逃亡途中的遭逢的很长很长的记录，想起来大约有两万字以上吧。不幸这本刚用开头的日记本，连同带着的那五本，和行李包一起在南昌一个天主教堂被难民偷走了，同时失窃的还有我一位同伴的行李，我万分懊丧，窃贼盗去的东西并不值钱，对我却非同小可。敌世荒荒，我找谁去？只得又在南昌市上另购了一个新的。

1939年5月，我和陕北公学高级研究班的同学黄骅一同从陕甘宁边区出来。黄骅是武汉大学学工科的，头脑缜密，当时国民党已在出入陕北的沿途设卡检查进出边区的行人，我们绕道经过同官县，黄骅说，日记、笔记什么带着不妥，万一遇到检查，要捅娄子的。决定在同官邮局把他的记事本和我的日记本一起寄走。我没有固定的人收件，黄骅的哥哥在陕西省建设府任职，就一起寄给他哥哥。后来，我俩到咸阳时果然遭到国民党军警稽查所的盘查，黄骅果有先见之明。

从此，我也多了个心眼儿，从他以后，写日记尽量少写或不写日常生活、所处环境和人事来往的事务。只记每天读书的情况，日记全然成了读书笔记，上世纪40年代正是我读书最勤奋的时候，这十多年的日记里，每天所记的都是阅读所得，对所读书的分析、感想和批评，关涉日常生活的只有极简略的几行。因此，当1955年我被逮捕，所写的东西全部被搜查去检查，检查机关也不会从我的日记中捞到什么有用的东西。

当私人信笺、个人的片纸只字都可以诬陷定罪的年月，记日记就应视为畏途，因为哪怕是读书笔记，也难保不被从鸡蛋里剔出骨头来。因此，从此我就戒绝了记日记这件事。此后，日记本虽均蒙发还，但仍逃不过"文革"抄家那一劫，连同我的书籍、卡片、文稿一同扫数以尽。

如今，我仍每年有记事本，只记某日写某稿，若干字，寄某处，其他一律不记。

2001年5月　上海

吕进

从投稿到记日记

《九州诗文》双月刊1993年第3期刊登的《吕进答本刊人生十问》的第九问是:"你最美好的回忆是什么?"我作了如是回答:"第一次看见自己的作品变成铅字,当时我戴着少先队员的红领巾。"

如果要说的详细一点,这是50年代初期的事,其时我的家在成都市北郊的万福桥附近。一座小庭院里,住了三家人,除了我们一家和姑婆一家以外,还有姓夏的一家。我在川西实验小学读书。夏家有一位长我好几岁的大哥哥,在念高中,是个文学的狂热爱好者。正是在他的影响下,我开始读文学作品，同时，开始大着胆子学着他向报刊投搞。

我年少时心目中最神圣的报刊，一家是成都团市委主办的《少年报》，一家是川西团工委主办的《红领巾》杂志。真是应了"万事开头难"这句话，《少年报》和《红领巾》的大雅之堂很长时间内难以登上。两个编辑部后来干脆采取"算总账"的方式退稿：一次退若干篇，附一封信。后来稿件慢慢地可用了，从小消息，到短文，到连环画脚本，再到诗歌。当年要加入少先队，得全班同学讨论通过。我现在还记得批准我入队时全班会议上提出的两条意见，其中一条是不勇敢，怕狗。有一次，少年报社请我去开文艺通讯员会议，我在成都团市委大门口，看见有一条吐着舌头的狼狗在院子里跑来跑去，我装出一副若无其事的样子，"面不改色心不跳"，做起自己的事情来。两条意见都和写作活动有关。

到小学快毕业的时候，我已开始向成人报刊投稿了。川西文联主办的唯一一份刊物是《川西说唱报》，我写了一篇《金钱板》寄去。编辑部大概以为我是一位小学教师，于是，给"吕进同志"（《少年报》和《红领巾》的信都称我"吕进小友"）来信约谈。我一看信末署名"茜子"，真是又兴奋、又紧张，这可是我所崇拜的四川作家之一。川西文联在成都市布后街（就是现在的四川省作家协会所在地），平时很少逛街的我，从上午找到下午，才找到位于市中心的布后街。战战兢兢地跨进编辑部，战战兢兢地找到茜子。茜子一愕："你是吕进？"他马上反应了过来，拍拍我的头，哈哈笑着说："你找不到路，怎么不问警察叔叔呢？"事隔三十多年以后，忽一日，我收到茜子寄来的一首诗和一封信，希望听到我的意见——他当然记不得我永远难忘的那次"接见"，更不会将那个流着鼻涕的少先队员和搞诗评的吕进联系起来。

能从退稿的基础上迅速提高写作水平的原因之一，是我从小时就开始记日记。"文革"中，我逃亡在外，日记如果落入人手，很容易被摘出只言片语作为"三反"罪证，所以，系上的朋友冒险将我珍藏于箱中的中学时代以后的日记全部"处理"掉了。所幸,小学时代的日记保存下来,这成了我的"宝贵财产"之一。

童年记日记,首先是要坚持,再累,也要坚持一日一记。坚持几年以后,情况就会发生变化。这时,已经像"瘾君子"一样,一到晚上,必须"过瘾",一日不记,就会若有所失。日记成了我最知心的朋友——甚至超过了妈妈,有事有感都最愿意向它倾诉。日记成了诤友——这是对一天进行回顾与自省的最好场所,有了日记,"一日三省吾身"就有了最好的保证。其次是要认真,不要敷衍自己。无论是叙事、记感,一定要写得准确、流畅、生动。每日所记,篇幅可以不同,有可写的则多写,无所记时则少写;闲时多写,忙时少写。但对文字质量一定要非常苛求,决不放过任何一句,任何一字。这样记下去,写作能力必有提高。

我到现在仍然记日记。随着年岁的增长,人生阅历的增加,日记的视野和深度已和童年时的日记有了天壤之别,但将记日记作为练笔的习惯,我却从未放弃过。

凌鼎年

写日记是个好习惯

习惯都是久而久之养成的,好习惯与坏习惯都一样。

我写日记始于小学三年级,大约60年代初吧,屈指算来,我记日记已有四十年的历史了。因为天天写,每天记日记也就自然而然成了习惯,成了生活的一个组成部分。记得七八十年代时,我是在每晚临睡前记日记。若哪天上床前忘了记,就会睡不踏实,总觉还有哪件事没做,第二天必要补上。不过,忘记日记的日子很少,除非忙得昏头昏脑。

到了90年代,进出的信件多了,来往的朋友多了,参加的活动多了,要记的内容杂了，放到晚上记难免会漏掉啥，或记不清记不全，我干脆把日记放在办公室。信要寄出时，先记一下给谁谁谁再寄；收到信，也记一下是谁谁谁来的。如果外出参加活动，我就把日记带在身边，随时记。所见所闻都一一记上，回到家，一翻一整理一加工，一篇篇散文就出来了。譬如我在2002年5月份时去台湾访问了十天，回来后我写了《亲眼目睹反台独大游行》《干旱中的台湾》《台湾槟榔女》等三十一篇稿子。8月份去菲律宾参加第四届世界华文微型小说研讨会，逗留五天时间，回来后写了十二篇稿子。11月底应美国柏克莱加州大学邀请，去旧金山参加"世界华文文学学术研讨会"，也仅逗留六天时间，回来后写了二十六篇稿子。我之所以每到一处后，总能写出一批游记散文来，实在要归功于日记，转身可能就忘了，甚至再也记不起来了。即便日后朦朦胧胧有点记忆，总不是原话原景，一句话，回忆不是很靠得住的。

还有，我参加过多次海内外的国际学术研讨会，在这种会议上，往往是秀才人情一张纸，彼此赠书是常见礼节。若当时不记，后来不知这些集子到底送给了谁，还常常会闹出重复送书的笑话。所以我日记带在手边，边送边记，清清楚楚。

我的日记属于流水账式那一类，文字不多，内容不少，近乎备忘录。

例如每到年底，各级作协和有关方面总要我报创作成果，要编简报，要写总结，如果没有日记，我哪记得住那些内容，现在有日记这本账，稍稍花点时间再翻一翻，全有了，还准确，不会把时间、地点搞错搞混。

年底时，我写过《××年我家的十大新闻》《××年个人盘点》，靠回忆就很伤脑筋，想半天想不全；靠日记，事半功倍。今天我写《2002年个人盘点》时，有意想借此统计一下我全年到底做了哪些事，进出了多少信，我花了一天时间，把三百六十五天的日记梳理了一遍，结果得出数据如下：日记字数不加标点符号实打实大约五六万字；创作了文学作品二百六十五篇，约四十五万多字；发表作品二百九十多篇（包括选载转载)；外出参加各种活动二十多次；进出信件三千五百多封，其中收一千九百多封，寄一千六百多封。如果没有日记，我怎么可能对自己一年来所做的事情如此清楚呢？

　　写到这儿，我还想起了另外一件小事，常有读者寄钱来邮购我的集子，有次，有读者来信说没收到我的集子，我一查日记，回信告知：哪一月哪一天寄出的。果然，后来他收到了，原来被收发室的人放抽斗里了。还有一次，有个编辑来电话说：约你的稿，我们等着排版的，怎么忘了？我一查日记，报出几日几时寄的，叫他在编辑部查，果然稿子夹在报纸里了。

　　当然，这些或许都微不足道。就日记而言，如果所记内容涉及名人或较为重大、鲜为人知的事，说不定过了若干年，就有史料价值呢。所以，我应邀去学校讲课时，常鼓励学生养成写日记的好习惯，这对提高自己的写作水平，培养自己的韧性，做事有始有终等等都大有好处。

张石山

珍惜自由——关于日记的断想

读小学之前,五六岁的样子,堂兄堂姐们的小学课本我已经全部能读。我到太原来探视父母的时候,我的父亲突发奇想,要我一天写一篇日记。

我父亲是一个苦工,拉排子车的,半文盲。他小时在乡间只读过一季冬学,后来半猜半蒙地能认识一些字。他对我的希望是将来上大学,而不是依旧当半文盲;是成为一个文化人,而不是继续当苦力工。所以,当我们来太原短暂居住的日子里,他想拔苗助长式地强化对我的文化教育。

首先,教我打算盘。算盘,所谓珠算,加减法比较简单,乘法也不难，除法即归除相对难一点，民间有"学会四、七归，走遍天下不吃亏"的说法。但从二归到九归，我也没学几天，差不多一天一归。其实，那是一点口算的基础。

接着，就是要学习写日记。他的要求不高，一天一篇，看见什么记点什么，想写什么写点什么，有那么五六十个字就成。

写日记，我父亲的粗浅理解及我当时的感觉，也就是可以练习写字，能够学习记叙一点见闻。假如我能够养成写日记的习惯，持之以恒，也许早已得到更多的文字训练。

然而，当我依然回到乡间随祖母生活，乡间生活的穷困和教育环境的恶劣，立即打消了我的写日记的念头。我的同学们，那时都是五分钱买一张大白纸，裁开来订成作业本，谁家也不会另外拿出五分钱来给孩子准备一个日记本。

我父亲关于要我写日记的教育，大概也是心血来潮。我读小学期间，假期里也经常来太原的，写日记的事他竟然再也没有提起。

后来我到太原读初中读高中，我以及我的同学们也都没有坚持写日记的。人们生活简陋，学生作业负担够重，都不利于日记习惯的养成。

再后来，全党全军全国掀起学雷锋运动。雷锋做了好事要记日记的，于是中学生们都被要求写日记。大家读了毛主席的一段什么语录、在街上捡了一分钱、帮一位老大娘过马路之类，都要写上日记。

这样的写日记，像是完成任务，避免挨批评；像是记录自己的功劳，而不是记载个人感兴趣的见闻，更不敢记载什么个人的独立见解和秘密想法。简单的现象背后反映着那个时代人们的心理：要学会表演，把真实的自我掩藏得很深。即便在写日记的时候，人们都警惕着各种可怕的政治陷阱。

而即便如此，我到底还是被揪住小辫子，落入了陷阱。

文化大革命开始时，我们班上有一个父亲在公安局当小干部的学生，将他的父亲的公安侦破手段搬到学校，秘密搜查翻阅全班同学的日记。正是高中三年级，大家准备高考，我在日记上给自己打气鼓劲，说一定要努力复习功课保证考取大学。其实我是全校的优秀学生，我完全可以不要发誓也能够考取中国任何一所最好的大学。我不过是在日记上自勉自励，实在也难说算什么罪过。

不幸的是，由于突然停止高考，叫做停课闹革命，我的要考取大学的自勉，就成为被攻击的口实。当然，比起有些学生因为日记里的一些想法被打成"反革命"，我受到的攻击并不是最可怕的。

随便搜查他人日记的行为，不仅不受谴责，反而被称赞为革命行动。写日记则容易将自己写成"反革命"，那样的时代真令人不堪回首。

我的那算不上日记的日记，据说还在那些革命同学手中。而我自那以后，再也不曾写日记，所谓心有余悸吧。

现在的孩子们，可以写日记而不必担心被打成反革命；进步了的社会法律保护公民的隐私权，包括大家自由写日记的权利。

如果有人因为经常写日记，锻炼了文笔，甚至成为鲁迅那样的大作家、大文豪，那么，日记都可以结集出版。名人的私家日记，最终变成社会的一笔精神财富。

张厚余

日记与时代

我曾是日记女神的一个忠实的仰慕者与执行者。幼时，读伟大爱国主义者林则徐发配新疆时所写的日记《荷戈纪程》，就对日记可以体现一个人的人格力量留下终身难忘的印象。从小学到初中，我都不间断地记日记，除了有关兵火战乱而两度失学期间有所中断外，只要是有一张平静的书桌，日记本上就会有我或长或短的笔迹。上了高中以后，我的日记就记得更用心、更认真了，这一方面是由于我有了一个安定的学习氛围，十分浓厚的读书环境；另一方面是正在青春勃发成长期的我，每天都有许多纷纭的感触，正像何其芳先生一句诗所说的："我的脑子像开着的窗子，我的思想像众多的云，向我纷乱地飘来……"我每天都要用父亲给我买的、我最心爱的派克笔，在雪白的32开本上，写上满满的一页，一个月就写整整一本。那时，我生活中的主要内容就是读书，因此，日记上写的大都是读后感，当然也有青春骚动的苦闷和单相思似的暗恋，以及与同性朋友的纯真友情……

小学、中学十二年养成的这种积习自然要带进大学。在湖光塔影的燕园，在书香馥郁的未名湖畔，多思嗜学的我有了比在黄土高原的古城时更纷纭的感触，因而也就更没遮拦地在厚厚的日记本上倾泻。1956年至1957年，在我初进燕园之日，也正是中国知识分子自由思想活跃之时。在那个不平常的春天里，许多具有"五四"民主精神的文章、讲话、新闻都使我激动、沉思，这一切也自然"贮存"于我的日记里。

我真是做梦也未想到，伴随我十几年、与我形影不离、同我无话不谈的我的最亲密的朋友——日记，会使我坠入"阴谋"的陷阱。那是1958年2月一个最严寒最阴暗的日子，我所住的宿舍墙上贴出一张事先策划好的配着漫画的大字报，宣布我是漏网的右派分子，其根据仅仅是我写了一首歌颂"五四"民主火焰在燕园重新燃烧的诗。诗，本来就是形象而朦胧的。从中并找不到什么实质性的"证据"，于是，"阴谋"者们便动员我交日记，他们平时是知道我耽于此道的。他们一而再、再而三地哄骗我："厚余呵，你交出来吧，你交出来就是向党交了心，保证可以从宽处理……"也怪我太老实或是一时糊涂蒙了心，竟然相信了他们的甜言蜜语，交出了进大学一年来所写的全部日记，厚厚的十几本，整整的一大摞，我就这样真诚地出卖了我最信赖、也最信赖我的朋友！

他们就是根据日记中的片言只语，断章取义地罗织成了"定罪材料"，比如我对胡风问题的认识；比如我对斯大林个人崇拜的异议；比如我对所谓毒草《组织部新来的年轻人》《红豆》《现实主义——广阔的路》……的共鸣和赞美……他们非但未对我有任何的从宽，反而以粗暴的挟持手段轮番对我批斗，强迫我在"材料"上签了字……

我在北京的后二十年中再不写日记，哪怕一行一字，我内疚于对我最亲密的朋友——日记的出卖；也庆幸于对它的背叛，如果我仍执迷不悟，"文革"中被抄家时，它将给我带来更大的罪愆……

因此，青少年朋友们，你们现在能自由地写日记，这是一种幸福，是一种人生本来应得权利的回归，是时代历史进步的标志。年轻的朋友们呵，你们要珍惜这种权利和幸福，我也要步你们的后尘奋起直追！

吴仲华

我为动物写日记

我曾是个写日记的爱好者,那是在青少年时代。日记是写给自己看的,从不示人。婚后第一个女儿出世后,我也以婴儿的口吻替代女儿写日记,记录一个新生命稚嫩的可爱与繁琐的生活景观,同时记录了她父母的一些社会交往和国家大事。那时正当国民党黑暗统治时期,实际上抒发的是大人们愤世嫉俗的感情。这出之于婴儿之口是否有些别扭滑稽呢?回想起来,当时记下这些文字很自然,没有牵强的感觉。婴儿一出世就是一个社会成员,他们与父母的命运相连,能不与社会背景息息相关吗?

可惜这有趣的尝试没有继续很久。以后在生活的搬迁与工作的忙碌中，中断了孩子的日记。此后数十年，生活经验告诉我，天马行空式的涂鸦可能遭致麻烦，于是再也没有了写日记的雅兴。

现在，我却对写日记又勃发了浓厚的兴趣。但我所写的并非自己的生活记录，而是为动物写日记，这源头该追溯到几年之前了。

我是一个新闻工作者，离休后有了足够的畅游书海的时间和条件。我的阅读范围相当广泛，后来竟独钟情于动物，特别专注于阅读动物方面的书籍了，这给我的生活增添不少乐趣。对浩瀚的大自然与动物世界，我本无知或知之甚少，而阅读之后，我看到了一个奥妙无穷的新天地，用哥伦布发现美洲新大陆的喜悦来形容，是一点不夸张的。

由于浓厚的兴趣，促使我专注地收集资料，剪贴资料，并在阅读有关资料和书籍时随手在笔记本上记录一些趣闻趣想，时而整理成文在报刊发表，数年后积累了七十多篇，近日将在华东师范大学出版社出版，题目就叫《阅读动物》。

至今我与动物情缘未了，仍像关心兄弟姐妹般地关注着它们，它们的生态环境，它们的种族繁衍，或濒危或消失；对大自然生命的神奇、人与动植物密切相关的生物链等等，我都有所涉猎。我对过去那种边阅读边作不定期的记录，已感不足了，于是有了每天阅读每天记日记的念头。好在我身边大量的书报杂志和不断增购的动物类专著，足够满足我的阅读之需。所以我又开始写日记了，写阅读动物的日记，目的是充实自己的知识，自娱自乐。

这日记记些什么呢？也许由于新闻记者的职业习惯，我最看重的是信息，有关动植物生态的要闻趣闻，还有有关生物学界多年来关注的一些问题：如动物是否有感情意识，是否有智慧和思考，动物之间的语言交流以及如何与人交流，动物的许多行为为何与人相似、人类是如何从猿到人的诸种问题，都是我的首选。下面简介两则个例以补助说明：

一、上海《新民晚报》的一则短讯：家住市区的某先生，遭遇黄鼠狼放屁，差点给臭气熏倒。这位先生忽然发现一只不知从何而来的黄鼠狼，正从一间放杂物的屋子门洞里钻出来，向下水道逃去。他连忙赶上去用脚踏住黄鼠狼的一只后脚，使其动弹不得。正想捉住猎物，忽然一阵恶臭袭来，一阵紧似一阵，这位先生被熏得昏昏然，终于不得不放弃猎物云云。

原来这臭气正是黄鼠狼（学名黄鼬）的护身法宝。它没有狼的利牙利爪，性极胆小，遇天敌总是逃为上策，若逃不了它就会使用它的"化学武器"，在生存竞争中赖以克敌保命。像这样使用"化学武器"的动物很多，如有些蛾类、甲虫、千脚虫这类小动物，都会制造出剧毒的氰化氢物质。作为人类，你根本不应是它们的天敌，你大可不必去惹它们。那黄鼬的皮毛和肉虽有较高的经济价值，也不值得冒臭气中毒的危险去逮它啊！

但野生动物跑到城市里来闲逛，却也是怪事。这只黄鼬，若是公园里饲养的观赏动物，那就是管理上的疏忽了。

二、《宠物鸟报告》一书的作者塞雷布兰卡认为她家养的一只非洲灰鹦鹉有幽默感，很会和她开玩笑。她举例说，当她杀一只鸡做菜时，那只名叫马瑞的鹦鹉忽然叫起来："哦，不！不要杀帕克！"帕克是她养的另一只鹦鹉。她向马瑞说：这不是帕克呀！马瑞装腔作势地回答："哦，哦，是吗？"，接着便呵呵大笑。

显然，这鹦鹉有头脑，它的伶牙俐齿让人惊喜。但这是否就可叫作智慧呢？塞雷布兰卡认为：智慧就是保证生命延续的技能和手段。许多物种都延续下来了，说明动物有智慧，何况鹦鹉这种特别聪明的动物，只是它们的视野比我们人类狭窄罢了。

徐开垒

老师教我写日记
——给凤城二村小学生薛晓雷的一封信

晓蕾小朋友：

你托人给我带来你写的两本日记，放在我这里已快一个月了。因我最近到江苏、浙江几个城市兜了一圈，信迟寄了，请原谅。

读了你的日记，我真高兴。想不到今年暑假你到我家中，我劝你动手写日记，你回家后就这么快照办了。说实在的，那个晚上，我是存心考考你的。因为我早就听别人称赞过你，说你在幼儿园时就认识了不少字，上小学前已经看完了十几本小说，现在已能下笔成文。这样，当你爸爸和妈妈作为我家旧邻来我家做客时，我就

向你命题作文,要你把你当天在我家看到的事情写下来。不料,你真拿起一支铅笔,在我面前很快写下这样的一段话:

今天,爸爸妈妈带着我来到了徐爷爷的家里,外婆请我们饮可乐,又请我们吃水孵蛋和牛肉干。徐爷爷家里有几只大书橱,放着很多很多书,里边还有不少巴金爷爷写的书,听爸爸说,徐爷爷还在写《巴金传》哪!

我读了你写的这一段文字,就想到自己在你这样岁数的时候,还在一个破庙改建成的一家十分简陋的小学读书。那时我什么都不懂,也不曾进过什么幼儿园,一到七岁,就让家里送到这个离家较近的连"初级小学"都称不上的小学来读书了,因为这家小学只有一个老师、一个教室,一、二年级在一个课堂里联合上课,三年级就得转到别的学校去读书了。我记得当时我与我的二哥每天一起上学。我读一年级,他读二年级。我们分坐在教室的左右两边。老师教了我们一年级的课后,就教他们二年级的课。这样,轮流教课,左边听课,右边就闹了起来;右边听课,左边就闹了起来。互相影响,左右两边都不得安静。说实在,那时什么书都不曾读到。

我在那个设备简陋的小学混混沌沌地过了两年,不要说作文,就连字也不曾识几个。直到1931年夏天,在暑假中,有一日,家里来了个客人,他是我祖父的老友,是宁波当年最著名的一家小学校长,名字叫陈蓉馆,祖父和他谈了一个多钟头,就把他送了出来,在院子里,他见到我,摸着我的头说:"你就是开垒吗?很好,过了暑假,你就是'翰香'的学生了!"

"翰香"就是这家完全小学的名字。这一年秋天,我果然被祖父送进了这家小学读三年级。那时白话文早已通行,但翰香小学仍然读古文,那老师从农村来,他不顾我祖父与校长有深厚的交情,天天逼着我背书,有时背不出,就挨他的打,不是用小木板打手心,就是用他粗壮的大手打我的头。我见到他,像见到阎王爷一样害怕。这样战战兢兢过了两年。到了五年级,换了个张守瑜老师,他不但认真教课本,还开了一张书单给我们，叫我们读课外书，其中极大部分是"五四"运动以后出版的新书。他还对我们说："背古文，当然能使自己国文程度提高，但更重要的是要自己有兴趣阅读课外书，使自己眼光开阔，思想进步。"

  同学们听了他的话，逐步养成了读书的风气，《爱的教育》《三国演义》《岳飞全传》和鲁迅、茅盾、巴金、冰心、叶圣陶等作家的作品，都成了我们争相阅读的对象。张老师很高兴，就又对我们提出要求，说："读书当然很好，能使我们作文进步；但光读书还不够，还要多动笔，锻炼自己随时动脑筋，写文章。"这样，他就向我们提出：人人自觉写日记。

  我正是从这个时候开始写日记的。写日记真是一件大好事，它对于我的帮助真是讲不完。它不但帮助我记住了过去的生活，还让我每个晚上开动脑筋，锻炼思考能力；又使我有天天动笔，记事、抒情、发议论的机会！

  通过天天写日记，我的思想比过去敏捷了，我的作文也比别人写得快。有一天，我生病在家请了一天假，第二天上学校，小同学悄悄对我说："老师把你的作文抄在黑板上，要我们向你学习呢！"我听了，眼泪都快流出来了。张老师从不在我面前称赞我，因为怕我有了成绩就骄傲，所以选在我请假不在校的时候把我的作文介绍给同学们。张老师是这样无微不至地教育着孩子们！他教我们读课外书，教我们写日记，对每个孩子个性摸得很透，然后针对着孩子个性施教，这是一种多么崇高的品德！

  所以那天你到我家里，当我现场考你，要你写出短文的时候，我就提到我七岁的时候是那么一窍不通，而眼前你七岁却那么迅速地向我交出这么一篇通顺的文章来，真使我大吃一惊！这使我感觉到你是多么幸福，你的七岁境遇，比我七岁时的境遇好多了。这当然有你天资聪颖和主观努力的一方面，但更主要的还是我们这个年代，它使你有机会顺利地进幼儿园，有那么好的奋发有为的老师们和父母的教导（"文革"期间你受难的父母和老师就不可能像现在这样，使你身心十分健康地成长了）。

80年代确是我们十亿人民团圆、民族和睦团结的年代,在这样年代出生的孩子,是十分幸运的,那肯定比像我这样20年代出生的人幸福多了。

我把我半个世纪以前进翰香小学这段生活告诉你,是因为我曾经遇到过这样一个好老师——张守瑜先生而感到幸运,这在旧社会确是很难得的。那时许多人都把读课外书当作"看闲书",意思是看不正规的书。特别是张老师不用强制手段,而是用鼓励的办法,劝学生写日记,告诉学生"写日记不但帮助人记事,还锻炼人思考的能力,提高人的聪明才智",这是十分不容易的。

现在你把两本日记托人带给我看,我觉得比什么都开心。读了你的日记,使我不但了解到你的家庭生活和学校生活,还使我知道你得过奖,乘过飞机到杭州风景区游览,你真不错啊!当然,你的日记也有一些错别字,这不要紧,我已在旁边给你改正了,你以后改正就可以了。还有三点要请你注意,第一,你要把"的"和"得"的用法搞清楚,因为在你的日记里,有很多这类的字句:"我把楼梯扫的干干净净"、"上了飞机,我觉的很新鲜"……显然,你该用"得"字的时候,你都用"的"字了;第二,写日记是写给自己看的,因为日记实际是心灵的独唱,抒发的是内心的真情,再没有地方比日记里有更多的真话了,所以你写的日记有时用这样的字句:"还有的我说不上了,下次再说好不好?"这就像在台上讲故事,不太妥当了;第二,写日记除了我在上面说过的几个好处外,还有一个特点,这就是对一个人有没有恒心,对一件事坚持到底的考验,我觉得你的日记开始时写得很认真,自己也很清楚,日子久了就写得不那么端正了,造句也不那么完整了。我想这也许是我要求高了一些,对你这样一个七岁的孩子,我对你要求过严,也许是我的不对啊!

最后,让我祝愿你新年快乐,并取得更大的进步!

徐爷爷

1991年12月15日

郭风

我写日记的历程与方法

我的日记有两种,或者说有两种写法和用途的日记。一种日记,是模仿鲁迅先生的日记而作的,每日只记谁来谁往,得谁的信又给谁发的信等等,看似是一种备忘录。原先,我写的日记,记所见风景,记晴雨阴晦以及异常天气,记友人的谈话以及自己信件的摘要等等。此种日记,一般写了一两个月,便坚持不下去了,因为此等日记费时太多。后来读了《鲁迅日记》,得到某种启发,以为此等记法甚善,乃仿制,甚至行文也多加模仿,由于这样写,虽似备忘录,但简洁,亦颇有风味,并且此等记法,最可取者是能够坚持下去。

另有一种日记，可谓纯属为了创作的准备而作的日记。说它是一种笔记亦无不可，我的这种日记，颇受《契诃夫手记》的启发。在日记本上记一个有趣的人名、俚语，一般某人所说的笑语或奇怪的手势、动作。此外，我访问一些名胜古迹，或在某一风景区的旅馆住下来，或在旅途中车过某处，凡所见、所闻、所感或所思，有值得一记者，往往随时在日记本上记录下来，用很快的速度。这和速记一样，好处在于真切，没有矫饰。我在北戴河度假时，每日凌晨至中南海滩海滨，坐在岩石上看日出，随身携带日记本。日出前后，空中云彩变化微妙无穷（几乎可以说是每日、每时、每刻不同），我往往把云彩变化的各种形状，以及云层色彩的层次变化，用"图像"画在日记本上，有的"图像"还有黄、红、粉红、橙黄……等等色彩的记载。待回到旅馆时，再以文字作初步整理、记录。1981年和1986年，我出访菲律宾和波兰时，坐在高速公路的汽车上，从车窗里看望途中风景，时有所感，也在日记本上记下来。由于车行很快，又贪图多看风景，往往只能记下几个单字，待回到旅馆时，抽空再把途中所感用文字详细记录下来，那些"单字"起了"回忆"和"引导"作用，提醒作用。这样做，可以把一瞬即逝的某些感受及时记录下来，不至于事后遗忘。

约略说来，我以日记体写作的散文，经发表者，先后有《江南日记》《泉州日记》《港仔后日记》《北戴河日记》等。此外，还有从日记上录出的片断和散文，如《摘自日记上的散文》《日记上的游踪》等。访菲时，很快写出《马尼拉书简》，虽是书信体散文，但实际上是利用记在日记上的笔记写成的。

那么，这些日记体的散文，是否写在日记上的笔记等原封不动地誊写在稿件上投给报刊发表呢？绝对不是。因为日记，乃至写在日记上的笔记，到底是写给自己看的，是自己对于一些人、一些事和物的备忘录；

即使为了创作记在日记上的某些感受，事后经过一定整理，但严格说来，它仍然仅仅是一种"备忘录"而已。从日记上的记录到成为文学作品公开发表，在某种意义上说，有一个"质"的变化。欲使自己看的日记，成为可以公诸于众的作品，显然需要一个"加工"的过程。我要说，这所谓"加工"，绝非文字方面的修饰，这也许是需要的，但这所谓"加工"，主要指的是丰富作品的内涵以及力所能及地使思想内容深刻化。对此，其实也是作者对于欲描绘的客观事物的加深认识的问题。

记得是1982年间，我曾作《关于散文创作的书简（二）》一文，着重谈写日记及有关日记体散文创作的问题。此文中曾提及，我曾在《厦门日报》发表《日记一则》。发表后，自己十分不安，因为我知道，此《日记一则》并没有把那天我在厦门看月食的感受、心情表达出来。后来，我对此加以补充、修改，对于日蚀，增加了一句，即在"食甚的时刻已经过去了，它开始渐渐地复圆！"之后，加上"它正在经历一个被遮暗而渐渐地归于全部光明的过程。"我自己以为补充此句，内涵加强了，而这实际上是对于月蚀的认识之加强，不可能是随意加上这一句话的。

以上所述，也许是有关我写日记的"历程"以及"方法"，也许是从一般日记成为日记体作品的一种"历程"。从上所述，也许可以多少知道，记日记对于文学创作的种种益处：锻炼培养随时留心周围事物的能力和习惯；锻炼观察、认识周围事物的才能；养成把文章写得简洁的习惯；随时在日记上作笔记，既是练笔又是锻炼感受外界的能力和培养对于外界事物具有敏锐观察能力的一种途径，等等。

周骥良

从写日记起家

我小时候傻乎乎的,是个笨拙的孩子。又从小在家塾中读书,虽然活在大都市里,其实却和呆在深山老林差不多。等背着书包到外面上学,一切一切都是那样陌生,那样无法适应。当时正处国难当头时刻,学校设有军训,我长着一副宽肩膀,成了排头兵。教官喊喝向左转,我却向右行,搅得整个队形乱了套。那年我十四岁,竟然左右不分!功课更是跟不上,数理化不必提了,就连音乐唱歌我也不灵,连五线谱都不识呢。考唱歌的时候,三位善唱的同学把我夹在中间,他们张嘴我也张嘴,他们出声我却无声。被音乐老师听出来了，这位高鼻梁蓝眼珠的外国神父不懂中文，却懂蒙混过关的含义，单单考我一个人唱，这下子砸了锅。我还有点特长没有？相形之下，只有中文还能对付，毕竟在诗云子曰中混了多年。遗憾的是，我对古书并无兴趣，只能背诵不能理解，因此作文也不行，往往前言不搭后语，笔实在是太沉重了，作文是最能体现学生水平的。语文老师有次问我："你在家塾中究竟怎么读书的啊？"这是问话还是打我的耳光？羞得我低下头去。我虽然傻乎乎的，但自尊心可是强哩，也是想做一个学习好的高材生哩。

转过年来，卢沟桥事变爆发了。基于爱国的热情，不愿到学校受亡国教育，就呆在家里看书。这些书都是我从商场的旧书摊上买来的，价钱很便宜，又都是进步书籍和文艺书籍，使我眼界大开。这当中就有作家的日记，我很喜欢读日记，日记都是短短的，而且写事写心灵都特别真实，真实是最能吸引人的。这当中也有作家的自我介绍，好多人都是从日记开始走向文坛的。我像是找到了一把开门的金钥匙。数理化我是理解不了的；音乐唱歌我也头痛；本来，做一员武将总是我少年时的憧憬，可是向左转变成向右转之后也就把我的美梦碰了个粉碎。我还是当个作家吧，作家的称呼又是多么高贵，简直就像挂在天上的星星和月亮，这可不是吹着玩的。但既然前辈人把路铺在这里了，我跟着迈步总是可以的。所以我也就开始写日记了。

我的日记有两种：一种是读书的，每读完一本书，我就把读书的印象写下来。最初还有日期，后来连日期也不记了，我共记了几大本；一种是记事和述怀的，所见所闻、所思所想都录在上面。这日记我只写了两本，也就是写了两年，以后就停笔不写了。这是因为在这两年之中我的思想有了极大的转变，已从单纯的爱国主义走向了马列主义。不能再把思想上的脚步留下来了，那会被敌人抓去，出大问题的。

虽然这样的日记只写了两年，但当我转年复习的时候（这时才刚写了不到一年），我才觉得拿在手中沉重的笔已经轻松多了，下笔宛如行云流水，每份作文卷都洋洋千言，再也不会前言不搭后语了。我觉得写日记在锻炼文笔上恰恰符合了"勤能生熟，熟能生巧"的规律。我也就此真的向心目中的星星和月亮的作家行列中奔去。

裴显生

日记是此我与彼我的交流

我是研究文章学、写作学的,没有专门研究过日记学。但我有写日记的习惯,多年坚持写日记,给我带来很多好处。我喜欢翻阅自己过去的日记,反省自己走过的人生道路,并从中获得写作的材料。我以为,日记是此我与彼我的交流。这种交流,有益于人生,有益于人的发展。学会并坚持写日记,不仅可以锻炼自己的思维能力和表达能力,提高写作水平,而且可以积累自己的人生经验,提高思想修养和工作能力。因此,我希望青少年能养成写日记的好习惯,写好自己成长的历史,把自己塑造成祖国现代化建设的有用之才。

搞学术研究，必须掌握充分的资料。不少同志习惯做卡片，我也学着做过，但始终没养成这种好习惯。我喜欢把自己的见闻、感想、读书心得和书籍报刊上有价值的资料写进日记里。这些材料有具体内容、有详细出处、有自己的分析和看法，查找起来方便，使用起来也省力。可以说，我写的文章和书，大都与日记有关。可以说，从日记里可以看到我治学的轨迹和文章的雏形。

日记是一种应用文体。实录性是日记的基本特点，真实性是日记的生命。因此，应该把日记与日记体文学作品严格地区别开来，尽管日记形式多样，也可以在日记中写诗、散文。研究日记这一文种的日记学，是一门微观型学科，是实用文体学的一个分支。长期以来，我们在文体学研究上"重文学、轻实用"，千军万马走文学研究的"独木桥"。这种情况，对现代化建设不利，对培养人才不利，应该改变。日记学这几年开始引起重视，并已有了一批成果，令人欣喜，希望有更多人来从事这门学科的研究工作，深入探求这一特殊文体的特点、源流、规律，使之得到健康发展。

日记和书信同属应用文体。日记是一种自我交流形式，书信则是一种人际交流形式。现代科学技术的发展，书信这种形式受到了严峻的挑战。因为电讯事业发展了，人们可以打电话来交流。电话是双向交流，比书信方便。当然，电话也不能完全代替书信。而日记的情况相反，会越来越发展。它不仅具有实用功能，而且具有审美功能。人们在工作之余，可以按自己的意志把见闻、感想、经验、教训记录下来，把自己心灵深处的隐秘抒写出来；可以在写作实践中锻炼才思、文才……经常阅读过去的日记，如同与过去的自己亲切交谈，温故而知新，饶有兴味。当代日记写作、阅读的实践呼唤着理论，要求在理论上的表现。我想，这正是日记学独立和发展的缘由。

施雁冰

桂影梦忆——我和我的日记

念初中一年级的时候,我很喜欢上生物课。教生物课的先生是个热情的青年,个子不高,脸上经常带着秀美的笑容,两眼炯炯有神。那时,上课没有标本,靠三寸不烂之舌,他把动物习性讲得十分有趣,仿佛带着我们在野生动物园中漫游。

生物先生是我们的班主任,我是班长,经常帮先生收作业本。渐渐地我对他产生了一种莫名其妙的感情。见了面不敢正视,与他对话时脸红燥热。每天早晨,凝视着他穿过教室前走廊去办公室的英姿,心中充实无比;每逢周末,见他拎着鼓鼓的皮包回家，不免怅然若失，从此，不再向往礼拜天了。这种陌生的感情使我惊喜惶恐无比，没对人诉说，只是深深埋在心底。

忽一天，办公室里不见了生物先生的身影，代替他的是位女士，同学们都不知他去了哪里，也不探问他的行踪。唯有我，两眼怔怔地望着走廊，等待着那再不出现的身影，眼前像陨落了一颗巨星，世界一片灰暗。

星星即使在远处，也会闪亮。不久，先生给我来了一封信，询问同学们的学习情况后，告诉我他现在某城市考生物专业出国留学生，无论考取与否，都不准备回校了。我悲喜交加，用极快的速度写下了平生第一封航空信，写完后，仍坐立不安，总觉得要干些什么才能定心。手头有本小小的道林拍纸簿，于是就将自己的惊喜和爱统统对它说。封面上还郑重其事地写上"桂影梦忆"四字，因先生名字里带"桂"字。第一篇日记是记收到信的事，总共不过六行，二百多字。从此，薄薄的拍纸簿成了我的密友，对父母都不能讲的事，我却对它倾心而谈。先生来一封信，我就写一篇日记，它总是秘而不宣，静静地躺在一只旧书包里。

日记是白话文，信则必须是文言的，因为先生信中使用的是飘逸而潇洒的文言文啊！对我来说，使用文言文毕竟吃力，只能求助于古诗词、散文。在未收到来信时，回信的草稿已大致拟好，加上如"纸短情长，不尽言语"之类的语句，俨然装出大人的样子。"回信"陆续写了七封，每封的文字和结构各异。寄出的只有三封，因为先生去美国后未再来信，那些早产的"回信"就成了作文的练笔。我的日记本面临绝境，后面是一大片空白。

自作多情的少女的心受了创伤，没有眼泪，没有叹息，时光荡涤着污泥浊水，回首往事时，我隐约发现，一切竟都是"莫须有"的自作多情，他根本没把我当作一回事啊！有种妒忌心的感情浮起：总有一天再见面的时候，要让他知道，我不是个平凡庸碌的人，能配得上他！

重新捡起日记，记下了我的决心，接着又记了父母、弟妹、同学。母亲代替了生物先生的位置，日记里记得最多的便是她。她是个瘦长的浙东妇女，浓浓的乌发披肩，用个水钻夹子夹着。算命先生说她三十岁会交好运，谁知三十岁那年爆发了抗日战争，家被毁了，生活越来越苦。家里经济不宽裕，有时朋友送来一串香蕉，除分给弟妹们以外，留下的就吊在阴凉处。香蕉皮一只只都发黑了，她还舍不得吃，留着等我回来吃。

学校离家远，为了省车钱，我借住亲戚家。我想母亲，向她要张照片留在身边。照片很少，且都是抑郁的，我没有要。一个星期后，她轻轻地把一张新的照片夹在国文书里说："你看，这次我不是笑了吗？"

的确，她笑了，并不由衷。我发现纸中的人影已经不是三十岁前等待好运的母亲了。高高的颧骨，苍白的脸，显得瘦了，老了。不久，母亲病了，医生说是可怕的心脏病，起因是劳累过度。我这才明白拍照时她笑得不顺畅的原因，病魔早在侵蚀她瘦弱的肌体，她不让人知道，还要装笑容给我们看。原来她已忘了自己，她是为儿女活着的。我含着泪把一切都记在日记里。恰巧有一次作文，自由命题，我毫不犹豫地写了《母爱》。把几篇日记中的有关片断凑在一起，稍加组织，就成了篇洋洋两千字的作文。这篇文章写得极为顺利，速度也异常快，思绪像流水一样传到笔尖，流泻在纸上。一些优美的词不时跳跃出来，使我自己也感到惊奇。教师当然给了高分。日记，这平凡的生活记录，竟有这么大的威力，它培养了我观察生活的能力和驾御文字的技巧。从此，那支作文的笔提起来总是那么轻松和舒畅。

我的日记，从少年写到青年，从青年写到中年，满满二十本，不幸在文化大革命中被毁了。为此，我难过了好几年，发誓不再呕心沥血去干这种事。谁知本性难移，现在又开始记了。我不能忘怀日记给我的种种好处，于是难舍难分。现在我有些创作素材，还是从日记中来。封面上仍然是"桂影梦忆"四个字，以纪念那位促使我写第一篇日记的生物先生。

陈模

记日记使我走上创作的道路

我的家在上海沪东区,两个姐姐在日本纱厂做工,父亲给人家烧饭,家里穷得叮当响。我在江苏泰兴县老家,曾读过几年私塾,看到别的孩子背着书包上学,心里是多么羡慕啊。我不能总是当徒工、拾垃圾,我要上学,我要念书啊!

1935年的8月,我看到沪江大学附属小学贴了招生广告,就到小学校招生处报名,一个戴老花眼镜的老头儿把手臂伸出窗外,粗声地说:"拿来!"

我莫名其妙地问:"什么拿来?"

他生气地训斥道:"你连这都不

懂！上学要交学杂费！"

我问："要多少钱？"

他答："七元九角六分！"

我吃惊地叫起来："这……这么多呀！"

老头儿说："多？上学以后，还有校徽费、制服费……咳，没有钱是上不了学的。"

我身上只有两角钱，要让家里拿出这么多钱，也是拿不起的。上海的洋学堂哪是给穷孩子办的？我伤心得流下泪来，无精打采地往家里走。

1936年开春后，一天我背着垃圾筐走进顺城里，见许多孩子在临青学校报名，我也走过去观望，孩子们一个个报完名，我也没敢走进注册处。

一个胖胖的女老师走到我的面前问："小朋友，别的娃娃都报完名了，你怎么不报名呢？"

我嗫嚅着答："我……家里……没有钱。"

女老师问："你家里做啥的？"

我答："两个姐姐给日本纱厂做工，父亲给人家烧饭。"

女老师把手搭在我的肩上，笑了笑，和蔼地说："你家里是工人。我们学校是工会办的，贫困人家的孩子，可以免费入学。"她拉着我的手，"走，我带你去报名。"

她替我报了名，垫钱买了四本书，放在我的手上，我一看是语文、算术、自然、英语。她叮咛道："你入学了。我是刘老师，是中年级的班主任，你编在我的班里，明天一早你来上学吧！"

啊，我入学了，入学了！天下真有这样的好事，学校可以不收学费。刘老师又替我垫钱买了书，她是个多好的老师呀！

1941年2月，我在重庆做抗日儿童工作。党的南方局送我到延安中央党校学习，我见到了盼望已久的刘老师。她的大名叫刘筱圃，是1932

年入党的老党员。

刘老师是四川古蔺县人，师范毕业生，尤其爱好文学。她讲授语文，不仅讲解生动，还非常重视作文，大多自己命题，要求十分严格。我们写的作文，每次她都圈点批改，评语写得很详细。她提倡从三年级起写日记，她说："写日记的好处数不胜数，终生受益，概要说来有三点：一是练笔，二是练思想，三是练做人。"她讲这些，我当时不能完全理解。日后渐渐体会到，讲得既周全，又深刻。她规定日记必须天天记，有事多记，无事少记。我们学生自然听她的话，天天记日记。她自己呢？每隔三天评阅一次，从未耽误过。我记得清楚，每次发日记本这节课，每个学生都怦然心动，兴趣盎然。刘老师先作总评，这次大家记得如何，有何新苗头，有哪些缺点。最后，她让记得较好的学生，自己念一下日记（我曾多次站起来念），她最后作小结。她这样做，我们学生谁也不敢懈怠。她通过评阅日记，掌握了每个学生的动态，每个出现的思想萌芽与家庭困难，从而及时地帮助解决。

我过去从未记过日记，开始记时，难免出现记流水账、散漫、不讲究文字等缺点，在刘老师的指导下，短期内逐渐改正，掌握了每天以记一件事为主，尽量把自己的实际感受写出来，写后修改、润饰一下。刘老师阅评时，不再着眼于技巧，对我的要求更高了。我在私塾毕竟读过《论语》《孟子》《幼学琼林》，语文基础比较好，写的日记质量是较好的。比如1936年"五四"国耻日这一天，刘老师带我们学生到江湾列队瞻仰了顾正红烈士墓，对这位上海的抗日英雄行三鞠躬礼，她讲了我们不知道的烈士的事情。悼念之后，我们参加了群众的游行示威，遭到国民党警察和马队的镇压，刘老师及时指挥我们撤进一条弄堂里。回校后我写了《在顾正红烈士的墓前》的日记，刘老师看了觉得不错，推荐到上海《小朋友日报》发表了。

我的另一篇日记《星期日的刘老师》，写星期日这一天，刘老师不休息，带领我们全班学生去新上海，参观历史博物馆，又看了吴淞口渔市场的情况，傍晚坐火轮返校的经过。在同学们的鼓励下，我投稿到苏州市的《儿童新闻》报，不久就发表了。这是我第一次自己投稿，看到自己在白纸上写的蓝墨水字，变成了一块块黑色的铅字，在报纸上发着油墨的芳香，心里涌起了一种喜悦之情。

刘老师住的单人寝室，我们学生下课后常去玩。寝室里有一个书架，上面放了鲁迅、郭沫若、茅盾的文学作品，还有不少苏联作家的小说。我怀着惊奇的心情，一本接一本地翻看着，越看越起劲，我问："刘老师，你怎么有这么多的书呀？"

刘老师笑道："这只是一点点书，你到上海图书馆去看看，有几百万册，那才是书的海洋哩！"

我又问："老师，你这些书，我可以借回去看吗？"

刘老师答道："欢迎你们借阅，就是要爱护书，不要弄脏、弄丢。"

我借了一本鲁迅先生著的《呐喊》和邹韬奋先生著的《革命文豪高尔基》，像得到了什么宝贝一样，当晚温习好功课后，就在灯下看起来。

刘老师见我学习好，能写作文，就推荐我代表中年级参加全校的壁报编委会，又到新选出的学生会当秘书。同年秋天，我升进了五年级，刘老师又是高年级的班主任。我们学校属于地下党组织领导，由于支持沪东纺织工人大罢工，公共租界巡捕房逮捕了几位老师。我们学生把刘老师藏在一间屋里，躲过了这次风险。她不能再在临青学校教书了，党组织让她到日本去留学，我们到汇山码头送她上船，一个个难过得哭了起来。轮船驶离码头，她站在甲板上一直向我们挥手，直到轮船从我们的视线消失……

刘老师虽然离校了，她对学生的教诲，大家始终记在心里，每个人还照样记日记。从五年级到六年级，我的学习成绩在全班都是名列前茅。

一天下午，临青学校的小吴老师来看望我们，他见我们在主动工作，非常高兴,临走时把我们记的日记带回去看。他向教育社地下党组书记王洞若作了汇报,王洞若说:"这批孩子非常可爱,抗战热情很高。吴老师,你去把他们组织起来吧!"

从此,吴老师每天来帮我们排戏、练歌、练舞。1937年9月3日的晚上,我们向收容所一千多难胞演出了《火线上》《捉汉奸》《放下你的鞭子》等话剧及《大刀进行曲》等歌舞,效果出人意料得好,有的青年表示,他们不再流亡了,明天就报名参军抗日。演出结束卸完了装,已经是深夜十一点钟,大家仍不肯散去。吴老师说,大家干了一天,早点睡吧。我们说,不能演完这场戏就收了,我们还要到战地去演出,到难民收容所、伤兵医院、工厂、学校去演出。吴老师说:"好啊,不过出去演出,得有一个名义呀。"大家你一句,我一句,有的说叫抗战儿童剧团,有的说叫小朋友剧团,有个小同学说:"我们都是小孩子,就叫孩子剧团吧!"大伙儿都赞成。"孩子剧团"就在炮火中诞生了。

团里成立了五人干事会,吴老师被选为干事长,我是干事之一,担任生活管理部长。我们制订了作息时间表,每天按时起床、练音、做操、学习、工作。还订了《孩子剧团公约》,第九条就是:"每天一定要看报、做日记、运动。"我们遵照陶行知先生的生活教育理论,在做中学,在学中做,教学做合一。我们按每人程度,全团编了甲、乙、丙三班,请三厅的大先生讲戏剧,音乐基础知识,也讲时事政治,团内实行小先生制,初中生教高小生,高小生教中低年级生。我在团的前三年,就补习了初中课程。

从建团之日起,我就坚持记日记。开始一天记几百字,后来能写七八百字,往往是一件事的综述,几乎是一篇散文了。在上海我就给《救亡日报》投稿,有一篇叫《雨中保卫大上海》,写的是1937年11月15日,我带领一群难童上街宣传、抵制法国巡捕的恐吓,巧妙地与他们周旋,取得群众支持的故事。剧团到了武汉市,我就当了《少年先锋》《战时教育》的通讯员，常给他们写稿，也带动了其他人投稿。汉口大路书店来约我们出版一本书，团里见我能写能编，就让我负责编辑。大路书店的宋云彬先生，是上海的一位老作家，他指导我怎样去编，我学到了许多编辑知识，不到两个月，《孩子剧团从上海到武汉》就出版了，成为青少年爱读的一本书。

从1940年起，我们团成立了导演组、音乐组、绘画组和文学组，团员们自由组合。我们文学组有七个人，都是团里爱好写作的人，大家推选我当组长。我们请三厅的刘明凡、力扬、曾克等作家给我们讲课，刘先生还朗读自己的作品。我们写了稿子，都请几位先生评阅，大家进步都比较快。我们组的另一个重要任务是阅读，欣赏文学名著。我们读了高尔基的《童年》《在人间》和《我的大学》，富曼洛夫的《夏伯阳》、班台莱耶夫的《表》以及国内不少作家的作品，到一定时候一起讨论，欣赏这些名著的艺术特色。

我记日记从不间断，有时因为工作忙或兵荒马乱，不能每天按时记，我也会将几天的事综合起来，补记一篇。记到1939年5月4日重庆被敌机轰炸前，我已记了三十六本练习簿，加在一起近一尺高了。这回敌机轰炸，不同于往常，天天来，有时上午来过，下午、晚间也来，少则二三架轰炸机，多则几十架，不论商业区、居民区，一概不放过，死伤平民无数。当时我住在市中区面朝路口的三厅宿舍内，我怕日记被毁，转移到重庆儿童农村宣传队长向瑞金家。没想到，三厅宿舍没挨炸，向瑞金家却未能躲过这一劫，我的三十六册日记全部毁于一旦。这使我难受了许多日子，心里又记下日寇一笔债！日记本虽然没了，却练就了我的笔力，练了思想，使我受益良多。

1940年初春，剧团干事会决定，让我在重庆主编《抗战儿童》月刊。我立刻筹备起来，请郭沫若题写刊名，请三厅的作家、学者为我们写稿，请《新华日报》的戈宝权、张企程先生为我们翻译苏联和西欧童话，至于《中国历史故事》《卫生知识讲话》《中国名人简介》等几个专栏,就由我们剧团的同志包干了。我跑了不少路,大东书局答应出版,每期印行5000册,南岸印刷厂印制,一切齐备,于1944年儿童节创刊问世。全国抗日儿童团体是我们的后盾,他们可以源源不断地供稿,重庆市各抗日儿童团体和许多小学校,是我们刊物发行的可靠力量。我自己也常写点通讯、寓言、童话,学到不少编辑知识。我编了六期以后,由吴克强同志继续主编,刊名改为《儿童世界》。

是孩子剧团培养、锻炼了我;是记日记的习惯造就了我,我就此走上了文学创作的道路。

晓雪

将写日记坚持下去

我从1949年下半年高中一年级时开始记日记,至今已有五十六年了。除文化大革命中不得不中断过几个月之外,我始终坚持每天记日记,五十六年一直没有间断过。即使碰到很特殊的情况,例如"大跃进"中在野外边疆几天几夜挖板田或修水库,没有带笔和日记本,或病倒住院开刀,有几天无法动笔,我也要事后回忆,把每天的日记补起来。

日记是写给自己看的,所以很自由,无拘无束,没有顾忌。可以记事,可以写人;可以叙述听课、交友、观光旅游的体会感想,也可以是读书笔记，摘录书中的名言警句；可以写一天的所见所闻，也可以记下自己的所思、所感，倾吐自己的内心活动和不愿意让人知道的"秘密"。可以议论，可以抒情，可以是诗，也可以写成散文，甚至是"流水账"，只简单记几句这一天做了什么。总之，日记是一种最自由、最真实、最没有限制的文体。

我的日记多半每天写那么两三百字，最短的只有一两句话，也有写到一两千、两三千字，看时间、内容来定。学生时代，写上一两千字的时候多些。下放劳动、外出考察或出国访问时，在记笔记的同时，想尽可能地把自己的见闻记下来，所以日记一般也写得长些。根据我的经验，写日记至少有这么几条好处：

第一，练笔，不断提高自己的写作水平。每天都记，迫使你尽可能用最简明扼要的语言，把这一天所经历的最重要、最值得记的事情写下来，这对你的文字表达水平和语言概括能力，肯定是极好的锻炼和提高。俗话说：拳不离手，曲不离口。锄头不用会生锈，用来笔耕的笔头，也是越用越锋利的。写日记，持之以恒，从不间断，坚持几年、十几年几十年，你即使不当作家，也会有相当高的写作水平，在需要时写出很好的文章来。

第二，练脑，逐步养成多动脑子、勤于思考的习惯。每晚睡觉前写一段日记，实际上是对这一天所作所为、所见所闻、所思所感的回顾与小结，也包括了"一日三省吾身"的意思。风风火火、匆匆忙忙或平平静静地过了一天，睡前有那么几分钟思考一下、沉淀一下、回味一下，然后择要写成日记，这是促使自己"多思"、"自省"、不虚度年华的好习惯。多想出智慧。

第三，加深记忆，帮助你记住许多不应当忘记的人和事，留下许多弥足珍贵的资料。一个人头脑再发达、记忆力再好，也不可能记住所有经历过的事情、所有见到过的事情、景物、人物和所有听到过的故事。

特别对于一个作家来说，许多生活素材、人物故事、情节细节、语言词汇、思想灵感等等，光靠脑子记是远远不够的。除各种笔记、手记之外，我认为日记是很重要的。步入中年、走向老年后，更感到日记的可贵。别人我不知道，反正我自己的许多游记、散文都是在日记的基础上加工、补充、发展写成的。尤其是写到许多年前的人和事，准确的时间、地点、细节、背景、在场的各种人物，一查日记就记起来了。二十多年来，我先后写的悼念郭小川、李季、冯志、艾芜、冯牧、艾青、唐达成等名家的文章，如果没有当年的日记可以查阅，就不会写得那么具体、准确和生动。

因此，我希望朋友们最好都养成写日记的好习惯，持之以恒，长期坚持下去，我相信你们一定会尝到甜头的。

海笑

我和日记

"好记性不如烂笔头","今天事今天毕,莫要等明天"。我从上学识字后就听到父母如此这般地教导我,叮嘱我。

上中学后,我开始了记日记,虽然是流水账式的东西,对我练习写作还是有些好处的,有一篇作文就被老师作为范文贴在墙报里展览过。记日记还使我勤于思考、珍惜时间,做事不再拖拉。

参加革命后,我把这一好习惯坚持下来了,当然是从广义上讲的记日记,有可能时便每天记,没可能时便三天五天一记,或者一旬半月追记。

战争时期环境险恶，有一次我们就曾躲在牛棚草堆里，两天一夜，没吃没喝，不见阳光，还怎么记日记啊！可惜的是，这一批日记本都因不断打埋伏而遗失了。

建国以后，我记日记比过去正常了，基本上坚持每天记，忙时提纲挈领地记一些，闲时则多记一些，这时的日记，水平略有提高，不仅记自己的所做所说，也每日三省吾身自责自叹，并且逐渐向文学上靠拢，记所见的人和事，读书心得，生活感受。记得从无锡搬家至南京时，光日记本就有一纸箱。我原以为和平时期这批敝帚自珍的日记总可以保存下来，谁知十年浩劫中，被数次抄家吓破了胆的妻子，一把火全部付之一炬了。

现在所保存下来的只是"文革"以后十余年来的日记。

记过日记后，我总有一种轻松感，好像做完了一天最后的一件事，终于可以休息了。记完一本，便收进抽屉内，时间一长又捆捆扎扎束之高阁。除确需寻找一个什么资料才去查找一番，如我写《在痛苦中诞生》和《迷人的生活》，都曾借助过日记上一些东西，但一般时候是不会去翻阅的。现在时间有限，需要阅读的美文佳作极多，哪里有闲暇再翻自己记的日记呢！

有人说留给后代子孙去看，让他们了解一些家史。我不以为然，他（她）们将来所受的诱惑会更多，怎会对那一堆"陈芝麻烂绿豆"感兴趣呢？

记日记给我唯一的安慰就是能够"躲进小楼成一统"，尽情地倾泻自己的感情，严于责己薄于责人，嘻笑怒骂皆成文章，或倘佯于山水之间寻觅桃源仙境，真是不亦乐乎。而且还能增强我的记忆力，今后即使不翻阅日记，也能记起一些人和事。至于百年以后，这些日记是否还有其他用处，则不是我的事了，一切由它去吧！

1990 年 1 月 20 于无锡

韩映山

文学之路的起点

我每次到学校讲课,都劝同学们多写日记,如实地写身边发生的事,扎扎实实地打好基础,不要追赶时髦。写日记,这是文学之路的起点和开端。

  我认为写日记与搞文学创作的关系十分密切。古今中外,好多作家都是从写日记开始的,他们都比较重视日记的作用。茅盾在《创作的准备》中,艾芜在《文学手册》中都提倡写日记,《契诃夫札记》实际上是他别具一格的日记,既是创作素材的积累,从中也可看出他思想的闪光。写日记是对文学语言的锤炼。练习打拳讲究拳不离手，歌唱和戏曲演员讲究曲不离口，立志搞文学就得天天练笔，把手中的笔练得得心应手，随心所欲，写日记就是一种有效的途径。

我是从50年代初期在保定市一中上学时开始写日记的。那时，我和任彦芳同学每人订了一个日记本，每天写下自己的见闻、感想和对生活的观察，相互交换着看，商量着怎样把日记写好。记得当时校园里有棵丁香树，每年夏天都开出淡紫色的花。丁香的叶子是椭圆形的，含在嘴里有一种苦味，同时散发出淡淡的清香。我把日记命名为《苦丁香》，寓意自己要走艰苦的文学之路的决心。每天写日记，开始会感到是苦的，但苦尽甜来，先苦后甜，这是世界上不少事情的一个规律。

要想把日记写好，我认为要把握住两点：一是注意观察生活，用自己独到的眼光去观察；二是注意并记下生活的细微末节。这对进行文学创作是极为有用的。生活是由细节构成的，它是有血有肉的，非常微妙的，通过细节可以反映并塑造人物的性格。青年时期，每逢寒暑假，我从保定回到老家高阳，总是一边劳动，一边观察生活。农村的老大娘们串门、借东西、并不是像城里人那样先敲敲门，而是一进主人家的院子先说话："哟，你们家的老母鸡红了脸了，该下蛋了！"言外之意是说"我来了"。农村夏收的场面，西瓜园里看瓜的老人，我都写进了日记。我的小说《瓜园》《作画》《日常生活》等，从中都可以找到日记的影子。比如《瓜园》中秋高老人说的这段话："瓜生瓜熟还用弹什么，那不懂眼的才乱弹呢，你搬起瓜来，挨土的一面，要有一层'哈水'，那是准熟！"最先就是写在日记上的。

要想将日记写出特色，我看主要是用自己的眼光去观察生活，发现别人所没有发现的东西，用你那独特的语言把它表现出来。比如不少人写早晨日出都是千篇一律的格式："黎明，东方地平线上呈现出鱼肚白。

不一会，红彤彤的太阳冉冉升起，照亮了大地。"其实，每个人的感觉并不都是一样的，我对清晨日出的场面仔细观察过多次，感到并不都是鱼肚白，有时有点像狮子毛或鹅毛那种颜色或形状。自然和社会是文学和艺术的大宝库，是源泉，是开掘不尽的宝山，日记可以集中写这方面的东西。另外，也可以写自己隐秘的思想，潜意识。俄国大文豪托尔斯泰的日记就属于这一种。人们常说文无定法，其实日记也是没有固定格式的。老作家孙犁晚年不写日记，他的一个爱好是包书皮，包好后就在书皮上记下自己的感想，他把这些感想统统称为《书衣文录》，这实际上是他写在书皮上的日记。

京夫

关于日记

我写生活日记,但不是每天写。每天写,大概没什么好写的。

开始,我从一本谈创作的文章里看到,要积累生活、练笔,可以记生活日记。我还看到一些作家的生活日记。有段时间,我写得很勤,有时每天练几千字,几个生活场景、人物、事件。那是在1962年和1963年间,我还没在真正的文学刊物上发过文章。仅仅两年,我写了四十多本。这数字是批判我时查抄的,四十三本,作为罪状,连我也吓了一跳。我被批得很惨。因了这些劳什子,我险些被开除,险些与生命松开手。以后一段时间,我再也不敢写生活日记了,认为那是发祸根苗。现在想起来,还多亏了那些日记,因为那是写给自己的,不做假,真情真事。写日记,就是实录,它使人诚实,也使人聪明,练了思想,练了笔。可以说那些日记不管在思想、生活积累、表现生活上都为我后来搞创作奠定了基础。虽然因它而惹祸遭罪,但我不悔,得还是大于失。

十年动乱,不写日记了。十年以后,搞起创作来,下基层体验生活,平时观察人,思索问题,有所思或偶然有所得,不能成文,又往往怕遗忘,就把它写下来。这时候,觉得有点意思,有点情趣,或某些尚不甚理解的东西,就划上几笔,甚至拟个提纲,甚至把事实加点想象记录下来。有时忙了,在日记本上像简写地名一样把一件事的轮廓记几笔,或者划几个符号,这便是现在的日记,这种日记有些别人是看不懂的,自己知道。

我不知道别的同志写作起来查不查日记,我没有看过日记。写时,人物已经抓着你了,你得牢牢地把握他,跟着紧张地思索,往前行动,你怎么能回过头来看日记呢?看那些生活片断记录呢?你又不是木匠、工人师傅,按图纸量尺寸去制作规格化的产品,你要进入到人物心里去,写活的人,日记用不上的。

那么,你写日记究竟为着何来?答曰:为着提炼思想,为着发现生活,提高艺术感受能力,为着积累初级的素材。既然是初级的素材,干嘛不去看它?因为写这些笔记时,笔走在纸上,实际上已经划在脑上了,笔像是记忆强化剂。俗话说,眼过千遍,不如手过一遍。如果细心回过头来看看过去写的日记,你会发现有许多都已用在了作品里,化成了人物的行为或环境。

我把平时写生活日记甚至记那些不准备发表的作品,比作千日养兵,把进入创作,在稿纸上干活儿比作实践,不知可恰当?

反正,我的一切做法都是从我是一颗不熟的青皮果子出发的,别人未必是这样,连我也不敢说这样就好。说出来,与同志们共勉!

(1991年2月致康健的信)

周同宾

关于日记的答卷

1956年秋，考上高中，我就开始写日记。初中时，我已读了大量文学书。读之余，偷偷写，写直白的押韵的"豆腐干体"的诗（那时诗坛上没有朦胧诗和现代诗可仿效），写不知道算是散文还是小说的东西，一心要当作家。入高中，作家梦正酣。

写日记，一为修炼语言，二为记下些有意思的人、事、情、景，同时还在日记里倾诉对文学的爱恋。记得那时，买一本32开大的粗糙的硬皮日记本，要花去我母亲卖半篮子鸡蛋的钱。每天晚上，对灯写下若干文字，心里总是热热地兴奋着，感觉离理想的作家又近了一步。1960年大饥荒时，我正在诸葛亮的躬耕之地、刘皇叔的三顾茅庐处读大专，看着快要饿死，日记照写不误，只不过简略了些。1961年，去一所乡村中学教书，日记一天也未间断。一直写到1966年6月上旬，《人民日报》发表《横扫一切牛鬼蛇神》社论后的几天，疯狂的文化大革命顷刻摧毁了作家梦，同时使我顷刻间成为"牛鬼蛇神"（这是当时最凶恶的称谓），日记就凄然而止了。总共二十四本，（自己没数过，是批斗我的人在痛斥我时说的数），最后一本只写了不到一半。有多少万字，无法统计了。

那年开春，我发现日记本因潮湿发霉了，且早期的几本被蠹鱼蛀了，就拿到太阳下凉晒，不期被同事看见。"文革"一爆发，就揭发我写"反动日记"。日记被全部抄走，被断章取义地摘录，并加按语，判为"反党、反社会主义、反毛泽东思想"、"资产阶级成名成家腐朽思想"，写成大字报，贴满校园的十几面墙壁。还配上漫画，漫画上的我，形象丑恶，面目可憎。接着就被批斗，批得斯文扫地，斗得体无完肤，被关押，行、立、坐、卧都有"红卫兵"监视在侧。我被罚劳改，清理千余人使用的厕所的蹲坑。而后，又被遣送农村，由"贫下中农"监督改造。过了半年，说我是"群众"，不是当权派、不该整，平反了，却还留了个让人揪心的尾巴：群众问题运动后期解决。又过半年，发还了日记。我想找找我的"罪证"的出处，就翻看几本，赫然发现不少句子下面用红笔划了线，并写了"反动透顶"、"恶毒之极"、"攻击"什么、"反对"什么之类的批语（如今想来，粗看去倒有点儿像朱笔批的甲戌本《脂砚斋重评石头记》）。看后，一来气愤，气整人者手段如此卑劣；二来害怕，怕有可能秋后算账，就在那个风声雨声雷声充塞天地的深夜，点火烧了。当从床下的破纸箱里，一本本摸出，撕碎，扔进火堆，眼看着转瞬间化灰化烟，终于寂灭，心里很不是滋味，欲哭无泪。日记给我带来十载慰藉，更带来灾难、委屈、悔恨。挨整那年，刚刚二十五岁……

三年前，搬家时整理书房杂物，无意中发现一本尘封虫咬的旧日记。翻开一看，竟是那二十四本中的孑遗。当初销毁时，不知为何遗漏，得以幸免于难。如见故友，如遇初恋的情人，好一会儿心情激动不已。那是1958年的日记，写的是大炼钢铁、深翻土地、打麻雀，斗"右派"、批"白专道路"……记下了一个中学生参加"大跃进"的全过程。将来整理出来，可以作为早期的作品发表，它起码有史料价值。这勉强算是一个"值得乐道的故事"吧。

我现在平日不写日记，只在外出开会（多是天南地北的作家聚会）、游览（多是人文荟萃、风景绝佳的地方）时才记，记下见闻、感触，便于回来作文章。现在写日记，有点实用主义，只记那些有可能使得上的"干货"，文字也特别俭省，全不像当年常常作抒情状，把心思说足说够、淋漓尽致才休。人老了，缺乏激情，也缺乏时间啊。至于近来发表的几组《驴上日记》，则是当作散文写的，不是地道的日记。如果每天的日记都那样写，会把人累死。

我看过的名人日记，比较多的是鲁迅日记和郁达夫日记。读鲁迅杂文，读出一个疾恶如仇、睚眦必报的无畏战士。读鲁迅日记，读出一个普通人，他和芸芸众生一样，也买米、买煤、看病、看外国电影、收受礼品、吃馆子、制裤、理发、洗脚（即便有学者把"夜濯足"解释为性生活亦属正常人都做的事）。两个鲁迅都真实，合起来更真实。郁达夫的日记，并非年年、月月、日日都记，兴来写一阵子，无不丰富多彩，文才斐然，写得随意，又写得真诚，写出了性灵，写出了一颗忧郁、躁动、愤懑的心，写出了一个表里如一的透明的人，连酗酒、狎妓之类的丑事以及事后的忏悔、自责也不加掩饰地记下，他的日记艺术性强（不像鲁迅干巴巴的，颇似豆腐账），几乎每一篇都算得上蕴涵着淡淡诗意的凄美散文。读名人日记（这名人说的应是正面名人）。《郑孝胥日记》也算名人日记，但郑是人皆不齿的汉奸），起码可以了解名人原来不是名人，通过不间断地追求、探索、奋斗、拼搏，终于某一方面取得杰出业绩，才成为名人的。还可以了解名人也有平凡的一面，并不时时处处呈现名人状，先做好一个优秀的普通人，而后才可能成为名人。

我的日记如果从半个世纪前写到现在，那该多好啊，我会一直写下去，直到生命尽头（鲁迅的日记就写到去世前一日，虽病体支离，犹勉力支持）。然而，我早早地中断了，先是因为环境险恶，后来因为自己疏懒。想到这里，就觉得对不起自己，更对不起我曾钟爱的日记。青少年朋友如果已经开始写日记，就要持之以恒，再忙、再累，也要写，即便只写几个字也好。千万不能断了，断了就不好再续。绳子断了可以接上，日记断了想补记几乎不可能。

目前，在全国大中小学生中，写日记的人越来越多，这是一个很好的现象。我想谈两点希望：

其一，日记是写给自己的，自己对自己必须说真话，要用自己的语言，把真实的所见所闻所感所思，准确地写下，记下人生路上的足迹，也记下成长过程中的心迹，可以少写或不写，但不能掺进假话。其二，写日记不能一心想着发表或出版，一想就会兑进水分，有所粉饰，就可能失去真实性，有违写日记的初衷。清代李慈铭的《越缦堂日记》，一心要展览学问，写成一本就让人传抄，决意永垂不朽，那不是正宗的日记。鲁迅批评道："我觉得从中看不见李慈铭的心，却时时看到一些做作，仿佛受了欺骗。"

2005年元宵节于南阳豆斋

王宗仁

我是这样写日记的

记不得是从什么时候开始,我在自己的日记本上写下了这么三句话:看见了,想一想,记下来。这就是我记日记遵循的原则。

有心才能看得见,要不,是视而不见,或熟视无睹。

不多思,就品尝不出所见所闻事情的味道。每晚要把当天的见闻在脑子里过一遍筛子,留下那些有意义的"贝壳"。

手勤。不写下来,天长日久就淡忘了。我在青藏高原上曾生活过七年,为什么还能经常写出反映那儿的生活作品?那一本本日记帮了我的大忙。

我很喜欢这三句话,少一句也不行,我正是按此法去写日记的。

当然,日记可写得简练些,不必详细记述你的见闻,你的思索。日记是串起珠子的金丝银线,一句话可以引起你对往事的漫忆。我常常由日记中的一两句话生发出来,拽出一串故事。当然这句话要记好,它是浓缩的晶体,而绝不是一个水泡。

我们都是忙人。也许正因为这样,我们更要学会写日记。要不,你将忙得糊涂,忙得转向。

骆承烈

日记与治学

我出生在运河岸边的一个小城市——济宁。这里古时商业发达,经济繁荣。父亲给人家当店员,他经年的工作就是打算盘、记账。甚至家里的收支账也搞得一清二楚。这种习惯影响了我,使我从小养成记日记的习惯。

中小学时的日记只记下当天干了些什么,后来才加进自己的心理状态和对周围事物的评价。初中毕业前,语文老师经常夸我写的作文内容充实,其实主要是从每天日记中选取的内容。1950年我考入曲阜师范,明确了将来的职业是人民教师,日记中便大量记下对教师的认识、要求,以及摘抄各地优秀教师的事迹。朝鲜战争爆发以后，热血青年纷纷报名参加干校，抗美援朝，保家卫国。在爱国气氛极浓的学习环境中，我更用日记的方式不断记下自己的思想转变过程。更拿别人的爱国行动和自己对照，鼓励自己，要求自己，不断提高思想觉悟，也踊跃报名参加了军干校，希望到朝鲜前线杀敌。得知第二批参军名单中，班内只有我一个人时，便急速步行九十里回家说服父母，准备出国当一名志愿军战士。谁知返校后，校方接教育部通知，因当时教师缺乏，中师学生一律不参军，并希望安心学习，将来在教育战线多做贡献。在前后十几天中，形势变化快，思想波动大，每天晚上总要把全天的思想变化情况记录下来。自己鼓励自己，自己规劝自己，一本日记成为最知心的朋友。

1956年大学毕业，分配到曲阜师范学院工作后，既当助教，又当辅导员。这时每天记的日记有两项内容。一是随时记下和学生接触中获得的各种信息，工作中遇到的问题及对学生的了解和分析。日积月累，掌握了许多情况，因而做起学生思想工作来，便能对症下药，成为学生们知心的朋友，人们公认我与学生联系最广泛。后来，我习惯把与各方面联系的内容都记录下来，在国内外交了更多的朋友。另一重要内容就是记读书札记。我的老师经常教育我：读起书来最怕贪多、马虎、不动大脑、习而不察。有的书读完了，也忘光了。于是在读书时我逐渐养成记札记的习惯。有的记到书上，有的单记到本子上，有时也记到日记上。除记所写主要内容外，也记下心得、体会、疑问。在切实掌握资料的基础上，发感慨，提问题。以致毕业后三年内出版了五本书。在此前发表了一些文章，从题目到观点，多采自平时的日记。

"文革"中，我以莫须有的罪名被打倒。眼见有人从别人的日记中找到"反革命"根据，上纲上线，加大罪名。一天夜里，被造反派抄去一些日记后，怀着气愤与恐惧的心情，忍痛将另外一些日记付之一炬。在"牛棚"劳改时，造反派叫每天写检查，记日记，都是一些违心的废话。

这些日记除了被造反派按时收去翻查外，自己也无心保留。

70年代以后，我又开始写日记了，一直坚持到现在。尽管每天写得不多，但却记下了自己每天的主要活动和感想，以致每年期末个人总结时，我的总结从来最丰富，最全面，其实都是从日记中集中起来的。"文革"前的日记虽被大量损毁，但"船烂还有三千钉"，许多东西我还保留下来。《济南档案》1988年第三期，以《成功靠积累》为题，发表《骆承烈教授谈家庭档案》为内容的文章，就是对我坚持不懈保存第一手资料的集中介绍。

我现在主要从事中国传统文化的研究工作，经常与国内外学者接触，谈论学术，交流观点，每次会面后，大家都要把自己体会最深的东西记下来，事后加以回顾、分辨，为讲课增添内容，为写文章找"题眼"，对自己的作品充实、辩证。把经常记的日记和札记当作自己提高思想水平和业务水平的重要手段之一。我希望青少年朋友们要养成记日记的好习惯，每天学习再忙，也要挤出时间写一点。对自己的学习及活动进行计划，对自己的经验、教训进行积累。自己命令自己永远自强不懈，自己要求自己，向一切比自己有长处的人学习。督促自己奋发努力，天天向上，使自己成为一个思想进步、学习有成、能文能武的有用之才。为此，送给青少年朋友们四句话：

日记日挤，日计日积。

鼓励自己，自强不息。

要求自己，见贤思齐。

鞭策自己，奋发努力。

桂苓

谈谈我的日记

最初记日记是无意识的,似乎是与心情有关,特有的"少年知愁"和"少年闲愁",便开始用文字记录下来,似乎更像书信,与另一个"我"对话、诉说、争辩,最后两个"我"娓娓道来,达到和解。日记对一个少年的成长有诸多的安抚作用,振荡的心灵会渐渐在"自我记录"行为中"自我修复"。最后在文首写上日期和相关的天气、环境,就是日记了。如果注上的日期在文末该是书信吧?一封写给自己的信?

记忆中写日记最多的是十六岁至十九岁这个年龄段,一共有二十二本日记。不过，其中包括读书笔记、散文和散文诗创作——最初的文学创作实践。今日的成绩离不开多年前的日记与书信。

从写日记想到另一个问题，就是作为女性在记录"小我"的成长时，不要斤斤计较于"小我"的小痛苦小忧伤和小爱小恨，一个有大爱的人，她的世界会很宽广，也会通过日记，渐次放宽自己的眼界。将"小我"引领到一个山花烂漫的山坡，看到听到更多的清新——"小我"是一个盆地，大我是一个文地。站在"大我"的角度看世界，世界才是更为宽广的。

因为日记记录的更多的是阅读生活，而不是拘宥于生活的小感受，因此受益匪浅。

并没有"坚持"写日记，但也从未间断，不刻意而为。

也不刻意记在"日记本"上，因为是手不释卷的读书人，因为是耽于卧读之乐的懒人，随读随想会随笔记录在手边正读的书边页眉上，不可能正襟危坐在桌前摊开本子去记录——因为灵感倏忽而来，倏忽而逝，只有"随时""随地""随心随性"而记，才是全面的和充满灵性与原生态的。过后，某一天突然翻到这本书，仍然会有一种"在场感"，那时那境历历再现。

最难忘的和最有价值的是一部分工作日记，因为做艺术研究院中日文化研究所的所务工作，负责记录文化所大事记——文化所研究员外出访问，海内外著名学者来文化所做访问学者，所内的学术活动，如学术会议、国家重点研究课题的开题报告会，文化所两大著名学术刊物《中国文化》和《世界汉学》的创刊出版等，文化所图书室资料利用，文化所内部人员的写作、出版等情况，均做记录，我个人在做工作日记的同时也记录了不少个人角度的所见所闻，所感所怀。

林染

我和日记

我出奇地喜爱这样一个句子："噢，远方淡蓝色的群山。"它并不是我诗歌中最得意的一句，它曾经存在于我青春时代的日记里。现在，我的那八本日记早已灰飞烟灭，在记忆里清晰地留下痕迹的似乎只有这一句了。想起这句话，我的内心就充满了一种青春萌动的激情与不知所措。

我童年生活在豫南的平舆县小赵庄，后来我家搬到了兰州。我就读于黄河南岸边的兰州十六中。自小在农村长大的我过早地认识了生活的艰辛，我的学习成绩从来都是全校第一名，但在1965年参加高考时，虽成绩在全县拔尖,由于家庭出身有问题,档案上"不宜录取"几个字决定了我以后在沙漠修炼成一个西部诗人的坎坷命运。好多年以后,我还听说由于上中学时喜爱文学,爱找屠格涅夫的小说看,爱看《红楼梦》,不爱看忆苦思甜展览,高中毕业时学校党支部给我的鉴定上写着"喜爱读'封资修'书籍"字样。由于喜爱文学,再加上正处于青春期,我大概上高中时就开始写日记,我那时的日记多记对人生、自然的认识、感受以及读书心得,光是对《红楼梦》的理解与体会就占了我整整一本日记,厚厚的。

上山下乡运动开始了。上山下乡对于大多数青年也许是痛不欲生的,只看看车站上生离死别的痛苦就能证明。但我则求之不得,我终于可以西去建设兵团抒发我的青春诗情了。这是1968年的事。这是我的壮举,我们等闲视之,我必须先举行一个仪式。于是,在1969年春节前夕,我驱车去华山,反正大串联还没结束,乘火车无须买车票。在西岳华山脚下,我看到云端里的华山是淡蓝色的,莲花峰一定冰铺雪裹。我登上华山坐在莲花峰摘星石畔,在日记本上记下了这段感受。当时天很冷。

回兰州后,我就带着一箱子俄罗斯古典名著、心爱的小提琴,当然还有我的几大本日记,来到河西走廊西端的一片胡杨林里——兰州军区生产建设兵团的安西农场。

我喜爱这地方。这儿有胡杨、红柳、罗布花,还有西边令人畅想的三危山飞天神女,虽然劳动极为疲累,但我能自得其乐。可这样的日子也没有过多久。有一天,军代表突然找我谈话,他对我怒吼:"你小子什么时候往意大利跑?老实交待!"我愕然,批判轮到我头上了,紧接着就是交待和检讨,完全被隔绝在胡杨林中的"团部集训"十个月!

原来,在来兵团前,我曾给一个同学说过,我的最大愿望就是到罗马和威尼斯看看,军代表怎么知道的呢?不清楚。在军代表怒吼的当天,让我回集体宿舍取行李的时候,我意识到我的日记百分之百被人查抄、胡批，到时候还不知会给我安上什么更荒唐的罪名，我果断地把八本日记——八本记载我青春的日记付之一炬。我舍不得烧它们，但我知道根本不可能把它们保存下来，美丽的淡蓝色的群山不可能存在于红色的海洋中。

现在，这件事已过去二十年啦，在这二十年的写作的坎坷生涯里，我经历了磨难也取得了成功，我一直觉得写日记是一种最好的抒写情怀的方式。但由于后来工作越来越忙，再加上烧自己的日记给心灵带来的伤害，我再也没有正儿八经地记过日记。我的被烧毁的日记始终带给我一种如烟云缭绕的情绪。

我的那八本日记虽然不在了，但回忆起写日记时的感受和日记自身的经历，我总感到一种青春的气息围绕着我，不管它是苦的还是甜的，它真正地属于我的内心。噢，远方淡蓝色的群山哟！

张秉文

我用诗歌记日记

人各有所爱。尤其八小时以外。我曾酷爱过书法，也爱过画，并为此有过废寝忘食般的追求，但终因种种原因丢弃了。后来我爱上了写日记，确切地说是从1977年开始的。

当初萌发记日记的念头，不过是想把当天的见闻记录下来，留给明天的自己借鉴。所以，我的日记本儿从一开始就取了这样一个名字——《寄给未来》。当我迷上记日记以后，很快就到了一天不写，寝食不安的地步。我从1977年5月29日记第一篇日记开始，至今已有十年。前不久，我把这些用16开纸书写的日记装订成册，总计已有七十七本，堆在一起，厚有尺余。

我记日记不是用一般的文体，而是以诗的形式记事记思，因为我十分喜欢诗歌。我曾试着把日记中一些自以为有点意思、趣味的诗摘录出来，寄呈朋友们指导。不想，竟也成了一本小小的诗集。其中包括：志趣篇。如："无志难以寸步行，有志而嬉等于零。夫者若怀大志向，脚踏实地定高程。"（1981年5月25日）学艺篇。如学写文章的体会："无情何必苦沉吟，貌似神离总无韵。还我生活第一线，洗耳再把佳意寻。"（1981年11月9日）再如在《首钢报》上发表的感言："几年信笔涂鸦，我乃笨人老大。若论什么技巧，全凭心血描画。"（1983年10月7日）杂咏篇。如欣赏一幅中国画之后随笔记道："浅草青青蝶影稀，空谷悠悠杜鹃啼，芳草一抹红加绿，半是天意半人意。"（1983年6月18日）另加观电视剧《李清照》之后："一代词客清照，百年光亦耀。别说别说，女好男好，苦了谁心谁才高。"（1983年7月11日）除上所述，还有哲理篇、讽喻篇、寄赠篇等等。

总而言之，记日记成了我每天必不可少的功课，成了我随时揩去脸上脏污，拥抱新生活的一面镜子；日记也成就了我练习写作的一块自留田。有种必有收，我由一名普通的工人能够成为一名机关文字工作人员，可以说得力于记日记——经常练笔的结果。我曾将日记的部分诗篇摘抄投稿，一部分石沉大海了，但居然也有那么几十首在社会报刊和《首钢报》上发表。这一点小小的收获曾使我欣慰、振奋，因它毕竟为我在文字工作上更进一步，垫起了一个又一个台阶。

自牧

我的日记

日记,作为一种文体来说,具有最自由、最随意、最袒露、最直接、最活泼等特点。每当我在工作之余、写作之暇以读别人的日记来清娱消闲时,常常便会想起自己记日记的历史来。

我的日记,第一次记写是在1970年。那时候,我的一位中学语文教师在给我们上第一堂语文课时,就要求同学们记日记,以此来训练、提高我们的文字和写作水平。初中两年里,我记下了厚厚的三大本日记,升入高中后,因学业渐渐加重加深,自然也就中断了。那几册塑料封皮日记，记的多是学习心得和名言华章的摘录，内文装饰得好漂亮，可惜后来都与我失散了。

1977年，我第二次开始记日记。那时候，机关里一个星期有三个下午加两个晚上是法定的政治学习时间。学习的内容多是一些报刊社论和评论员文章。按照上级领导部门的布置和要求，每次读书、学习之后，我都记下一点心得和体会，日积月累，又坚持记了一年，写满了两个笔记本。但今天找出来再读读那时的《学习日记》，是会感到很难为情甚至脸红的。如果今天再沿着日记的踪迹去追寻那时的自我，幼稚和浅陋自不待言，但我还是难以一笔抹掉它，因为它记录了我的昨天和历史，历史是不容人随意涂抹和改写的。

值得庆幸的是，在我记写《学习日记》的同时，还每天记写《学医日记》。在1977年至1979年的三年中，我天天沉浸在《本草纲目》《济阴纲目》《医宗金鉴》《医林改错》之中，每读完一章医文，都记下一段心得和体会，这册《学医日记》，至今我还保留着，闲暇时取出来读一读，一种浸润着百味药香的思绪顿时会把我拉回到一部部曾经研读过的医籍中去，旧友重逢，旧地重游，心底便会泛起无数美好的回忆，使我感到是那样的温馨和甜蜜。

1979年秋天，在自学三年中医中药和参加了山东省科技馆举办的几期中医药学习班后，我感到了从医前途的渺茫，在经过短时期彷徨和痛苦的自省后，便又一次调整了我之人生小船的航向，由医学转到文学的创作。当时我想，写作是最不受客观条件限制的，只要有一支笔，便可以在文苑内悠然漫步，或扬蹄疾驰。也就是从郑重决定矢志转入文学创作的那天起（1979年9月23日），我开始了第三次记日记——文学日记。

我的日记，属于鲁迅先生那种备忘式日记，力求自然、朴实、简约、清雅。从第一次记日记到现在，已经有三十年时间了，三十年里，除前两次中断改辙过外,自 1979 年秋天到今天,再没有一天间断过。我的日记,至今已有十几大部,一百多卷,一百六十多万字。它是我的一笔巨大财富——因为它记录了我之生活、学习、读书、交友、创作的历史状况和省内外艺术作家、诗人、学者、雅士的一时风范及轶事。日记,已成为我日常生活和读书写作不可缺少的一部分,不管将来遇到什么艰难困苦、喜怒哀乐,我都要一天接着一天记下去,并且力争记得更丰富多彩,更潇洒隽永。日记,永远是我人生的伴侣,生命的真实记录。

杨栋

我的日记写作

我是从上高中时开始写日记的,这不是说我不爱记日记,而是时代使然。我是1965年上的小学。上小学时,我学习很用功,老师常常在我的本子上写些勉励的话,当过小学教师的母亲见到了,就用簸箕盛了刚碾的玉米面说:"去送给老师,他给你们教书是下工夫的。"

1966年后,"文革"开始,我们的学习便停课了,山沟里常有"武斗"的枪声,幼小的我也开始"夜不安枕",记忆里尽是恐怖的日子,那该是一种无形的"日记"了。现在,我看到孩子们在小学就作"日记",

心里是羡慕的。

我在高中时，上课也不正常，但我常泡在图书室，那两间小图书室开启了我的心智。我开始偷偷写诗，偷偷记日记，我的那个小本子"秘不示人"，假如公开了，那便是"小资产阶级情调"。但我至今认为，是学习作诗和记日记使我走上了文学之路。

1975年，我高中毕业回到了家乡的农村，成了"回乡知识青年"，当时规定，高中毕业生要接受"贫下中农再教育"，三年方可考大学，我一时心灰意懒，心里积满了苦闷，白天我去放牛放羊，夜里在日记里写下感受。我把那本日记命名为《难忘的历程》。日记本上既有日记也有诗，一年下来写了几百则日记和近千首诗词，但终于偷偷地烧掉了，因为当时的流行读物是《雷锋日记》《金训华日记》，这些人的日记充满了"英雄气概"，而我的日记则记满了"自我悲欢"。日记，在那时是可能招来大祸的。那确实是一个特殊的年代，一面是长城鼓角，一面是陋巷弦歌；一面是理想狂热，一面是苦闷象征，那确是吟罢低眉无写处，作家只剩"一个"了，写了又能怎么样？

但我还是一直写着。当我在深山丛林放牛放羊，风狂雨骤，兰摧玉折之时，日记让我记录对底层人民的同情；当我在荒山远村爬山越岭、挑粪运土，蓬头垢面，腰痛腿软之际，日记叫我渲泄对贫困人生的理解；当我在小山庄食不饱腹，衣单力薄地挣扎时，日记叫我产生希望与勇气……前不久，文化馆的一个同志对我说："那时隔几天就收到你寄来的一大卷诗稿，人们都惊奇，这是个写诗狂吧！"其实，那些诗就是我从日记上抄下来的。日记，使我在少年时对生活充满了激情，使我在青春期对人生增进了理解。它养育了我文学的语言，锤炼了我写作的文笔，成全了我作品的品位。现在，面对我的七大本近三十万字的日记，我想，那是一个农家子弟的奋斗史，一个文学青年的心灵史，一个业余作者的思想史。前不久，我让一位女孩帮我整理抄录其中一本日记，她说："读了你的日记，我不敢想象，你的日记对我们这代人是一个教育。现在的年轻人，没有像你那样为事业拼搏的精神了……"

我常常记起是日记帮助我这个"山里娃"练笔，从而写出并出版了数十本散文集，使我从"梨花村"走向了广阔的世界。

郑可清

我的恋人——日记

我是一个早熟的男孩。记得上初中的时候,我就看上了你,时至今日,屈指一算,我们相恋已经整整十个春秋了。

是语文老师把你介绍给我的。记得十年前的5月15日这一天,我刚在鲜红的团旗下宣过誓,语文老师对我说:"给你介绍位朋友,她可以帮助你许多许多。"我将信将疑,抱着试试看的心理与你维持了关系。可一经接触,我完全被你的气质吸引住了,心目中永远也抹不去你的影子。无论走到哪里,我总没把你忘记。我已经喜欢上你了,那年我才十四岁。

我每时每刻都需要你，一天不见到你就像丢了魂似的，你已经是我的精神支柱了。你还记得吗？你喜欢我讲故事，而且必须把每天的所感所想都告诉你。刚认识你的那段日子里，为了稳住你，每天晚上我都要你坐在我的跟前，告诉你上午做了什么，下午到哪儿去了，晚上又干了些什么。起先，你总是笑着说："你讲嘛，我在听呢。"可过了一年多，我渐渐地发现，每天都这样啰嗦地诉说，你有点不高兴了。于是，我找了不少书来了解你的心理，到底我该谈些什么才能讨得你的欢心。后来，我慢慢地领悟到，同你交往要诚心、专一，而且要持之以恒，决不可忽冷忽热，三天打鱼两天晒网。你告诉我说，你并不喜欢我像"流水账"似的告诉你什么，你喜欢我最有意义的故事，特别喜欢我的欢乐与痛苦和及时捕捉到的思想火花。你说，你每时每刻都在分享我的欢乐，分担我的痛苦。我热泪盈眶，为找到知己而高兴！后来，每当我给你讲非常有趣的故事时，或者自己做了什么好事时，你总给我许多鼓励和奖赏。

与你交往时并没有影响学习，相反，"恋爱"的力量使我的写作水平大大提高了。有时候做过的事情，一时闪现的思想火花早已埋没，但你总可以帮我拣回来。记得高一的时候，我给你讲了几个真实的笑话。有一天中午，我同几位同学开玩笑，说牛耳朵是长在牛角前面的还是长在牛角后面的。其中一位说长在牛角前面的，另一位却说牛好像没有耳朵的。这下，大家都捧腹大笑，我也笑得合不拢嘴。当时，我告诉你这件事时还谈了自己的看法，说我们生活在大千世界里应该做个生活的有心人，这样才不会出现类似的笑话。你静静地听我说完，便鼓励我把这个故事写下来，然后再去投稿。可不，在你的鼓励下，我的处女作《从牛耳朵想到的》便发表在《中学语文报》上了。甭说我有多高兴了，还同你庆贺了一番呢！

你是我的灵魂，我们已经合二为一了。你催我猛醒，催我奋发。以你为镜，去污垢，正衣冠。你时时刻刻在鼓励我，要我看清存在的困难，更要看到前进的目标。你说，不要因一时跌倒而永远也不想站起来，坚强地站起来本身就意味着进步。多少知心话抚我泪水，暖我心田。你还记得吗？我在曲曲折折的求学之路上几度跌倒，都是你一把把我拉起。第一年参加高考，仅差一分而名落孙山。我哭了，而你却说，你会成功的。当我冷静下来后。你把我所说的一切又说给我听，我整理了一段写就了《落榜之后》一文投稿到《青少年日记》。1986年11月的《青少年日记》上便有了我的心声，你欣慰地笑了。

今天，我仍与你朝夕相处，和和睦睦，恩恩爱爱。相处几年来，我没有一天不见你，向你诉说着一切，你把我所说的一切都记录了下来，已经有五十册日记本，二三百万字了。与你相处，我培养了独立思考问题、解决问题的能力，思维更加缜密，条理更加清楚了。多少次学校作文比赛获奖，也参加过县级、市级和省级的比赛。你是我的记忆。有了你的帮助，我当过县广播站通迅员、校报记者和校广播台台长，县、市、省级报刊上便有了我做的"豆腐干"。有了你的帮助，使我培养了恒心和毅力，坚强了生活的信心，为今后一步一个脚印地生活注入了坚强的意志。

难忘啊，我十年知交的恋人！如今，我已分配到省级机关办公室工作，没有你的帮助能有今天的我吗？你使我的感情得到了升华，心灵日臻完美。人生得一知己足矣！

永远爱你，我的恋人——日记！

凌鼎年

我的日记

接苏州文友王稼句信时，不期然读到了他附在信中的《日记报》。这是我见所未见、闻所未闻的一份报纸，新鲜感顿生。我一边怪自己孤陋寡闻，一边则饶有兴味地读了起来，这实在是份极有创意的报纸，理应公开发行、宣传、推广。

我写日记，自三年级始。日记日记，每日一记，可记日常起居，可记所作所为，可记所见所闻，可记所思所想，儿时的我每日里虽有读书写字之事，但翻版式的日子多，有新意的事儿少，故我所记，多数都是自己的奇思怪想，有点天马行空的味道，或短或长，没有定规。那时还未养成每日必记之习惯，说是一日不落，每天不缺，实则很难做到。不过，即使偶有缺漏，我会两天并一天三天并两天记之，这一直持续到文化大革命开始。

"文革"时，我已十六岁，穷人家的孩子早当家，思想也早熟，见邻家接二连三地被抄，我不能不担心我家，我父亲是银行的职员，从旧社会过来的，解放前，也曾撰写、投过稿，我的一颗心老是悬在喉咙口。我想起了我那些日记，我虽记不得全部内容，但我知道，如果按当时的政治标准索引，对号入座，必有些不革命或欠革命的话语。那年月，一语定罪，一文丧命的事情并不少见。为安全起见，我一时冲动，烧了那些也许不无幼稚的日记。

日记烧了，但记日记的习惯养成了，不写总觉得有件事没做一样，于是我仍旧记日记，只是从那时起我的日记成了流水账式的日记，已很少或者说基本不暴露自己的思想，总之，尽量少议论少涉及政治。不过，即便是流水账式的日记，其实也很难跳开政治。1971年我到微山湖畔煤矿工作，以前写的日记都放在了老宅的阁楼上，多年后，当我想起这些日记，竟一本都不见了。母亲说，一次大扫除时，这些日记被清理出来，与旧书旧报一并送到了废品收购站。天哪，我的日记竟成了废品！

所幸的是从我1971年踏上工作岗位至今的日记我一本不落都保存了下来，至今已有三十六本。三十年过去了，我基本上没有一天不记日记的。我的日记写得很潦草，很简单，无非是今天去了哪儿，做了哪些事，看了哪些书，买了哪些书等等，记录最多的是给谁写了信，又收到了谁的信，以及写了什么稿，发了什么稿，这琐事成了我日记的大宗内容，常见内容。

常言道："好记性不如烂笔头"，诚哉斯言！有了日记备考备查，即便记忆角落里也回想不起、搜寻不到的事，一查日记就一清二楚了。

也许我的日记没有什么出版价值和研究价值，别人也不一定会把我的日记当回事，但对于我来说，这多少是我人生的一个轨迹，我的读书写作，我的交友待客；我的外出行踪，我的得失教训，我的喜怒哀乐……在日记里都有所反映。或许我有若干想法没记没写，不过所记所写的都是真实的，都是我做过的，有过的。假如我日后写自传体长篇小说，这日记兴许能派派用场呢。

耿二

日记杂说

忘记了是何时开始喜欢看日记的,反正一度在坊间买日记作品竟是如同攒邮票一般,见到一种就购回一种,一点范围也没有,说是恣意滥买,是一点也不差的。知道了孙犁先生也喜欢看日记,曾先后寄去数种新印出的日记,多系清末民初的大官员们留下的。后来看到先生封笔之作《理书四记》,专谈日记,我寄去的数种皆未涉及,想来是不大对口味,阅读兴趣不浓吧。

当时买了那么多种日记,大略翻过后,想法也是有一些的,就是想以20世纪为限,搞出一种"日记叙录"

来，为见到的每一种日记写个提要，记下大致的时间，大致对研究何种学问有用，后来见涉及范围太广，非自己的学识所能办到的，就罢手了。近闻济南那位也同孙犁先生有过交往的青年作家自牧，也喜欢研究日记，特写信去向他进言，将自己旧日的一些想法告知一二，愿这位山东汉子能长年积累，持之以恒，搞出个像样的成果来。

读了许多日记，要说能置于枕边夜读，每每开卷都能赏心悦目的，想想也不过仅有明人李日华、清人王韬、近人郁达夫三家。其中郁氏的日记，有后来刊布出来的，与当时的《日记九种》对看，风格上大不相同，想来早年发表出来的是一种经过修饰过的文本，还是当文章来作的。

许多文学名家的日记并不能当文学作品来阅读的，鲁迅、茅盾的日记都是这样。倒是有些拿枪杆子的武人，如冯玉祥，记起日记来章法谨严，从不间断，又叙事完整，像每日里刻板地出早操一样。

日记有史，自陈左高的《中国日记史略》始，记得看到此作出版后，曾高兴地买下数本，也给孙犁先生寄去过一本。此作只记述至清末，大约近百年的日记说不胜说了，只好让它们自我消亡一些，才能入史吧。

20世纪最重要的日记作家当数近时被炒得火热的吴宓，他的日记从少年时期直记至晚岁，几十年痴迷此事，虽因此招祸而终不停辍，真也自日记有史以来，一人而已。吴氏日记的可爱还在于直书其事，径抒胸臆，不但杂记自家个人情感之事，还记周围旁人的，竟毫无掩饰，这大约与他长年一人独处，有个良好的"写作"环境有关，是诸多日记作家不及的，将来写入日记史，当是个难得的孤例。

雪藏多年的日记稿本，一旦翻找出来，是会同后日的回忆文字吵架拌嘴的。试举一桩不大不小的例子。有一回看抗战时援华的印度大夫巴苏的日记，他在延安时正值周恩来骑马摔断了右臂，他在日记中详细地记下了时间、地点和最初的诊治经过。若再对看一下多种后来的回忆录，都有不同的差错，两种文本相较，想想还是应以当时当地的白纸黑字为准。这又是日记一体能给予我们的妙处。

看过的日记中，有一个日记与回忆组合成的文本，是学者杨树达留下的，书名《积微翁回忆录》，书中除早年生活外，都是从日记稿本中摘抄而成的。这是老先生搞的一次有趣的"超文体"试验。

近代的十来家大型长篇日记，当时印出后，线装几多函，放在书宅内，真是庞然大物，若不是得便宜于石印技术，也许它们早就灰飞烟灭，或仅剩个残本、孤本秘藏于何处的图书馆内了。像近年出版的《吴宓日记》，已印出的就有《史记》那样的字数，这在刻版印书的古人真是难以想象的。不间断地记长篇日记，自宋人便开始了，司马光、王安石二人都有过卷帙浩繁的日记，就当时来看，也不能不说是重要的史料，但皆因抄写、刻版不易，存在了不长时间，"夭折"了，能留下来的只是一些吉光片羽，供好事者去集佚。

日记究竟始于何时，一直是一个聚讼的问题。若日记仅局限于私人记录的自家事体，那远古系以甲子月日的甲骨文，或是帝王的起居注，就都应排除在外。故现今能看到的最早的一个文本是东汉马笃伯的《封禅仪记》，存于《后汉书》内，它是由个人笔录的，排日记载了上泰山的过程。

近时看到一件出土文物资料，与日记有关，因见少人道及，特转述一下。二十年前，江苏扬州掘到一座西汉宣帝时的墓葬，墓主并非王公贵族，而是一介平民，墓主名王世奉，棺内也无什么珍稀陪葬物，只是找到十余件木牍。木牍所记不是经书典籍，而是书有年月日的简单日记，当时这位王世奉是因"有狱事"，在狱中随手记下几位亲友来探监的经过。后来王世奉死于狱中，匆匆掩埋，这几件木牍便作为陪葬物埋入棺中了。两千年后，这并不起眼的木牍却给我们提供了最早的一位有名有姓的日记作者，在没有找到新的资料前，暂且让这位王世奉稀里糊涂地夺个魁首吧。

吴新宇

我与日记

我大概算得上一个喜欢读、写日记的人。我觉得日记是一种极好的生活积藏与练笔的体裁。写日记的人，不要太把日记当回事，它应当不是详密的个人小结，也不是纯粹的抒情散文，它甚至可以是流水账，可以语无伦次，可以罗哩吧嗦，短则三言两语，长则洋洋千言，日日耳闻目睹，灵飞心想，柴米油盐酱醋茶，皆可成记。如鲁迅先生的日记，经常是他的稿费与版税收支簿，那也挺好的，靠脑力吃饭的人，脑子里都是学问和思想，常常少了经济那根弦，借助日记，一笔一笔清清楚楚，就不是糊涂账了。

我小时候写日记，是遵父命。父亲还要经常检查，所以，不敢不记。父亲也没有别的意思，就是为了让我写好作文。果然，我的作文写得越来越不错，这也是后来我走上文学道路的起点，因为兴趣已经培养起来了。上高中以后，学习太过紧张，就没有写日记了。大学四年，时间多了，心情也轻松了，本可以再捞起日记写写，但我一进大学就狂热地爱上了诗歌，白天逃课去图书馆读诗，晚上潜心写诗，一会儿浪漫主义，一会儿现实主义；一会儿古典诗词，一会儿西方现代派，忙得不亦乐乎。所以，我的一位恩师笑话我"把诗当日记写"，我则很认真地答道："不，我是把日记当诗写。"可见，我的内心还是有一股子"日记情结"的。把日记当诗写的直接后果是我成了一名校园诗人，日记则被我悄悄打入冷宫。一直到1996年，我突然又对日记发生了很大的兴趣，究其原因，我在6月14日的开篇中写了这么一段：

> 我之写作兴趣，盖由日记始。后杂事俗务缠身，余闲极少；亦自恃握管偶有鸿篇，骨子里轻看每日一记。今细思量，日有所见所闻所感，倘不录之于纸，铭之于心，即如竹筛捞水，岁月空流，昏昏一世，有愧，有愧。

人的一天虽短，但总会发生一些事情。如果是惊天动地的大事，当然会刻骨铭心，用不着日记来劳神。然而，我们的生活主流大多是在平静中度过，就像滔滔江水，平静中有小小的漩涡，有纠缠不清的水草，有别人扔下来的易拉罐；还有兀然耸立的顽岩，改变着部分水流的方向……这些，过去了也就过去了，瞬时的记忆也许会在瞬时之后遗忘，那么，把每天发生的事情中，自己认为值得记下来的东西写成"日记"，是一件很小却很有意义的"家庭作业"。

转眼坚持写日记又是五年了，这五年我在阅读和写作上的收获是很大的，这里面也有日记的一份功劳。比如，这几年我跑了半个中国，每到一处，日记本从不离身，白天辗转于各个景点，晚上无论条件如何艰苦，也要把这一天的疲惫与惊喜如实地记录下来。我那些被文友们称之为独具一格的"眉批体"游记，基本上都是从日记中孵化出来的。由于我的生活比较单一，业余时间大多是泡书，朋友亦多为读书圈内人，于是，从1996年开始，我每年将日记中与书和文友打交道的篇什、段落重新排队集中，组成《文坛边上》，《日记报》曾发表过1999年卷，读者反响还相当不错。

对于我来说，日记具有两种功能。一种就是记录，记录人事，某年某月某日发生了什么事，见到了什么样的人，有什么感觉。这些人事看上去很日常，很普通，但说不定它们会对我以后的生活产生联系，造成影响，适时将其记下，可以找到自己生活中的一些脉络，使自己不致于在不该迷失的地方迷失。第二种功能是休闲，人不可能每天都写鸿篇巨制，日记好比饭后的漫步，或者激烈运动之后的放松。只有当坦然面对自己的时候，才可能做到真正的放松，这时的我，已不再是在万米长跑中的我，不再是在应酬客套中的我，不再是仰上司鼻息的我，不再是奔波劳碌的我，而是本真的我，处在"我"的自然状态之中。所以，对于我来说，日记不构成任何压力，一是没有量的压力，不在乎写多少，也不在乎写不写，有时天天不断，有时数天不动笔。父亲不再检查了，偷点懒就偷点懒吧。二是没有精神上的压力，反正是日记，比较私秘的，你在里面可以破口大骂，可以深刻揭露，可以狂放自大，可以肉麻兮兮……随你！如果每一个人都有那么一小块私秘的地方，那我们的心灵就会平和许多，净化许多。日记也许只是一级一级小小的台阶，但是只要不停地拾级而上，我们总会在一个高处看到令人迷醉的旖旎风光。

真实是日记的唯一品质。日记最好不要当文章来写，文辞优美一些当然无妨，倘若在日记里面也要求主题鲜明，情节生动，刻画深刻，那就好比要把一块补丁当作锦衣玉袍了，显然是不适当的。

郝孚逸

值得回首的往事
——我与日记的两段姻缘

在写日记这件事情上，我不是一个持之以恒者。我的一生中，只在两段不长的时间里写过日记，总共加起来十年左右。然而，就在这两次进入、而又两次中辍的日记生涯中，却凝聚了我不少最有价值、也是最美好的记忆。于是作为这些记忆的文字载体的日记，也就常常令我产生对它的留恋与追思。把这两段写日记的经历说成是我同日记的两段姻缘，所表达的就是这种心情和感受。

两段写日记的时间，一段是解放前，一段是解放后，都是我的青年时期。

解放前，我由普通的青年学生成为共产党员，参加了党所领导的国民党统治区的地下斗争。在此期间，亲眼看到民生之多艰，亲身体会到民族的危难，懂得个人事业的出路乃至一生命运之所系，均同国家的成败兴亡息息相关。希望与失望交织，欢乐与痛苦并存，勇气需要战胜怯弱，信念不断超越迷茫——这一切，在当时年青的心中，产生过多少回荡，激起过多少波澜，引发过多少遐想，真是既丰富多彩，又刻骨铭心。在当时，青年人面临的时代主题是关于选择道路的问题。这一点和今天一样，但情况却有所不同。那时候，国家和人民都在受难，青年人容易懂得什么是自己应该选择的道路，但要付诸实践，特别是一直坚持下去则不那么容易，因为这要付出代价，甚至要牺牲生命。在立志把自己同人民的事业融在一起的过程中，会产生不少矛盾和困扰，这就需要随时随地进行艰苦的思索、刻意的探求以至严肃的抉择。选择是在一种既定的大目标下进行的，而通过不断地选择，目标也就会显得更加明确和更加坚定，这当然都是在思索、探求和抉择的基础上实现的。而对于围绕选择道路所进行的思索、探求来说，日记恰恰就成了我的得力助手。所谓得力助手，不仅是因为它忠实地记录了这一切，还因为它对这一切的产生和发展起了推动和促进作用，主要是帮助开启思想的闸门，拓展思维的空间，理清思绪的龙脉。我有在夜深人静时想问题的习惯，而每想问题时都欲有结果，于是写日记便成了夜晚必做的"要事"。不管是写什么方面，是指点江山、抨击世事，还是读书求解、交友心得，都融合到自己该做什么、该怎么做所进行的思索、探求的抉择之中。在日记本的扉页上，我常写上屈原诗中的一句话"吾将上下而求索"，以表我写日记的目的和我在写日记方面的要求。这段时间的日记大约持续三年左右，主要反映从1944年起，我在重庆两年的生活，以及1946年起在上海的生活。大概在1947年底，由于斗争环境的险恶，白色恐怖严重，为了避免暴露而给工作带来损失，中止了我的日记写作，并且"忍痛"将几本日记付之一炬。

上海解放的时间是1949年5月，那时我是复旦大学外文系的应届毕业生，随即留校工作。解放前我患了肺结核，由于工作紧张和环境恶劣，病情一直在发展，到解放时已经很严重了，我们是在白色恐怖下日夜奋斗，并且是在解放上海的炮火声中迎来解放的，深知胜利来之不易，因而十分热情地投入工作。我一方面带病从事繁忙的工作，同时又恢复了丢了两三年的日记写作。这段时间的日记，起于1949年下半年，止于1956年下半年。

在这段时间日记本的扉页上，总是写着这样一行字："当你回首往事时……"这是借用苏联小说《钢铁是怎样炼成的》主人公保尔的一句话。我当时的心情，是认为自己的目标已定，就应该为实现目标而努力学习和工作。因此，不管是什么工作，只要认为是事业需要的，都积极地去做；同时在工作中坚持边干边学，即使是住院治疗，每天也照常坚持学习。对于工作和学习，都是希望越多越好。"不因虚度年华而悔恨，也不因碌碌无为而羞耻"。保尔的这两句话，几乎成了我的座右铭。日记的主要内容，大致有三个方面：一是记大事，即议论国内外发生的大事。记大事不是写"流水账"，而是将自己置身事中，注重从观察和分析中锻炼自己的认识能力。当时感到新中国的一切都是新鲜的，用新中国的眼光看世界，也都是很有意义的，能耳闻目睹固属不易，而能躬逢其盛则更觉可贵。就这样，在录其事的同时畅谈感受，使得每晚写日记成了非常乐于从事的事。二是记工作。工作很多，除直接参加保卫红色政权的工作外，学校各个方面的事，包括政治、行政、教学、科研乃至组织学生演戏，都曾是我的专项任务。所负责的工作部门，因工作需要而变动了好几个；所从事的学科业务，也同样由于任务变动而转移和添加。我当时不仅想多做工作，而且想尽力做好工作。如果说我有什么专长，那都是在干一行、爱一行、学一行和钻一行的实践中得来的。日记在记工作当中，同样不是写"流水账"，而是突出重点、看其有无意义和意义有多大。值得一提的是：不仅写干什么，更着重表现怎样去干和干得怎样。

因此日记中是不能没有自我批评的。有时在工作中听到批评意见，一时没有想通和接受，但到了晚上写日记的时候，往往能顺利地通过这一关。三是记学习。一般认为学习主要是读书，我也深有同感，而且也很喜欢读书。此外，我还十分注重，并且应该说是非常善于平时的积累。我一直少有系统读书的机会，但在日常生活中，如开会时人们的发言，走在路上偶然的所见所闻，甚至是朋友们的聊天和孩子们的嬉闹，都能从不同角度给我提供某些方面的知识和思考问题的方法。而在这点上，日记则能帮我的大忙。在写日记的时候，我总是把遇到的这类情况和所思所想，以及所得到的东西记录下来，这样的日积月累，日记就起到学习资料的作用。除以上三方面外，关于日常生活，包括恋爱等，在日记中也不时写到。这个阶段的日记，大约是在1957年初就搁笔了，但日记本却一直收藏着。文化大革命时，东西被抄，这些日记本也被拿走，后竟不知所终。至于这个阶段的日记后来为什么不写了，原因可能很简单，也可能比较复杂，大概是由于后来政治运动不断，工作异常繁忙，加之对任务不理解的也要执行，思想和精力都跟不上也顾不上的原因吧。

我的日记写的不多，而且所写的目前也已荡然无存，但我对日记却情有独钟。原因是在我的人生征途上，有值得回首的往事，而日记作为往事的见证者，也就同往事一样值得回首，尽管它们在形体上已经消失了。假如它们还在，我是会经常捧读的。根据我的亲身经历，日记的主要作用是写自己，主要读者也是自己。因为日记贵在自我认识、自我剖析，要绝对地说真话，讲实情，就是个人的隐私也不必加以掩盖。日记一般不能或不愿给别人看，而正是这样的日记，才能起到自己和自己交流、自己鞭策自己的独特作用。有些日记可以藏之名山，传之后人，是由其特殊的史料价值所决定的。至于为准备出版而写的"日记"，则不过是用了日记的形式，甚或是日记的称谓，将它们叫作著作或作品，可能更名副其实一些。

孙淑彦

陈迹时将日记开

人各有癖,强求不得。我闲时喜欢读点书,进而喜欢涂涂抹抹。如果爬格子之后能换来稿费,家里又尚有大米和煤气,即欣欣然到书店,有同郁达夫先生所说"出卖文章为买书"。日积月累,敝斋不论是书架上、柴门后、衣橱里,甚至水泥板上都堆满了书,粗略计算,当逾万册(其中近二千册为师友签名本),除了案头必备的工具书如《汉语大字典》《二十五史》等,最中意的莫过于日记和年谱二类。为什么?窃以为日记本来是不想公开的,有什么精力和想法就如实记下来,因而真实性较高,

"含金量"也较足,最可了解主人的思想和生活。年谱虽说记事琐碎一些,但也具较高的真实性,同样,对了解谱主的经历、交游、思想都是很好的资料。

我是常人,终日碌碌奔忙于生计,实在无大事可记。因读日记多了,所谓"近朱者赤",在二十年前刚结婚时,也"东施效颦",每日在进入香甜梦乡之前,东涂西抹,记记当日的流水账,如购和读什么书?收或复何人信札?想不到一记就是二十年。敝帚于是自珍,请一位搞印刷的朋友将日记每年装订成一册,偶尔到外地旅游或学习,则各自成一册,合起来,竟然有三十多册。有时心血来潮,拿起早年的日记浏览,也自觉津津有味。

话说有一次,潮汕历史文化研究中心拟为国际汉学大师饶宗颐教授编一本年谱的书,庆贺饶教授八十大寿。据教授回忆,40年代初他曾在我的家乡广东揭阳从事艺术活动,但具体时间和内容忘记了。主办机构来函向我查询此事,我依稀记得曾向书友借阅过有关书籍,经走访,这位书友已于数年前弃世,该书已找不到。进而找访查阅本地档案馆、博物馆和图书馆,也都是"泥牛入海无消息"。在"原籍途穷"的情况下,想起了李笠翁的退一步法,翻阅自己的日记。于是检旧箧,查日记。谢天谢地,终于在1985年8月的日记中找到,而竟然当日还较详细地摘抄读书。赶紧整理成文而寄呈复命。据主办者说,该材料补充了教授在揭阳活动的空白。这类依靠早年的日记而解决一些小问题,在我尚可一二三列出数项来,为免使读者诸公生厌,就此打住。我也因此想起宋人周必大"陈迹时将日记开"的诗句,从而认为,倘能坚持记日记,不啻为一件好事。每日费时不多,投资也不大(当然也不会"发"),至少可以磨练自己的文笔,留住自己往日的情愫。

以上是谈自己的见识,再谈谈读日记的好处。也举一例。几年前我撰写清末洋务派骨干《丁日昌年谱》,从有关史谱、方志中勾勒出谱主行年大略，而丁氏与翁同龢的关系，如金兰结拜，如对台湾的看法，以及何时相识等诸多问题纠缠不清。恰好一位书友从北京为我购了六大册《翁同龢日记》。通读、整理，若干问题"迎刃而解"。还凭《日记》纠正了方志中的一些错误记载。又，曾有幸在博物馆中读到丁日昌的幕僚周子元（清末拔贡，后任广西郁林州知州）的《台湾日记》稿本，从而加深了对丁日昌在光绪初到台湾的施政和行踪（后来我将周氏日记校点刊于《汕头大学学报》）的了解。这是从读日记中得到的收益。

白榕

我和日记

大约上高中的时候，我开始记日记，那年我才十五岁。就这么着，居然记了五十多年，可由于半个多世纪的辗转迁徙，各种政治性的劫难，至今保存下来的，早就不是全部了，不然半个多世纪真诚流泻于笔下的漫长经历，一定能使我成为自己的富豪——一笔宝贵财富的拥有者。

五十七年前，我当时的国文老师将日记作为作业布置给我们，开始只让我们记周记，后来又改为日记。那时候我年纪小，觉得每天都一样，没有什么好记的，便几乎用同样的语言对待每一天："是日也，风和日丽，上午下午都上课,晚上自修,自修前和同学去柏龄桥散步……"试图以公式化、概念化搪塞老师,自己也觉得无趣。后来老师严厉批评我的敷衍,还进一步告诫我:"要把日记当成自己最好的朋友,让日记伴你一生。记日记不但可以锻炼文笔,更重要的这是在写你自己的历史。"这几句看似平淡的话语,却使我有石破天惊之感。我由此端正了写日记的态度。每晚,我认真地在油灯下记下当天的日记,记自己的所见所闻所感所思以及我的喜怒哀乐。

那是抗战年代,学习用品匮乏,经济力量也有限,大多是用毛笔直行书写在草纸或毛边纸上,后来才有练习簿,改用钢笔横写。这样我的日记内容丰富了,有读书心得,有山水印象,也有人物素描。记得那时,我迷恋《三国演义》《水浒》《济公传》之类的小说,便在日记上留下不少我的阅读札记,我成了一名"小金圣叹",日积月累记了好多本,并多次受到国文老师在班会上的表扬。我的劲头更大了,决心一直写下去,每天不落。偶尔翻阅,内心也滋生一些快感,仿佛又看到了自己从蹒跚学步到正步行走的可笑模样。

成年之后,恰逢全国解放,我有幸考入北京大学中国语言文学系,受到正规的大学教育,毕业又进入丁玲创办的中央文学研究所成为研究生,在众多前辈学者和作家的教导之下,我开始了创作生涯,日记内容随着社会接触面的扩大和思想的成熟度也益见充实。1953 年我奉调去《人民文学》编辑部做编辑工作,直至 20 世纪 50 年代末,被下放至遥远的青海工作。当时的青海地广人稀,全省人口不足三百万,生存条件和生活条件都极其艰苦,但我忠实的朋友——日记却始终跟随着我。1962 年我调回故乡安徽,从事专业创作和研究,我的日记在生活的磨练中更增加了它的理性色彩和悲悯情怀,日记成了我每天午夜时分独自倾诉衷肠的地方。及至"文革"狂飙从天而降,我被三次抄家,毋庸细说,日记首当其冲,损失过半,有的被撕成碎片,有的被付之一炬,几十年的心血就这么化为乌有。事后我痛哭了好几回,在所有这些损失的日记中,最使我难忘的是1945年至1946年的那一本,因为那里边我真实记录了五十六年前8月15日,即日本无条件投降的胜利喜讯传到湘西山城阮陵,国人欢庆通宵达旦的激动场面,以及1946年春我随学校东还金陵,沿途所见"日落"以后日本战俘的种种败落景象;另一本是1948年至1949年,它记录了上海地下党为迎接上海解放所做的艰苦卓绝的斗争,以及大上海回到人民怀抱的全过程。如果这两本日记今天还在我手中,那该是多么珍贵的历史资料,它们也饱含着我的血和泪啊!

圣野

日记是从心灵开放出来的花朵

我有很多写作的本子,每写完一首诗、一篇散文、一则童话,我总是用日记把它们记下来,在我看来,这就是我的日记。

我的每一个写作的本子,在封面和封二上,总要写上当时的年代,在我看来,这也就是我的日记。

我有一本流水账,题为《寄诗的脚印》,从 1984 年记到 1994 年,把每天寄出去的诗文,都简单地记上一笔,在我看来,这也成了我备忘日记的一部分。

有时,给朋友写了信,写完一读,觉得这信还有保存价值,还有与青少年共欣赏的价值，就抄存一份，或另抄一份给《少年文学报》或《青少年日记》作"诗的通讯"发表，这也就成了留下我一鳞半爪的日记。

从今年6月起，我在上海小学搞了个写日记的试点班，也叫"小小学诗班"。班里的小朋友只认得几百个字，我要他们每天给圣野爷爷写一句心里话，在这一句话的日记里，小朋友的坦率真使我感动，我发现这些真心话里含金量很高，有的本身就是一首诗，等我把他们的日记按照诗的节拍分成行，他们好高兴，他们第一次发现，给老爷爷写了真话，这真话就是诗！

写得好的日记，能得两颗红星，我把这一活动叫做"种星星"活动。星星越多他们越高兴，也点亮了他们的日记。

关于日记的保密性我是这样看的，在学生时代，可能有两种日记。一种日记是作为日记作业，写了给老师批改的；一种是接受家长的指导，写了给自己看的。后一种日记，真实性大于前者。像露露（翁钦露）小时候，写了给老师看的，都很公式化，一点不生动。在家里随便写写的那些日记，十篇倒有九篇很生动。这是由于她能放开心灵写，反正没有吃老师批评的"后顾之忧"。露露进了中学，因为回家要接受妈妈的检查，写的日记已经不那么天真、流畅，开始有所顾虑了。到了大学里，她的日记就对妈妈保密，她在大学里写的，那些走向人的觉醒的日记，至今没有公开发表过。我相信那是一些更忠实于自己的内心世界的日记。

日记是最自由的散文，是一个向各类文体辐射的起点，从日记里可以培养出各种风格类型的习作。懒散的人，缺乏意志力的人，三日打鱼两日晒网的人，他绝对不可能把日记当作相依为命的终生伴侣，当作自己生命的一部分。

戴海

日记，岁月的留痕

这里选录的是我从初一到高三的日记，题为《成长》。人人都走过成长的岁月，日记便是岁月留痕。本人开化较迟，八九岁时还只知在塘边玩泥巴。十二岁前，仅在乡间读过一年私塾，上过两年小学。所幸的是解放后进长沙接受正规教育。皓首回眸，自感我在中学阶段起点低而成熟早。我感激教育对自己的塑造，同时，也得益于日记练笔、炼心和自我管理——而日记也正是教育的一种途径和方式。

1952年4月22日

高老师参加"土改"五个月，

从乡下回来了，今天给我们作报告。他说，有家地主每年收一万担租谷，家里有人当保长、乡长、警察局长、老地主还是帮会头子。他们企图暗杀干部，还制造谣言，使出各种鬼主意来阻挠农民翻身。农民叫高老师做"高解放"，希望"高解放"的学生将来能为农民做事。现在，他们宁愿省出三个月的口粮交公粮，支援国家建设。我们应该好好学习，回报农民对我们的热望。

1952年9月5日

早晨的夏令营，充满愉快的欢笑。号角响了，大家安静下来。司令台发出命令，我们出发了。在雄壮的号鼓声中，鲜红的队旗飘扬在队伍的前头，象征着我们是一支勇敢前进的队伍。队伍经过一个建筑工地，脚手架上的工人好像在对我们说："快长吧，经过好多次这样的行军，你们也来参加这样的工作！"队伍又经过城郊的解放军驻地，从军营挥起穿军装的手臂，好像在向我们招呼："快长吧，将来和我们一道，去消灭破坏人民幸福生活的帝国主义！"队伍在田垅的路上改成单行，走过小桥，走下陡坡，进入密密的芦苇丛中。前面就是蓉园，我们到达了行军的目的地。在这里，我们举行了"准备着，参加青年团"的队会，朗诵诗歌，听讲战斗英雄的故事。会后，我们自己架起锅灶，煮饭炒菜，吃得很高兴。午休以后，做："夺红旗"的游戏。我在追逐中跑得太急，扑倒在地，肚子摔痛了，膝盖擦破皮。我爬起来，摸到"敌人"的后方，救出三个"被俘"的同学，配合起来夺得了红旗。

1952年12月12日

傍晚放学，我没回家，等寄宿生吃过晚饭，在学生会研究工作。散会出来已是七点多钟了。校门外的一段路上没有装电灯，一片寂黑。我想起祖母可怜我"两头摸黑"的话来，好像真有点可怜。这时，正好路过"清水塘"。我想起毛主席在这里从事革命工作的时候，该有多辛苦多危险啊！我又联想到"一二·九"运动，当年的学生想开个谈爱国问题的会，还得找隐蔽的地方。谁坚持真理，谁就有坐牢砍头的危险。我现在能够安宁地学习，大家又推选我搞学生工作，难道这还算苦吗？不，这正是幸福，想到这些，我加快步伐，向前赶路。

1953年3月30日

记得在一次总结的时候，有人称赞我在同学中有威信，我以为威信是吓唬人的东西，我不愿意别人怕我，连忙推脱说："我没有，我也不要。"现在，我从生活中感到威信的必要。例如，一个军事指挥员，他为了让战士们服从指挥，取得胜利，必须在战士中有威信。一个领导者假如没有威信，他就办不好事情……同时，我已略微懂得应该怎样在群众中树立威信：第一，要关心群众，热心为群众做事；第二，在群众中起模范带头作用，自己讲的话，不能把它当空话，要切实实行；第三，要与群众打成一片，建立密切的关系，并坚持原则。

1954年9月21日

报上大红标题刊载了可喜的消息：《中华人民共和国宪法》正式公布了！我心情特别激动，捧着报纸的手都颤抖了。我放开嗓门，一句一句地读着。这上面的每一个字，都是千万革命同志艰苦奋斗的成果。多少先烈为它抛头颅，洒热血，这是中国人民胜利的果实啊！它肯定了中国革命的成绩，指出了中国发展的方向。我们的幸福和成长，在法律上得到了保障。宪法中规定："国家特别关怀青年的体力和智力的发展。"

1955年2月19日

按照粮食公司的配购，我们吃的米饭里掺了些红薯丝。道理很清楚，去年许多地方遭水灾，粮食失收或歉收，秋后多种了些红薯。照理，吃些掺红薯的饭是自然的，而在学校的食堂里见到些刺眼的情况：有人走近饭桶盛饭时，手拿饭瓢，两眼直射桶里，以其敏锐的观察力检验饭里红薯的分量，将饭瓢朝着尽量少带红色的饭团上挖去，嘴里还咕咕叨叨。对于这些具有文化教养的人来说，我不想讲什么道理，只想问问：红薯也是农民的劳动果实,当他们遭灾只能种红薯的时候,难道还要拿红薯到什么地方去换白米来供给你吗?或者光让他们吃着红薯去种稻米来供养你吗?依我看,像这种少爷小姐派头的人,用人参燕窝供养了也没什么益处。让我们以愉快的心情,自觉吃红薯,节约粮食。

1956年2月7日

参加党的基本知识学习,讨论怎样促成共产主义的实现?我谈了自己的思想:党有远大的目标,我们就要有长期奋斗的意志。既已决心把自己交给党,就要一切服从党的需要。我们20岁入党,活到80岁,就奋斗60年,就这么干脆!要参加革命,最重要的是共产主义人生观。不下定终身奋斗的决心,就不能做共产党员。我一次次问过自己,真有这个决心吗?每次都是肯定的。我立誓,绝不退缩,跌了跤,再爬起来,碰上困难,就克服它,一切都阻碍不了我为之奋斗的决心。

1956年4月1日

今天是个大好的晴天。写日记,已经整整四年了。不作总结,只写下这平凡而有意义的星期天。早晨做完数学练习。早饭后去学校整理课桌、作业。回家洗澡,穿得一身干干净净。经过几天来的思想斗争,心情、生活都安定了,坐下来订"第七周计划":扭转情况,多检查,多设法补习旧课,消化新课,树立学习的新风气。拟了六个要点,都是必须做的。计划没订完,看电影的时间到了,去看《董存瑞》。影片中的王平同志讲:"真正的战士是锻炼出来的。"董存瑞也曾有缺点,但是凭着那股革命劲头,他改正了缺点,锻炼了自己,最终舍身炸碉堡。现在摆在我面前的,科学就是堡垒。董存瑞同志,你看着我吧,看我的行动!回来接着订计划,确定下周为"董存瑞周"。

1956年5月11日

上午的历史课,讲的是义和团攻打东交民巷、八国联军入侵北京。外国侵略者的罪恶,燃起了中华民族愤怒的烈火。中国人民不甘屈辱,在侵略者的洋枪洋炮面前，举起戈矛，向敌人作奋不顾身的斗争。哭泣的历史，埋到坍塌的瓦砾堆下去吧。在中国共产党领导下，觉悟起来的中国人民，把黑暗的牢笼烧净，我们正在自己的土地上建设幸福的大厦。下午的地理课，讲到台湾省。我在课本上的地图边写下："当我沐浴着祖国的阳光，台湾的兄弟啊，我不能不想念你们。"

1956年6月5日

晚自习时间，三人同时写日记，萧瀚蓝说："写日记，要感到成为生活中不可缺少的就好了。"刘晓清说："是的，我觉得写日记是一种需要，即使抽午睡时间也得写。"我，不言而喻。我说，我还想在日记中写写同志。正如吴运铎重写《把一切献给党》时，着重补写了自己的同志。是的，革命生活不可能独自过，英雄可能只靠个人就能当。

1956年11月28日

我高兴，这几天认真钻进了学习之中。今晚，虽有好诗《卓娅》和《希腊的心》，但我还是坚持先复习功课。先复习几何，做作业，接着复习三角、化学，想起明天的代数可能有考试，又连忙到学校去取代数书。从学校回来时，看到自家房间里空寂无人，电灯低悬，桌子左边摆着三角、化学、物量，右边摆着诗集，还有记事本和一支抽开的钢笔，中间墨水瓶下压着今天的日历，上面写着今晚的自习计划。一切井井有条，看了心里畅快。是呀，日子过得充实，生命才有意义。我知道了，谁要获得幸福，就要顽强地工作。当我忠实履行职守的时候，就是真正快乐的时候。

1956年12月31日

除夕，教室里充满节日的欢乐气氛。我们全班同学在教室举行"1967年团聚晚会"。首先由我朗诵："1967年/10月1日/夜/天安门城楼挂起灯笼/节日的焰火绽放在首都上空/在灯山人海的北海公园/在一片菊花环绕的草坪/聚集了我们四五班的朋友们/可记得十年前告别母校的时候／我们依依不舍地相送……"我捏在手里的彩色"长卷"刚刚朗诵了开头,好像真把同学们带进了未来的光景。昨天,我到贺老师那里翻阅过每个同学写理想的作文,在"长卷"中写到每个人和他(她)的职业,朗诵吸引了全班同学,时而引发全场的笑声。中途,李校长来到我们教室,他也坐在同学们中注意听着。可是,我的"长卷"还没赶写完呢,怎么办?我镇定下来,信口开河:"看／东方升起曙光／朋友们携手前进／去天安门广场／照张英姿焕发的相／看祖国的优秀儿女／无愧于时代的荣光!"接着,"老朋友"们都以1967年为"现在时"讲话,充满激情,畅想未来。时间过得很快,扩音器里报时:"离1957年还有三分钟。"我们停下活动,等待着——还有两分钟,只有一分钟了。我们屏住呼吸,点燃礼炮的引线,火星飞溅……

高增德

我的日记生涯

一

记日记是个好习惯,但是能坚持下来并持之以恒却不是件容易的事情。

所以说记日记是个好习惯,一可记事备忘,二可锻炼做事毅力,三可记录下一个人的经历、对人与事的观察及其思考。一部日记,本身就是一个人的历史,虽难列入正史,却是具有参照价值的民间野史。如果要了解一个时代、一个社会和一段历史,作为文化学术研究工作者,就不能不注重日记这种野史。近年来在学术界似乎达成了这样一种共识,认为传记不如年谱,年谱不如日记,就日记的史料价值讲，确当如此，不过这种说法恐怕不应包括未曾发表的文学日记。

我所以看重日记，根据个人经历的体验，常常在阅读和写作过程中，忽然联想到一些问题、一些事情和一些思考，其中往往蕴涵着一定的历史追寻、历史记忆和历史反思，马上写成文章，则显得不系统而零碎，但是如果不赶快记录下来，又有记忆迅即失去的可能。人的记忆有时就这样奇怪，来时突然，去时无踪，追之不及，思之难见，尤其临近年高时，这种感觉更趋明显。还有，我发现人的思考认识能力，在一个时候所能达到的高度或成熟，很可能一辈子也再无法企及，再不能追回来，唯一可以办到的，就是以日记方式记录下来。这里所指的不一定是记事，而往往是一些思考，或准确地说是一种思想。在我收藏的诸多日记中，发现不少名家大家也有类似的情况。

二

记日记坚持不下来的原因，一是主观上的，缺乏一种韧性或毅力；二是客观上的，常与社会环境有关。

吾生也晚，开始记日记已到了上个世纪的50年代初。一生记日记有三个时期，第一个时期是在南京就学时，当时还年轻，在学校中有不少人有记日记的习惯，大家互相仿效着记，要论记日记的历史却都很短。在入学的次年，正遇上反胡风运动，我因小书架上有九种"胡风分子"的书，诸如阿垅、路翎、鲁藜、绿原和胡风等人的诗集，而受到运动的审查和批判，所记日记自然就在追缴之列，在当时的政治运动中真是有口难辩，尽管最终被解脱了，但一气之下，将一些幼稚的日记撕了个粉碎，发誓永远不再记这些玩意。

可是人有"记吃不记打"的毛病，时间到了1958年，全国上下超英赶美大跃进，我受部队《进军号》小报的派遣去河北省徐水县采访，作为一个热血青年，不由你不受到形势的感染。在伟大领袖的推波助澜下，徐水成为即将跃入共产主义社会的炙手可热的典型，当时当地每个乡镇村都在制定实现共产主义的方案，记得我搜集的方案就不下十几份，其中尤以谢坊村的方案最激动人之心。从此又开始了记日记，不过很可惜这部分日记与搜集到的共产主义方案在文化大革命中都被造反派抄家时毁掉了，要不这批记录荒谬年代的珍贵史料真可派上研究的用场。这里还需补充一下，从那时又开始的日记，在"文革"中我被打成"三反分子"和"三家村黑帮分子"时，与二百多篇曾发表在报刊上的杂文一起作为主要罪证，使我差点丢掉了性命。日记由此第二次中断了。

第三次开始记日记是在粉碎"四人帮"后的70年代末，那时我归队后进入山西省社会科学院任《晋阳学刊》主编。因工作需要开始第三次记日记，不过前一段基本上是记事性的，到1980年筹组《中国现代社会科学家传略》大型项目，基于头绪繁多、学科林立和时间跨度大，不能不作周密考察与多方面咨询调查，当时足迹几乎走遍了大江南北，或参加学术会议，或跨进高等学府查询，或有目的地专访著名学者，或钻入图书馆翻检报章书刊，或发信函向朋友征询名单，于是在我面前所展现的是一幅20世纪中国学界的图景，使我的胸襟和视野一下子开阔了许多，将所见所闻所感所思都记了下来，就成为这时的日记，而且延续了二十多年，竟然累积了五十五册之多，论字数已有近三百万字。书斋名为速朽斋，就以《速朽斋日记》命之。

从以上我记日记的经历可见，日记这种文字载体只能理解为时代与国家清明时的产物，如在战乱年代，或文字狱兴盛，或政治运动频仍时，不仅难以坚持下来，甚至存在着遭祸之险和生命不保之虞。作为那个历史时期的过来人，在我的身边就发生过因日记而被打成右派分子、反革命分子的，被逮捕下狱的，甚至有的危及到了生命。那时，特别是"文革"期间，只要有谁的日记被抄走，或被指名要去了，后果不堪预测。这几年来日记在书肆已见出版者不少，但涉及到那场反右派运动和文化大革命的尚未见到，可见当时的震慑作用和对文化记载的破坏力度之巨了。

而我第三次的日记能持之以恒二十多年，恐怕要归功于改革开放的时代，使人有了平静安稳的生存环境，有个读书研究的追求氛围，虽然如今已至古稀之年，除完成书刊社所约的文债之外，每日例习都要记下日记一篇，这次日记经历但愿能善始善终。

三

我之速朽斋藏书约在万种以上，这是我藏书最丰富的时期，这其中除了学人传记、年谱和中国现代学术史的著作外，数量较多的就要算日记之类的内容了。在此我倒无心研究日记，但是喜好读日记却是毋庸置疑的。近些年日记类书籍不仅日益受到社会的关注，而且得到了出版界的重视，除了在学者文集全集中收有日记外，还见有诸多大型多卷本日记面世，于是使我有条件购置了一批日记专著。计有《走向世界丛书》10册（实际多属日记）、《郭嵩焘日记》1～4册、《翁同龢日记》1～6册、《湘绮楼日记》1～5卷、《郑孝胥日记》1～5册、《静晤室日记》1～10册、《吴宓日记》1～10册、《张元济日记》1～2册、《吴虞日记》上下册、《胡适日记全编》1～8册等等，长卷与短篇日记不下百种。这里有个问题需要向编者和出版界提出来，作为单独一册的日记不作索引倒也罢了，作为大型多卷本的日记千万不要忽略了索引，否则使用起来实在不便。

以上是应于晓明先生及其主编的《日记报》所约，为《日记·人生》一书写的我的日记生涯，有幸被忝列其中矣。

2001年12月20日—21日于速朽斋

张阿泉

写在书边上的日记

我向喜日记这种性情文字，心扉开启，顺笔写就，惊鸿一瞥，绝少造作。曾国藩、胡适、徐志摩、郁达夫的诸种日记，一直是我卧读遣闷的枕畔书。从中可以看到天气、心情、沉思、感喟、穿睡衣的闲谈、日常琐事的云烟，可以看到不事伪装的俗我真我。

　　大学时候，课余无事，即以写日记消磨，所录多是读书、散步、音乐、少女的黑发教授的白发、足球赛、诗歌沙龙、周末舞会、佳人有约及上山摸太阳的高大幻想，斑斓多姿，涂满了厚厚七八册硬面抄本。毕业时，回首翻检，竟觉得太幼稚太虚枉，留到将来会惨不忍睹，于是在宿舍走廊里边看边撕，一页一页，全部烧掉了。当时，心里颇有一种残酷青春的悲壮。

从此就不再写日记，觉得太深刻的感受无法言说，无法落到纸上。北岛有两句诗："一切爱情都在心里，一切往事都在梦中。"

多年之后，我却突然间想念起那数本被毁的日记。没能保留下来，倒真可惜了。因为那些仓促的字迹毕竟或速描或工笔记下了我的心动岁月，心路历程，成长的欢乐与烦恼；记下了我对成都，对巴山蜀水的一片深情。若以此为蓝本，没准儿会编出比程树榛的《大学时代》更美妙更诗意的长篇小说。而当时，我只想在火光灰烬中，与过去告别。

日记是一种沉淀，一种备忘，一种见证，一种情感思维的储蓄和零存整取。没有这样的记录，生命里很多日子会因太相似而被淡忘、混淆，丧失"磁迹"，出现空白。日记的价值宛如童年的小照，也许拍得不美，甚至可笑，却真实无欺，不可替代。

如今，在我心静如水的闲逸生涯中，又恢复了写日记的习惯。只是不再正规地记在某个本子上，也不再呆板地例行公事。我每天抽暇读书，偶有文思触发便直接记到书的边缘空处，不拘时事，不拘短长，关涉芜杂，明心见性，可说既是日记，又是眉批、题跋、注释，因为书是我精神的载体，我的生活与书不能分开。

现代社会的节奏太快了，人的心境，也随之粗糙浮躁，不能安详静虚。"松风竹炉，提壶相呼"的情趣，只可在古诗中稍温了。我算非常平凡平淡无为的人，也特别自甘孤独，不求闻达。然因职业所系，仍时时被一大堆无谓的俗情琐事缠绕左右，弄得尘灰满面，心田干枯，苦不堪言。只有待逃回斋中，沐手展卷时分，才能摒绝许多可憎的声音和面孔，清晰地看见灵魂、朋友、故乡、上帝。在阅读中，信笔记下的一个词，一个短语，或一段感怀文字，均可说是我思想的碎片，是我接纳或者对抗世界的一种表达形式。这些写在书边上的日记，随时可以翻到，点滴微墨，指爪雪泥，落花流水，虽潦草匆促，却都是人生珍贵的梦忆梦寻。

胡可

日记·人生

我有个写日记的习惯，多年来未曾间断。在战争年代的敌后环境，很长时间是用一节秫秸杆，插上一个钢笔尖，蘸着用颜料自制的墨水来写日记的。后来一位战友从前方回来，把他的一件战利品——一支自来水笔送给了我，这笔一直用到抗战胜利。

开始写日记并没有明确的目的，大概和爱好写作有关吧，在日记上抒发点年轻知识分子的健康或不健康的感情，对自己说说心里话，以求自我满足。后来由于创作的需要，就把写日记和记材料结合在一起，除了每天的心情和参加的活动，也记些见闻和创作的构思，再后来就把与创作有关的读书心得、学习体会和访问记录也都作为日记的内容。这样一来，写日记成了每天必做的事，就跟洗脸刷牙吃饭睡觉一样，再忙再累也不会忘掉。

1943年反"扫荡"，为了轻装，曾把参军六年来保存的日记连同作品的底稿和剧社的演出器材一起"坚壁"在驻地。这些东西被日寇挖出来全部付之一炬。那次反"扫荡"，阜平的老乡有数千人被敌人屠杀，剧社有五位同志牺牲，个人的这点损失也就微不足道了。现保存下来的是1943年以后五十多年的全部日记，到今天已经九十多册了。它记录了我大半生的足迹，记录了我作为一名创作人员多次生活在我军指战员中间、生活在父老乡亲们中间的感情经历。它记录了我在革命队伍中受到的教育、经受的磨练、从领导和战友们身上得到的帮助；它记录了我的世界观、文艺观的形成和工作中取得的成绩及其经验教训；它记录了我与家庭成员的离聚与朋友之间的往来，它已成为对于个人来说最珍贵的一份财产。"文革"开始，批判"黑线"，揪斗、抄家盛行，忽然觉得这堆日记成了一大负担，万一被抄走，从中摘些话出来作为"罪证"，那是极为方便的。当时，想把它藏起来却无处可藏，烧掉又舍不得，最后竟愚蠢地把日记中记录的文艺界领导的多次讲话一一撕去，弄得日记残缺不全无法补救，至今感到遗憾。

写日记的好处，对我来说主要有以下几点：

一是它锻炼了我的恒心和耐性，使我养成了在经常的回顾中审视自己的习惯。日记是写给自己看的，写日记是与自己的心交谈，与自己的往昔交谈。它使我不忘过去，不忘故友，不忘誓言，不忘走过的弯路，不断积累取得的认识成果和发现自己的不足。因此，它十分有助于自己世界观的改造，使自己在习惯的自审自律中保持清醒的头脑。

二是它十分有助于我的专业。自从搞起创作，日记便成为记录生活的手册。战争年代，作为创作人员我多次跟随部队的行动，今天回过头来看，作为战争的亲历者，这些记载了当年我军战斗生活中指战员精神面貌的随军日记，竟是最为珍贵的。我曾想，日记将随着个人生命的终止而消亡，而这些类乎老照片性质的情景实录，弃之实在可惜，于是利用养病时间，挑选几段誊抄出来，以供后人参考。

　　三是自己也未曾想到的另一种用途。作为一个老人，过去经历的事情，许多都已淡忘，每当想写点回忆文章，或回答同志们对一些往事的询问，便把当年的日记搬出来翻阅。翻阅中常常沉湎于某一个年代的某一种境遇，而入乎其内思绪难平。想不到当初信笔写下的东西竟会那样真切地唤起我对历史的记忆，而经历过的事情那前因后果和自己的思想轨迹，也就看得更加清晰。不少斗争和战争场景的记述仍能激发我的豪情；许多往事常常会唤起我对故人的思念；在特定的历史条件下，自己对一些事物认识上的偏颇和言行的失误，也白纸黑字地摆在面前而使我永志不忘，并深悔自己由于缺乏分析认识能力而难免轻信和盲从。如果没有日记的提醒，许多记忆也许早已被时间冲刷得了无踪迹，也就不会有这种感受了。另一方面也从日记中看到，自己在独立工作中尚能认清方向，识别正确和谬误，在复杂险恶的环境中保持清醒，也还是得助于几十年来党和人民赋予的基本立场和认识能力。一生中每当对一些事物的规律性认识，对一些事情经思想作出的判断被实践证实，自信心也随之增强。随着年龄的增长和阅历的增多，已经不那么容易为一时的潮流时尚所左右，而对于理想，对于未来，则一直保持着坚定的信念。

朱亚夫

几多感慨话日记

日记是"心灵的笛声","历史的见证",因此,文人大约都曾记过日记,区别在于坚持的长短和所写的繁简。

我记日记的历史不算短,如果从学生时代算起,也快五十年了。近日翻出日记本,大大小小的,竟也有十来本。打开厚厚的日记本,如同穿越时间隧道,尘封的记忆在眼前慢慢鲜活起来。

记得在中学时,因为热爱文学,我就暗暗立下心愿:将来要当个作家。为此,我按照《名家谈创作》之类说的:要养成记日记的良好习惯,因为日记是通向作家的桥梁。于是,我拿起了笔。以后,全国掀起"读雷锋日记,学雷锋精神"的热潮,学英雄,见行动,我记日记记得更勤了。记所见所闻,所思所想。翻翻那时的日记,文字是稚拙的,认识也是浮浅的,但所记却很详细,其中不乏豪言壮语,而且对事对景,好堆积词汇,总想形容描写一番。比如1956年,我祖父去世,当天,我记下了天气情况,亲友的感情,近邻的反应等等,用了"蠢如木鸡"、"耷拉着脑袋"等自以为最能表现悲伤的词汇。

上世纪60年代初,我投笔从戎,参军来到福建莆田。那时,炮轰金门刚停,蒋介石眼见大陆遭受三年自然灾害,蠢蠢欲动,妄图反攻大陆。当时的日记,就写下了军训、战备、演习等火热的战士生活。我记得日记中就有这样一首《菩萨蛮》,描写当时的情景:"出门大尖紫霄望,回首三山练兵场,绿水绕营房,清风送桂香。飞虎常兵练,青松田头见。九曲路漫游,笑歌浪树间。"似乎也洋溢着那么一股子革命浪漫主义的气息。印象最深的是1962年,台湾海峡形势紧张,我们部队进入了一级战备,要求战士清理行装,把一切不需要的东西都处理掉,以便一声令下,轻装上阵。我当时刚好记完一本日记,带着它行军是不适宜的。于是我将日记本包装好,挂号寄回了故乡上海,并给父母写了一封信,郑重地提出,不要打开我的日记,请务必尊重我的意见。以后退伍回家,日记本果然完好如初。现在想来,我当时似乎已有了那么一点"保护隐私"意识,是么?

以后我走上了工作岗位,特别是进了报社,实现了自己当记者、当作家的理想之后,说也奇怪,文章是写了不少,但记日记却渐渐懒散下去,翻翻这段时期的日记,充其量只能算是要事记,日记开首是日期、星期和天气,但我往往还加上个标题,如:1976.1.9-16,沉痛的一周。主要记述了周总理逝世后的所见新闻,从凌晨听到哀乐写到证实总理去世,又写了上班沿途的见闻、单位的反应、当时报章的消息、收看追悼大会的情景以及《参考消息》上外国的评述等等,都做了记述。这一页的眉际,我还特地写上了"中国人民伟大的无产阶级革命家、杰出的共产主义战士周恩来总理永垂不朽"一行字,并加了黑框。最特别的是,日记中还记下了当时上海人民向中央提出十大要求:保存总理遗体,以供全国人民瞻仰;公布总理遗嘱;出版总理传记;向全国人民实况转播哀悼总理活动的场景;各省市派代表赴京参加追悼大会等等。

记日记,敞开心扉,留下人生足迹,看日记,几多感慨,品味人生百味,这也算是一乐吧!

谭竹

倾诉永不停止

我是从十三岁那年开始写日记的，到现在已经写了十八年，有厚厚的二十个本子，基本上一年一本。

十三岁那年，我过得非常不快乐。当时我的成绩不好，被老师认为不会有出息了，心里很绝望，感到自己这一生已经完了。我没有要好的朋友，每天独来独往，非常孤独。于是我写起了日记，每天倾诉自己的心情。当时语文老师也要求写日记或周记，我从来都是交上去的是一本，自己写的是另一本。日记就是只写给自己看的，如果一开始就知道要被别人看，那还有什么好写的？

当时我并没有想到竟会一直坚持下来，成为自身不可或缺的一部分。写过日记的人很多，一生都写日记的人却很少，这是因为一般人把日记当作一项任务，是需要用毅力"坚持"做的事。而写了一生的人把写日记视作内心的需要，生命的需要，是一件自发想做的事，不用刻意去"坚持"的。

我就是抱着很随意的心态来写的，没有功利目的，也不强求非要每天都写。奇怪的是，越是这样越觉得天天都有可写的，即使足不出户，也有很多想法值得记下来。我不认为日记只是流水账，它是一个人的精神世界，因为除了具体发生的事，还有许许多多可以写的。我在日记里记梦并分析它，写看了某书的读后感，对某人的看法，对时光流逝的感慨，检讨或鼓励自己，看到某一个观点的感受，谈到某一句歌词的联想，记下快乐悲哀的心情……不是所有的东西都可以入文章、入信，但一切都可以入日记。

能不能坚持下去，还有一个重要的原因就是安全性。日记是只写给自己看的，除非特殊原因或对某人极大信任，一般不愿意示人，特别是身边的亲人。我哥哥写了十几年日记，后来不写了，原因就是嫂嫂非要看。而我幸运地遇到一个不看我日记的老公，要是他整天盘算怎么偷看我的日记，搞得我惶惶不安，只怕也写不下去了。

更没有想到的是，日记给了我丰厚的回报。现在的我，阴差阳错地成了一个作家，我的主业是小说，小说很重要的一点就是语言，所有的编辑都承认我的语言过关了。这一点，绝对是日记的功劳，每天写几百字或几千字，就算最初都是文字垃圾，十年下来还会是吗？

十五岁时，基于和写日记的同样理由，我写下了生平第一个长篇《一生有多长》，十年后出版时我改用了日记体，书名因此被出版商改为《少女日记》。我对这个名字很愤怒，后来想想倒也符合文体才让了步。此书就是以少女时代的日记作为素材写的，很大程度上是真实的，但它有艺术加工和虚构。日记的本质是真实，小说的本质是虚构文本。我想世上最恶心的事情之一就是虚构日记了吧？如果一个人写虚假的日记，我一定不会和他做朋友，因为他一定是功利、虚荣和矫情的。

我和许许多多的人一样，只是一个在世上艰难活着的平凡的人，但我认为，并不是只有名人的日记才有意义，才有价值。每个人的热心，都是一个浩大的世界，如果一个人能用一生的时间来审视和充实自己的内心，那也会成为一个宝藏。就像我写《少女日记》，不过是一个小女孩对自己童年时绝望心情的描述，却感动了很多人，收到很多真诚的读者来信。

但我对日记最大的感激不在于此，而是它帮我撑过了无限孤寂的岁月，撑过了有着无法言说的痛苦与绝望的黑暗时刻。年少时，我是一个孤独郁闷的少女，我用它来抚慰忧伤的心。而今我是一个渴望写出不朽文字的写作者，在这个以金钱衡量人的价值的社会里，我依然用它来抵挡在现实中的失落。它是我最忠实的陪伴，无论发生什么也不离不弃。它是我最宝贵的东西，如果失火，我第一想抢救的肯定是它了。

我曾在1998年的日记里写道："又写完一个日记本了，我想这一生都要这么写下去。现在写日记的人已经很少了吧？能够一直写下去，说明已是生命的需要了，否则它只是一个负担，一种强迫自己做的事。对于我来说，我已经不能没有它了，没有它记录我生活过的痕迹，我就像没有过去、没有活过一样。有时也迷惑，紧紧地抓住这些过去的感受有什么意义呢？它也许还会妨碍未来的生活。可是我舍不下这些岁月的痕迹，我不能不记下它，它是最真实、最纯净、最没有功利的文字，它是我寂寞的见证，爱过、恨过、努力过、活过的见证，是生命的一串串脚印。如果没有它，我就会迷失在茫茫的时光里。好了，让我们开始新的诉说吧！"

是的，我会永不停止地向日记倾诉下去，只要我的生命存在一天，它就与我同在一天。我的人生因这些文字而富足，当我的生命消失时，它会比我更长久地留存。因为，我虽然不能给我的女儿留下许多存款，但有一天我可能把我的一生轻轻放在她的手上。

张先瑞

日记，心中的痛

提起"日记"这个话题，我心中就有一种隐隐的痛。

许多文化人都爱说他们从小就养成了写日记的良好习惯，写日记对他们走上创作道路有很大的帮助云云。我虽然也喜欢舞文弄墨，却并非受益于写日记。细细想一下自己写日记的经历，大致可分为四个阶段：

第一个阶段，是少年时代的学步阶段。我少年的时候，学校里的老师没有规定写日记，也从没有收上去检查这一说。父母也没有像现在的家长那样"望子成龙，望女成凤"，因而对我没有苛求过什么。我自己呢，则很贪玩，没有立什么大志。于是那时即使写一点日记，也是毛毛糙糙，三笔两笔就完事了。而且经常不是写日记，而是写周记，即使周记也没有坚持下去。现在回忆几十年前的事，根本记不起自己曾经写过些什么了。

第二阶段是青年时期写"跟随型"日记——跟着时代走。那时候，雷锋、王杰、向秀丽等青年英雄是我们学习的榜样，《雷锋日记》《王杰日记》等，也成了我们写日记的范文。那时的日记，记得最多的是两个内容：为人民服务做了哪些好事，思想修养方面有哪些收获与不足。印象较深的有这么两件事：有一年暑假，我在学校图书馆的资料室勤工俭学，资料室管理员夸我工作"最认真最负责"，心里便洋洋自得，回寝室后沾沾自喜地写了一大篇自我欣赏的日记，并将这作为自己通过劳动锻炼来改造思想的成绩。还有一次是在零陵县乙底公社参加毛泽东思想宣传队，听说有个瞎子五保户，家里的桌子上凳子上到处是鸡屎，他看不见，不是弄到手上，就是坐一屁股，于是我过去帮他打扫鸡屎，把房间整理得干干净净，那天的日记不用说就是记自己不怕脏不怕累为贫下中农做好事喽。

1964年的秋天，按中央的指示精神，大学文科四年级的学生一律参加社会主义教育运动，我也随学校被安排到了衡阳地区，在常宁县培元塔下的一个大队，作为一名学生身份的社教队员，参加农村的"四清"。在这里我接触到了广阔的农村社会实践，也接触到了工作队中众多的经验丰富的党政干部。当时我还未满二十岁，全部的人生经历是从家门到校门，还在写着"跟随型"日记，什么"今天不怕脏不怕累同贫下中农一起捡狗屎"、"住户家里没盐了，我与他们同甘共苦喝没盐的高粱斋汤"之类，然后抒发一通工农化的决心和解放全人类的豪情。那时写日记也没有什么"隐私权"这一说，而且贫下中农那一览无余的家也无锁可上，于是有一天，我的日记本被驻队的老刘看到了。老刘是省委组织部的干部,土改时便参加了工作。他看了我的日记,笑话我说:"大学生就写这样的日记啊!"我倍受打击,本来以为自己的日记即使不像雷锋日记,也有点像王杰日记呢。我不服,要求看他的日记。老刘的日记没有什么文采,也没有什么豪言壮语,更没有那种矫情的自我欣赏,他只是踏踏实实地记下日常工作中的一些人和事,以事为主干,有对事情的记述,也有对事情的分析,记述实实在在,分析有条有理,一篇日记还拟有一个标题,是很完整的一篇文章。看过之后,我深感佩服:那一件件事情都是我们一同经历并完成的,他写出了文章一样的日记,而我怎么就不知道这样记日记呢?从此我便效仿他的写法,日记也因此进入了第三阶段——将日记写成文章。

我先后在常宁和道县参加了两期农村社教运动,学着老刘的样子写下了大量日记,用那种64开的日记本写了十几本。其中有记述文,也有议论文,记录了当时的工作情况,记下了众多农民群众的形象和自己参加贫下中农协会,以及妇女、儿童、民兵各种组织活动的工作体会,积累了大量农村调查的材料,是一本农村基层工作见闻,是一个知识分子花样年华的心路历程,是1960年代初中国农村各种人和事的实录。这些日记留存到今天,就是一份宝贵的历史资料。

可惜的是,1966年秋天,当文化大革命运动全面铺开以后,我的这些日记本居然被收缴上去,加以审查——有人要从中查找罗织罪名的材料。一个年仅二十二岁的女孩子,一个在红旗下长大的女青年,一个抱着满腔热情奔赴贫困山区贡献自己青春的大学生,才开始迈步呢,就遭到"左"的大棒劈头一击!一时间,我感到惊慌失措,不知所从。所幸的是,当时我还没有独立思考的能力,在那十几本日记中,没有一点消极和阴暗的东西,更没有一点对党和社会主义的不满,用审查者的话说:我透明得像一块玻璃,没有找到一点可以拿出来批判的东西。可以说,是我思想的单纯和政治的幼稚救了我——不会独立思考使我没有因日记而罹祸。但是从那以后，我开始想一连串的"为什么"，我的心也不再是不沾一尘，觉得受了欺骗，因不被信任而深感痛苦，从心底里升起自怨自艾甚至自暴自弃的情绪。不久后，当人们将日记本退还给我时，我便跑到机关院外的空地上，将那十几个记着我心血的本子堆成一堆，点燃了火，看着它们在红红的火焰中渐渐地变成黑色，最后化为一堆死白的灰烬。

从此我不再写日记。

转眼三十多年过去了，人们总说不翻历史旧账，要"向前看"。是的，应该如此。我早已抛弃了自暴自弃的想法，走出了自怨自艾的阴翳，但是，想到那堆死白的灰烬，谁能抚平我心中的痛？还有谁能引发我写日记的兴致？谁还能够再给予我记日记的激情？三十多年的光阴流逝，我没有再写日记。如今我年过半百，记忆衰退了，许多事情转眼就忘，而且天天过着惊人的相似的日子，日复一日，常常记不清什么事发生在哪一天，不是把日子弄错，便是把人物混淆，不得已，有时还得用笔记记发生过的事情——这大概算是我日记的第四个阶段吧？但我写的这些还能叫"日记"么？不过是流水账的"备忘录"而已。这种备忘有什么意义？自己又不是名人，所记也不关大局，这些备忘，绝不会有人要来研究，就是自己，也只是要查一查某件事发生在什么时候，才会翻一翻看一看，除此以外，对他人、对社会，皆无价值。

我多么想拾回当年的情趣，多么想回到第三阶段，可是，时光已如白驹过隙，奔入了21世纪，就算我心气再高，我还回得去吗？于是只得以流水账式的备忘填补余生。

程树榛

记日记的悲剧

我很早就有记日记的习惯。早在上小学的时候,在老师的指导下,我便开始学习记日记了,直到1966年文化大革命开始。十多年来,断断续续记有十几本日记。其中,有的像流水账,记叙一点日常生活琐事;有时对某事某人感触较深,便长篇大论地记下自己的感受,日积月累,皇皇数十万言,偶尔翻阅一下,便唤起旧时的回忆,意趣甚浓,对创作也大有裨益——实际上是一种写作素材的积累。在我创作长篇小说《大学时代》时,曾经整篇满幅地化用日记的片断,真实而又生动。因为尝到了记日记的甜头，便想长期坚持认真地记下去，作为生活不可或缺的内容。

谁知文化大革命骤然到来，一下子改变了我的这个习惯和想法。原因很简单：我看到了一幕因为记日记带来的悲剧。

当时我正在黑龙江省某大型机器厂从事技术工作。和我在同一个科室的一位名叫刘西戎的同事，是一个业务精湛、肯于钻研的技术员。而且他还爱好文学，和我有许多共同语言，因此，我们彼此很谈得来。但是，他又是一个很有个性特点的人，平日孤高自许，落落寡合，不大与人来往，特别是不怎么靠近党团组织，再加上家庭出身不好，社会关系复杂，理所当然被看作是落后分子、"白专"典型，理所当然成为历次政治运动的批判对象。这次"文革"一来，他很快被列入"横扫"的范围，被运动积极分子揪了出来，当作重点人物，关进"牛棚"。

这样的牛鬼蛇神肯定要被抄家，而且是第一批。可他是一个单身汉，住在集体宿舍内，无家可抄。但那些久经锻炼的积极分子们是有智慧、有办法的，他们从集体宿舍里把他唯一的家当———一只皮箱搬出来翻了个底儿朝上。不过，令积极分子们失望的是，箱子里除了一些长久未缝洗的旧衣服和鞋袜之外，别无长物。他们不甘心，继续翻查，终于有了新发现：二十余本装帧精美的日记本被藏在箱子的最底部。

积极分子们当然如获至宝，立即把这些"战利品"带回清查室，又以极高的革命热情和工作效率连夜进行审核。这些东西一经积极分子们用"革命的显微镜"仔细查看，立即从中发现了大问题：原来这些日记是刘某从解放前夕到现在的全部生活记录。这家伙不但工作细致严谨，日记也记得有条不紊。二十余年的思想活动和社会活动（包括他的恋爱经过）都毫无遗漏地、工工整整地记载在那一张张雪白的篇页上。特别令人兴奋的是，他竟把解放初期自己对党和政府某些政策的不满，对周围的同事——尤其是对某些积极分子的鄙视和不屑，也毫不隐瞒地记录下来。于是，这个"反动家伙"的狐狸尾巴一下子被抓住了，积极分子们不禁弹冠相庆。前一阵子连日紧张的批斗，都被他狡猾地用长久的沉默和简单的"没有"混过去了，现在，有反动日记在此，白纸黑字，铁证如山，看你还有什么话说？

这个"顽固堡垒"就这样一下子被突破了！人们把日记中那些"反动"的段落，抄写在大字报上，张贴在办公室的走廊上，供广大革命职工阅读和批判。

与此同时，对刘西绒的批斗也就更加严厉、更加频繁了。积极分子们（现在已经称作造反派了）不仅狠狠地触及了他的灵魂，也狠狠地触及了他的皮肉。

老刘本是个身体羸弱多病的人，哪里经得起"无产阶级专政铁拳"的严厉"痛击"？就在一次"牛棚"放风的时候，这个已被打翻在地、行动艰难的牛鬼蛇神，居然出人意料地以迅雷不及掩耳的速度，逃离看守者的视线，爬到附近一个高达数十公尺的大烟囱上，而后纵身一跳。当我们这些和他同一科室工作的幸存者被召集到现场对其自绝于人民的罪行展开批斗时，他已经血肉模糊难以辨认了。当然，他也听不到人们义愤填膺的批判了。

看到刘西戎这样的下场，曾经和他朝夕相处的"臭老九"们无不心惊胆战。由于我平日和他过从亲密，更是惊悸不安，心潮难平。追根溯源，不都是日记给他惹的祸吗？我不禁想起自己家里仍然藏匿在一个"黑暗角落"里的十几本日记，那可是埋在我身边的定时炸弹呀！必须及早清除，否则，落到造反派手里，后果不堪设想。尽管批斗会开得热火朝天，口号喊得震天响，我只顾心惊肉跳地想自己的心事，一句也没有听进去。好不容易挨到批斗会散场，我以极快的速度溜回家中，气喘吁吁地对妻子说："快把那些东西拿出来烧了！"

"什么东西？"妻子问道，"没头没脑的。"

"我的那些日记。"我仍惊魂未定。

"烧它做什么？那可是你的宝贝疙瘩呀！"妻子是了解我的，因为我平日把这些日记看得比什么都贵重，谁也不许随便动它们一下。

我惊悸地对妻子叙述了刘西戎的悲惨结局，顿时，她吓得脸都变颜色了，立即说："那就赶快处理掉吧！只是太可惜了。"

我说："保命要紧，其他什么也别想了。"

就在那一天夜晚，我们俩将这些"宝贝疙瘩"放进烧饭用的灶台里，一页一页地烧成灰烬，未留下片纸只字。看到最后一页日记燃烧完时，我才惊魂稍定，但眼泪不禁夺眶而出。那些不起眼的一页页纸片上，记载了我少年的欢乐，青春的情愫，事业的烦恼，创作的甘苦，爱情的得失和命运的坎坷……我幻想过待进入耄耋之年再来回首往事时，重新翻阅那已经发黄的篇页，有多少鲜活的画面会在我昏花的眼睛里回映？面对绕膝的儿孙，向他们讲述我青年时代的逸闻趣事，该有多么惬意。而今，这一切都灰飞烟灭了。我一时陷入无尽的悲伤中，未来是难测的茫茫险途。妻子见此情状，抚慰我说：别难过了，过去的一页就让它永远翻过去吧，一切从头开始。

哪里还有什么开始？从那一天起我再也不记日记了。在此后那波澜壮阔而又荒唐的十年中，有多少值得记述的人和事、情和景啊！但除了一沓沓检讨和认罪书外，我一个字也没有留下来，呜呼哀哉！

这种余悸一直在我心里留存了十多年，直到我奉调来京工作。新的工作岗位，新的生活环境，新的人际关系，余悸被日渐宽舒的心态所取代，我才又重新拿起笔，在崭新的日记本上，记下了对新生活的感受。

但愿我能够长久地记下去，不再发生曾经有过的悲剧。

聂鑫森

我与日记

回想我能保持写日记的良好习惯,大概是源于父亲的影响。

父亲曾是个中医,几十年以治病救人为乐事,而每至睡前,必摊开用毛边纸装订的大本子,用蝇头小楷,认真地写日记。他日记的内容,几乎全与医有关,举凡研读古代医典的体会,聊天所获知的民间验方,白日对某个病人诊断后下方的内容,以及与一些杏林中人交往的逸闻趣事……我读中学时,曾趁他不在家,偷偷地看过,自然是看得一头雾水,但那些漂亮的毛笔字,实在令我钦佩。可惜在文化大革命到来之际,他把日记统统烧掉了。我看见他被火光映亮的脸庞上，淌下了晶亮的泪水。

我从小在父亲的熏陶下，对文学有着浓厚的兴趣。特别是旧体诗词，在父亲的敦促中，或背诵，或自吟，打下了很好的基础，中学时代即在《湘潭日报》的副刊上，刊发了好几篇散文。我是"文革"前夕参加工作的，在紧邻湘潭的新兴工业城市株洲的一家木材厂当刀具钳工。这时候，我迷上了写新诗，并设法或借或买了许多著名诗人的集子，如郭沫若、臧克家、贺敬之、郭小川、李瑛、梁上泉的诗，都令我着迷。学着父亲的习惯，我也开始写日记，把每天反复读熟的一两首小诗，先抄上，再写读后感，甚至将模仿而作的新诗，也附在后面。几年下来，我写了厚厚的十几本日记，对于我的新诗创作，大有裨益。

80年代初，我开始写小说，日记内容或研读小说记录心得体会，或采访人事积累素材，同时力求文字生动，成为每天必修的练笔课。

1984年，我与来自全国各地的四十余位作家、诗人，进入中国作协鲁迅文学院进行系统的学习；两年半后，又入北京大学中文系作家班。许多著名老作家、评论家，以及不少在学术上颇有造诣的学者教授给我们上课，如醍醐灌顶，开人心智，使我的创作有了明显的提高。我这个时期的日记，多记录各位导师的创作、学术见地。直到今天，我还时常翻阅，犹觉余甘在口。

过了四十五岁，我的日记内容又有了许多变化，大多记录出外参加笔会的人际交往、国内外风景胜地的旅游行踪、与多年老友的诗词赠答、对童年旧事的缱绻追忆……而且喜欢以旧体诗词来写日记，既锻炼了自己的文字能力，又觉兴味盎然。

1997年6月30日夜，因我国将于7月1日零点恢复对香港行使主权，乃作七律以载记之："神州此夜不眠中，金鼓狂歌焰火红。欲举长江龙起舞，还擎岱岳盎纵横。百年奇耻千斛泪，一代风流万世功。大不列颠旗降落，紫荆花放正香浓。"

1998年深秋，曾与李瑛、王充闾诸兄访浙，相处十来天，受益匪浅。1999年4月25日，收《鸭绿江》杂志，读到刊物中的王充闾兄的散文《春梦留痕》，同时还收到他所寄的散文集《面对苍茫的历史》，颇有感触，在日记中写了一首七律《呈充闾兄》："苍茫历史乱云流，尽被江庚大笔收。春梦一痕钦独见，名楼无迹忆同游。论文难剪西窗烛，叩户欲擎北苑瓯。风暖沈阳更鼓尽，墨香袅袅到株洲。"

2003年1月7日，挚友野莽自京来电话。交谈中，知他去年出版长篇小说、中短篇小说集，以及在刊物发表小说、随笔，竟有百万字，而且好评如潮。野莽的夫人刘文娟极贤惠，儿子彭梦飞读书成绩优秀。在当晚所作的日记中，回顾了我们二十多年的友谊，并作《马年将去，羊年即临，呈野莽兄》七律一首，并将野莽、文娟、梦飞的名字嵌入，诗云："凯旋先人庆功筵，百万字珠夺目鲜。好梦飞花皆瑰丽，灵思溅玉自文娟。茫茫莽野顺风马，浩浩春江得意船。羊岁再挥李杜笔，赤橙黄紫彩云天。"

几十年来，因坚持写日记，确实从中得到不少乐趣。在今后的日子里，还当持之以恒，认认真真地写下去。

回首去岁，我出版了小说集《都市江湖》，首批中国作家档案丛书十集中的《生死一局》，以及随笔集《触摸古建筑》和一本文化专集，还在报刊上发了不少散文和短篇小说，在1月10日的日记中便作了一首七律自勉，也算是此文的结束语：

耕耘种雨望年丰，付梓四书也自矜。

都市江湖千浪底，小说档案十人中。

触摸古建香犹冷，开讲新余语尚温。

好友频频通电话，吾虽老马撵东风。

乔忠延

无心插柳柳成荫

光阴是个法力无边的魔法师,分明自己是个天真烂漫的少年,一转眼却鬓添白发,年过半百,上了岁数,岁数可能也算是人生的一种资本。有点岁数的人时不时便想翻捡一下这资本,回味回味生活的坎坷,感念感念奋斗的艰辛,享受享受成功的喜悦。有时还会在成功的喜悦中陶醉,只要不是烂醉如泥,说不定还能鼓动起新的活力。翻捡我的阅历,想起了写过的日记。想起日记,忆起了一句老话:无心插柳柳成荫。

认真说起来,我这大半辈子做过的事,多是有功利性的。上学是为了求知，劳动是为了谋生。后来进了城，参加了工作，工作更是有具体任务和目标的。何况，工作的背后是领工资，是人民养育了自己。如果真要找出件没有功利的事恐怕当数日记了。是的，我写日记，没有为过吃，没有为过穿，没有为过名，也没有为过利，只是兴之所至，率意走笔，记下自己认为可记的东西。或是眼见的事情，或是耳闻的消息，或是报刊的警句，甚至是照抄了一段喜爱的社论。的确没什么目的，就是出于爱好。爱好这么做，就这么做了，没有想到的是，这无意之举却好好报答了自己。

在我们这个地方，我时常会成为广众口舌中的话题。人们议论我，不是因为我有权势，不是因为我有钱财，而是因为我朝夕厮守的文字。我们这座城不算大，可是个尧都古城。古城地灵人杰，集聚着出类拔萃的人物。单说这搞文字的吧，有写公文的能手，有写新闻的能手，有写小说的能手，还有写诗歌、散文的能手，这些能手各有千秋，自不待言，咱这个从黄土地走出来的农民，所以能让人们念及，是因为各门类的文字都敢操练。公文是咱的饭碗，每年郑重严肃的《政府工作报告》就从咱的笔尖下泻出，一泻就是十多个年头。新闻是咱的光彩之色，即兴涂上几笔，报端一现，上司下级，刮目相看，偶尔还碰了个全国新闻奖呢。诗歌、小说是咱人生的浪漫，兴致高了，随声吟诵，落笔成句，断行为诗。若是感触深刻了，敷衍开去，让现实人物变为艺术的典型，在笔墨的天地里演绎波折的人生，那就成了小说。至于散文，那是我人生的本真，是我灵魂的写照。进入这个世界已经二十多年了，虽然历尽艰辛，总算功夫不负苦心人。发表作品就不说了，《散文·海外版》刊出过专稿，《散文选刊》编选过作品特辑，人民文学出版社、百花文艺出版社先后出版过十一本散文集。

这么数道，不是为了炫耀自己，而想说明，这些成绩都该记到日记的功劳簿上。

我写日记时间不短了。四十年前，上初中时写起的，每日完成作业，信笔写来。不写一页，也要留下几行，写多了，成了习惯，不写觉得少了点什么。文化大革命中校园大乱，课桌搬去作了武斗的隔挡，也要在膝盖上记写当天的见闻。后来，卷起铺盖回到故乡，抡起锄头，躬耕田土，忙活一天，腰酸背疼，也要在煤油灯下写出几句。如此这般，写进学校，写当民办教师的亲见亲历；写进公社，写当秘书的见识困惑；写进县城，写当干事的忙杂感兴；写进政府，写公务的繁冗、局势的变幻，以及繁冗变幻中的情愫……写这么多有什么用呢？没想过用场，写满一本，摞起来，再写一本，在农村就摞了厚厚的十多本。有同事要看，借走了，借就借吧，没有归还，日子久了也就忘了。忘就忘吧，本来就没有想到要用日记去干什么，当然，对它也不那么经心了。

现在想来，我真辜负了日记，真正厚重报答我的正是那些我不经心的日记，我的日记里有当日见闻，那不正是新闻的练笔么？我的日记里有工作总结，那不正是公文的启蒙么？我的日记里有曲折的情节，那不正是小说的雏形么？我的日记里有情感的喷涌，那不正是无韵的诗歌么？当然，更多的是感悟杂谈，那不正是散文随笔么？原来，日记是一块无垠的土地，只要你播种耕耘就会有收成。还是上小学的时候，班主任霍慧明老师告诫我们，大地是不会辜负辛勤的人们的。我记住了这句话，却没能按照自己的意趣植播大地，只能在劳作之余随兴扦插思想的柳枝，无意这枝条高拔耸起，荫茂成行，竟成为人生的一种风景。说句真心话，我感谢日记，感谢这装点我生命的——日记。

沈立人

提倡写日记

日记本来是写给自己看、自己用的。记的内容多种多样：主要是记事，记生活和工作；也有记感觉、记情绪、记思想，正面和反面，欢乐和忧戚，体会和批判，不仅记自己，还可记别人、记交往，从家庭走向社会。

日记作为一种文学形式，其特点是真实性和隐私性，并且是连续的，主观和客观相结合。日积月累，一部日记就好像成是一段历史、一个社会、一本人生。

从保密到解密，日记终于公开了，传世了。可能以《越缦堂日记》为矢，风气一开，蔚为大观。坊间已出版的数不胜数。既有名人，泛及官、学、商界；也有凡辈，如上山下乡日记、干校日记。即使是流水账，如《鲁迅日记》，同样是研究者的珍贵资料，有其真实性、唯一性，非其他史料、传说、想象所能取代。

天下有多少人写日记，估计不下千百万。但是在文化大革命时期，抄获日记，据以定罪，旷古未有。对此，出现了乐秀良先生那样的日记研究专家。可能因为留有余悸，后来写日记的少了，至少有一段空白，殊为遗憾。从已出版的一小批日记看，有其独特功能。于是而引发提倡写日记的建议：

建议政界要人写日记。过去皇帝有起居录，属于官样文章。现在的高层干部，如能写日记，其史料价值不可低估。这比到晚年写回忆录要好得多，真情实感，水分要少。后人写史，也省却了繁琐的查考。

建议学界名人写日记。这不同于写大块文章，要花很大力气。无论是读书心得或偶有所悟，随即记下，其中必有珠玉。现在不是有人叹息思想的贫乏吗？其实，思想是有的，在各人脑子里，留下日记，避免流失。

建议商界能人写日记。市场如战场，竞争激烈，艰辛异常。下海弄潮，起浮频繁。所以有得有失，都值得记。经济史和经济思想史，学者所述，难免隔靴搔痒；老板所记，才是句句真言。

建议老人写日记。几度沧桑，多少记忆，系统整理，力有未逮。改写日记，想到就录，简单易行。在时代演进日益加快的今天，旧闻旧知，如古董一样，日久会增值无限。这又是一种"抢救"，稍纵即逝，必须抓紧。

建议中青年人写日记。我们这个时代，年年有小变，几年有大变。上世纪五六十年代出生的已属老辈，希望在70年代以后出生的中青年和少年尽早写日记，到了新世纪中叶可以留下中国走向现代化的长篇。

不论是要人、名人和能人，不论是年长或年幼，所记所感，都是为我们的时代和我们的社会录了相、写了真。此外，一些特殊日记也会有其不同功用。如贪官污吏写日记，无论事发前后直至置身囹圄，记下来足以警世；黄赌毒界，如写日记，为人们揭开另一角落，不无教育意义。

最后，建议出版界关注此事，在相继推出一批日记后，制订中长期规划，可以分门别类，有序开展，并有所预约。不难估测，这不仅是有潜力的卖点，还有相当的社会效益，于人有益，于世有益。

杭世金

我的日记情结

我与日记有着一种难分难舍、藏在心底的深厚情缘。

说来话长。童年时代,在父母的熏陶下,我就喜爱文学并开始练习写作,至于我和日记结下的缘分,要从一个意大利小学生的日记谈起。记得那是在20世纪30年代末,我读小学五年级的时候。一次,我偶然在书店里买到一本流传于世界各国的著名儿童读物《爱的教育》,又名《一个意大利小学生的日记》。这部小说以日记的形式和小主人公的口吻,通过小学生的日常生活,讲述了一个个感人至深的故事。书中所描述的小学校园生活，让我感到既熟悉又亲切。教育家夏丏尊先生的译文，语言质朴、清新、流畅，再加上漫画家丰子恺先生为该书精心设计封面并为日记内容插画，图文并茂，十分精美，令我爱不释手，经常反复阅读。我把书中的人物作为自己学习的榜样，甚至还以意大利小学生日记为范本，以我对小学校园生活的认识与感受为依据，每天认真地写起日记来。天道酬勤，一年多下来，我居然写出了不少充满童心、童趣的小学生日记。我的这些童年日记，记录了自己在小学阶段的生活脚印，记载着我难以忘怀、五彩缤纷的小学校园生活。虽然日记的文笔稚嫩，但内容都是真实的。有的日记还受到语文老师的称赞，因此，我非常珍惜它。正是那本意大利小学生日记，激发了我练写日记的兴趣，养成我留心观察生活与勤写日记的习惯，终生受益匪浅。可以说，《一个意大利小学生的日记》既是我的启蒙读物，也是我的启蒙老师，我和日记结下的不解之缘，即由此开始。

上中学的时候，业余时间我读了一些中外文学名著，从中感悟到有不少作家的文学起步正是从日记开始的。我爱好文学，也就更爱写日记了。学生时代的我，不仅仅认为日记是记叙个人生活经历和表达自己对生活的认识与感受，更重要的是写日记具有"练笔"的作用，日记是青少年学生学习写作、不断提高写作能力的极好形式，在这方面我深有体会。我在中学时代经常向报刊投稿，其中许多习作被报刊采用发表，在参加全市中学生的征文竞赛中还获过二等奖，我深信这都是得益于勤写日记、勤练笔头。我认为学生时代是一个人一生中最宝贵的时期，如果把这一段美好多思的年华写进日记中去，是件很有意义的事。如果在这个时期不在日记中留下成长的足迹，记下自己五彩缤纷的校园生活，到了晚年就会觉得是个无可弥补的损失，成为终生憾事。

上世纪90年代，在我担任《青少年日记》杂志特约编辑的时候，我曾和热心于中学日记教学的老师们通力合作，从全国各地中学生的优秀日记中精选出一百六十余篇,并加上老师的评析,编辑出版了《中学生优秀日记选评》一书。该书帮助中学生重温花季岁月,展示中学生丰富多彩的内心世界,再现中学生对人生意义的严肃思考,适应中学生活泼向上的阅读心理,1999年该书荣获山西省第11届优秀图书奖。

50年代初期,大学毕业不久,我被铁道部招聘到铁路中等专业学校从事语文教学工作,我在作文教学方面,要求学生坚持课外练笔,勤写日记。三十多年来的日记教学实践证明,通过日记练笔,学生的写作能力确实得到明显提高。与此同时,我在指导学生练写日记的过程中,自己也和学生一起练笔——写"下水"日记。教师要培养学生的写作能力,自己也应具备这种能力,这也是教师应该努力的一个方面。有了切身体会再去指导学生,自然会亲切生动,能收到更好的效果。因此,我也坚持写"下水"日记。

中等专业学校的学生在毕业前夕,根据专业实习计划,要求实习生在实习期间每天必须认真写好实习日记。校领导派我深入基层现场,深入到学生的实习生活中去,与他们同吃、同住、同学习、同实习,为的是更好地指导学生写好实习日记。我指导这些实习生写实习日记,主要要求他们记下在理论与实际相结合的社会实践中受到的思想与业务上的收获,也要求记下他们在实习生活中心灵变化的历程和最深切的思想感情。通过对每篇实习日记的评阅,我深感他们的日记字里行间散发着浓郁的生活气息,生动地反映出他们刻苦学习、奋发向上的精神风貌。参加整个实习过程的师生们有着这样的共识:一、实习日记是实习任务完成后,写出实习报告或实习总结的重要依据,为实习生提供了第一手的宝贵资料。第二、实习日记是指导老师综合评定实习生实习成绩的重要参考内容。第三、实习日记是学生们行将结束学校生活走向工作岗位前的一段最充实、最有意义、最美好而又最值得纪念回味的日记,这种日记正是他们生命中的一部分。

我挑选出几篇有代表性的实习日记向《青少年日记》杂志推荐，不久该刊特辟"中专生实习日记"专栏，全文刊登了太原铁路机械学校物管专业二十班王春晓、马晓东、刘训民三位同学的实习日记。编辑部特地加写了"编者按语"，向广大读者推荐。同学们看到他们的实习日记被《青少年日记》登载出来，受到了极大鼓舞。在此基础上，我又从他们写下的一百五十余篇实习日记中精心筛选出五十余篇优秀日记加以分门别类地编排，在每一篇日记之后加写上评语，编选出《中专生实习日记选评》书稿。我在书稿前的"序言"中着重阐述了中专生为什么要写实习日记以及我指导中专生写实习日记的具体做法与几点体会。文章在《青少年日记》杂志上发表后，受到不少兄弟学校的好评。比如浙江金华市卫生学校学生科给我来信说："这篇文章我们很感兴趣。您的具体做法给我们提供了可贵的经验，我们准备参照您的做法，对即将赴医院的学生提出要求。"

1986年我退休后，应《青少年日记》杂志之聘，担任特约编辑兼记者长达十二年之久。作为一名记者，基本活动就是采访。我曾以特约记者的身份奔赴京、津、沪、苏等地先后采访了二十多位当代名人。被采访的对象有驰名中外的语言学家、教育家，有现当代著名作家，有成就卓著的特级语文教师、大学教授，有戏剧表演艺术家等。作为一名记者，职业特性使我每天都有新的见闻与感受，这些见闻与感受只凭脑记是不行的。当代著名记者南振中在他所著的《我怎样学习当记者》一书中曾深有感触地说："每个有事业心的记者都应当坚持写记者日记。"于是我开始练写采访日记。我的采访日记是根据采访记录和自己记忆中的材料特别是大量的活材料，经过思考提炼以后写成的，它包括我在采访过程中的所见所闻，所感所思。采访日记为我日后写《名家谈日记》一书，留下了珍贵的一手资料。

在我担任《青少年日记》杂志特约编辑的过程中，每天都要审阅处理大量的读者来稿。在对原稿的加工、整理、设计、发排、校对、宣传评介、读者反馈等过程中，总会有些感受，日久天长，我养成了每天必写编辑手记的习惯。这些编辑手记也就是我的编辑工作日志，是我每天在日记本上亲手写下的记录，它对我做好编辑工作十分重要。例如我代表编辑部对读者来稿所写的简短附语，或编完稿件所写的随感、评述，或向读者说明编选原则，或就文稿中所反映的观点、思想加以强调等等。我根据自己的编辑工作日志（日记）写下的"编者的话"或"编后絮语"多达百余条之多。这些编辑日记为我日后编写《编辑手记》《日记纵横谈》等书稿，打下了坚实的基础。我认为积累资料工作是编辑的基本功之一，而通过记日记来积累资料正是提高编辑业务水平的一个重要途径。

综观我的一生，做学生时写"学生日记"，当教师时写"教师下水日记"并指导学生写"生活日记"和"实习日记"，担任编辑和记者时又写下了"编辑日记"与"采访日记"，由此看来，我这一辈子虽然职务有所变动，但始终与日记为伴，其乐无穷。我对日记有着难以言说的深厚情结。

2003年3月4日写于太原养心斋

刘恩波

点染生命的情致

我爱看日记，不爱写日记。

一般人的日记属于隐私性质，绝难公示于众，甚至亲近的人。我有一位女同学，记了十几年的日记，后来处了男朋友，怕人家发现自己的心底秘密，索性把日记烧了。

也许日记永远不同于书信和别的文体的最根本特征在于：日记是写给自己看的。当然今天的一些名人包括一些普通人公开出版日记，其中的商业动机已经明显高于一切。绝对隐私在一个心灵空间日益开放的年代，有可能成为图书市场的紧缺货，成为卖点。但是，这样抱着出版目的而写下的日记，大概原始本色情感的东西不会太多。

我喜欢看的日记，虽然也属于公开的读物，不过，那些作者几乎很少想到日记会在身后出版，所以笔下绝少伪饰、美化，更没有炒作、包装。无论鲁迅、浦江清，还是吴宓，他们的日记都是心里想说什么，就写什么，成为自己生命流程的一种纪念和祭奠。

读鲁迅的日记，可以看到先生作为平凡人的一面。在那些简单到绝无丝毫渲染的流水账里，我们找不到心灵的喧哗，而只能听见点点滴滴的琐事，诸如交友、购书、饮食起居等等日常性的流动。或者说，鲁迅的日记是不讲究文采的，因为他没有把日记当作一种文学来经营。日记在他眼中，大概连盆景都够不上，而只是流年岁月的沉淀，像茶，不求色泽美丽，但毕竟从中能品到一个人的生命气息。

与鲁迅相比，吴宓是将日记看成人生和社会的百科全书。写日记者应当身置其中，阅览时代的风云，洞悉历史的秘密，开掘内心的情思。正由于视日记为生命与文化的副本，吴宓倾其一生的劳作，在日记园地里采撷到数不胜数的奇花异卉。读吴宓倾其心血兀兀穷年的"微观写真"，你会与那个时代的电闪雷鸣或微风细雨，取得心灵交流，溅起悠长的感动。

是的，我喜欢鲁迅日记的客观直白，不显声色的随意从容。不妨把这种日记当成理解一位思想大师的背景材料，那是一口有待继续开掘的深井，会帮助我们理解和破译鲁迅的精神之链。

同样，我也垂青吴宓把一颗心全都抖落出来的真君子风范。在三联书店出版的吴宓1910年至1948年的十册日记中，吴宓的喜怒哀乐、境际遭遇、名士气质、浪漫心声……无不显隐烛微于作者的字里行间，氤氲成凄凉绝美的内心画卷。也许吴宓写日记，是在与另一个自我进行全方位的精神交流。可不可以说，吴宓一生陷于和众多女性的理想主义的近乎痴狂的恋爱之中而不能自拔，确实荒废了许多宝贵的时光而未能在文史著述中留下几多值得珍视的宏篇巨构，不过，他的日记某种程度上弥补了这一客观上的缺憾。如果有人想全面了解20世纪中国教育史、学术史的某些难得的见闻，吴宓的日记就是必不可少的参考和佐征。

　　如此说来，直正好的日记当能安抚一下人的心魂，点染生命乃至健全理智，它是写在人生边上的一种难能可贵的情致和注脚。

任彦芳

我和日记

我从十一岁读初中时开始写日记,直到今天,写了五十八个年头。在我的书房里并排有两个书架,一个是我出版的几十部书,包括正在整理出版的十部文集,约计七百多万字,这是印成铅字的东西;另一个书架则全是我几十年的日记,从1948年11月的第一本到2004年,大大小小、不同封面,大约有近三百本吧。友人马嘶每看到我这些日记,便赞叹,这可太宝贵了。我也觉得它们比我写出的书更让我珍惜。这是我生命的脚印,这是我心灵的历程,这是我思想的轨迹,这是我生存的记录;从日记本的形式到内容，都看到了时代的烙印，历史的折光。我出版的书，有一些是为了迎合形势需要而说的假话，而这日记却是真实的人生历史。我粗略算之，大概有近千万字吧。

五十八年，我的日记可以说基本没有间断。而偶有间断，是因为特殊时期对人性和人权的践踏。1957年，为了向党交心，每个人要拿出自己的日记，这时，看到我的北大同学，有的竟因在日记里写出对现实的不满而被打成右派，我才知日记原是祸根，便中断了一段，因为不想用日记说谎。特殊年代的确曾让一些人制造过假话日记，我亲眼目睹有的青年为了进步，在《雷锋日记》公诸于世后，便开始写谎言日记，这实在是中国的悲剧。

"文革"浩劫，我的日记被抄走，不得不停止写日记。这是日记的空白，也是我生命的空白。十一届三中全会后，我得到平反，吉林省第三专案组退回了我挨整六年来所写的如小山一样的交代，大约有六十万字。这算是我用血泪写下的日记吧，但这交代里是有不少谎言的。为了保护自己的生存权，不能不用说谎来证明我的忠心。

这是一个新时代的开始。从1977年至今二十七年的时间里，我的日记没有一天空白，而日记本也越来越讲究了。进入21世纪，我的日记是一年一大本，原来是一年两册。正是因为我每天晚上无论多晚多累都要写日记，无形中影响了我的小女儿任寰。我给她一个小本本，让她从七岁上学起便开始写日记。正是日记使她成了中国当时年龄最小的作家，她十二岁入河北省作协，十七岁加入中国作家协会。

有人写文章，称我是"从日记里走出的作家"，诚哉此言，我的写作的确是从写日记开始的。

初中时候，我在老解放区的冀中一中读书。我的语文老师是左联作家、教过大作家梁斌的梁则先老师，在他引导下，我学着记写日记。我是从培养观察力、表达力的角度写日记的，每写一段时间便交给老师看，老师则如同看学生作文一样给我批点，纠正错别字，并加评语。这样，别的同学一周只写一次作文，而我却写了七篇。如今当我再次翻阅日记本上的红笔批语，深为老师的点滴心血所感动，红色的笔迹如一团火点燃了我的生命之光。

回看五十八年的日记，其中的变化自不待言，这是人生变化的印记。

少年时的日记是作文，每天只记一件难忘的事，日记写上日期、天气，还写一个小标题。少年日记是一种观察生活、记录生活的练习，也是一种毅力的培养。我的第一本日记名字叫《天天写几句》，开头记上老师的叮嘱：日记日记，天天要记，一天不记，不叫日记。正是这种培养，使我坚持到了今天。第二本日记题名《小照相机》，记下了一个个难忘的画面，这种观察力的培养是作家的基本功。

青年时代充满激情，太容易被感动，我的日记后来竟成了《诗日记》，不少篇日记就是一首首诗。后来干脆把日记分成了两部分，一本记事，一本写诗。我的《青春年华：北大日记》，就是由诗和散文两部分组成的。北大百年校庆时，我曾想把我在北大五年多来的生活日记整理出来，因当时忙于写一部反映现实的长篇纪实《人怨》，而无暇他顾，所以直到今天也未能践行，但在有生之年，我一定要实现这一愿望。

我珍爱的日记里有不少是记录我在农村的生活，那些记录比当时很多写农村的作品都更真实。这期间我休学一年，于1955年7月至1956年9月，在家乡组织农业合作社，迎接集体化高潮的到来。日记还记录了我参加工作后，在河北农村和到兰考为写电影剧本《焦裕禄》而参加兰考农村四清运动的情景。我还多次到农村采访……我把这些日记称为《体验·观察·思考日记》

如前所述，我在十年浩劫中真实的日记是一片空白，却写下了每天读毛主席著作的心得笔记，每篇笔记都要自我批判，但也有一些独立思考，就是这样的日记，也曾惹过大祸。一天，我读毛著《论联合政府》

一篇，里边有一段关于发展资本主义对中国有利的论述，这使我想起刘少奇于1949年初在天津对工商业者的讲话。刘的讲话当时被批为"鼓吹资本家剥削有功论"，我认为刘的讲话与毛的文章观点没有区别。再联想到解放初我看到的"公私兼顾，劳资两利"的口号，于是在《论联合政府》这篇文章的旁边画了一个大问号，并在学习笔记本里谨慎地写下了我的思考。不料，同室的朋友迫于形势，把我这个大问号检举出来，于是我的毛选书和全部笔记本都被抄走了。省军区把此列为大案，我的罪行便是"为刘少奇鸣不平，攻击毛泽东思想"。当我获得平反后，这些退回来的交代材料中竟有数张照片，原来他们把我书中画的问号和笔记都拍了下来。

那以后再写日记，我不大在日记里发表什么议论，而成了生活和工作的《备忘录》。人到老年记性差了，而事情越发多起来。为了不至忘记，我的日记便真正成了记事本。这种日记对我很有益处。如果不记日记，80年代的事能与90年代相混，可查日记便清楚了。这二十多年的日记没有多少激情，只有客观冷静的实录；不讲什么文学性，文字质朴，很少有描写的句子，但它仍旧是我写作中不可少的素材宝库。想起了那天的事，便有了那天的情景画面，好记性不如烂笔头，家里有什么事，一查日记便知。这些年，我为民为己，打了不少官司。老实说，这日记可帮了我大忙，这里的故事，留作以后再说吧。1987年妻子被评为全国优秀家长并受到李鹏总理的接见，这促使我从女儿的成长史研究起早期教育来。各地请我们讲学，十多年后，我把讲稿整理出一部《中国幼儿诗教：孩子成才的奥秘》，1999年由中国文联出版社以作为献给家长的礼品书出版，一套五册，有四册是任寰的诗日记三百六十五篇，分《春》《夏》《秋》《冬》。我在各地讲学时，介绍培育女儿成长的主要经验，是引导孩子写日记，这是一种素质的培养。日记培养了孩子的观察力、想象力、创造力、表达力；日记使孩子热爱生活，日记使孩子能宣泄情绪，使之心理健康；坚持写日记也是对孩子意志力和毅力的培养。在我的鼓动下，不少家长引导孩子写起了日记。

日记实在是人生不可或缺的，你无论怎样评价它对人生的意义都不为过。它是人生最好的伴侣，是最忠诚的朋友。夫妻可以反目，友情可以破裂，战友可能背叛，只有日记永远是你的知己知音；它和你同呼吸共命运，和你共享欢乐，与你分担痛苦，它是你的生命和灵魂；你的肉体可在世上消失，日记却永久保存了你的生命和灵魂。

但日记是只属于个人的记录，也只有自己才能正确地解读。所以非经本人同意，日记是不能对任何人公开的；别人想读懂日记，也只有日记主人才能注释。当日记都不能或不许写真话时，那是一个国家悲哀的极致了。

我想到我七十岁时，会把主要精力用于一生日记的整理上，作为对我经历的这个时代的一个交代。如果不是自己亲自整理，别人可能会把宝物当成废物，扔到垃圾堆里去的。

日记确实大有学问。

2004年11月20日写于北京

任彦芳

脚印

一

六十三年的日记摆满一个书架,按年代分了六层。最上面一层是从1948年11月8日开始的,包括50年代的日记;第二层至第六层,分别是60年代、70年代、80年代、90年代和21世纪近十年的日记。这六层日记正与我的身高一样。这就是我的人生,是已经逝去的我的生命。

这六十三年,是两万三千页日历聚集在一起,如秋风把树叶扫落,归成了一堆,它们将要化成灰烬了吗?

我常常站在日记书架前,看着日记深思。我感到自己的幸运,我生在这样风云变幻的时代，经历了多少苦难，品尝了多少辛酸：我是共和国六十年各种政治运动的参加者，是共和国历史巨变的见证者；我虽是一棵小草，草根却在祖国大地泥土里，头顶过多少风雨雷电，吸吮过多少血泪汗水，品味了多少历史的艰辛！我生正逢时，不早不晚，前走的人没有我后面的经历，后来人没有我前面的历史。我为自己的经历而骄傲自豪。

因此，我特别珍惜自己的日记。我走过许多地方，工作在哪里，便将日记背到哪里。如果把我留下的脚印摞起来，我活到今天近八十岁了，脚印该有多高呢？如果把我走过的路连起来，又该有多长呢？那些脚印早消失了，而日记留了下来。

我曾有过多么美好的梦想啊！是梦引着我前行，是那样真诚，充满激情，一个梦被现实击碎，又有新的梦出现，六十多年的梦记在这里了。面对着一生的美梦和噩梦，我不由得流下了泪水。这一百多本日记，最早的是黄色的草纸，到印着朱、毛像和共同纲领的刚解放时的日记；再到越来越精美的日记本，再到今天用电脑写出的日记，日记本身就折射出时代的巨变。

我的几位大学同学——当今的著名学者，多次对我说：你的日记很值得录下来，也许它比你一生写的所有作品都更有价值。真的会这么有价值吗？

我只知道，打开日记便看到了许多名字，是我的同学、老师，我的前辈、朋友、同事。这些名字，有的让我记起他们的面容；有的是只有名字却想不出他们的模样来了；有的已经不在人世，再也见不到他们的身影了。

可如果我自己不录下来，这些日记将来会装入一个箱子里，如我搬家时把各种物件装入木箱一样，它将会变成没有用的废纸，失散消失，就如同我进入骨灰盒一样化成灰烬吧？

我有了将它们重录下来的想法，好像抢救历史。可又想，后人会看这些文字吗？现在他们正忙碌于自己的生计，为生存奔波，他们在写自己的历史，没有时间去看这些陈年老事了。他们对历史不再感兴趣，他们关注的是眼前的日子。

不去管它吧，我决心已定，着手开始这个大工程，趁着我还有精力。我要重新走过一次人生，将我一生的经历和思考留下来。我想给未来的学者、作家提供一些历史素材，好比一个人死后，将遗体捐赠社会，用于医学事业，也算是最后的奉献吧。

二

我的日记包括两部分：一是文字日记，一是诗歌日记。我从1949年开始写诗，到1999年五十年，共写有近三千首诗篇，其中为发表而写的诗一千多首，发表则近千首，大部分诗是写在日记里的，不能发表。我从2007年完成长篇传记《血色家族》后，便开始整理这些诗作，用三年多时间录入到电脑里。全部诗作计二千五百多首，分为四卷，总名《心史：从1949年到1999年的诗》，这是我心灵的历史。第一卷：真诚（1949～1960），收录我中学时代和在北大读书时写的诗；第二卷：激情（1961～1979），是我大学毕业参加工作到"文革"结束的诗；第三卷：沉思（1979～1984），是我平反后到河北省写的诗，截止到反不正之风运动结束；第四卷：觉醒（1984～1999），是我逐渐觉醒的诗作。在《心史》中，我根据日记，以编年史的方式，留下了每年的大事记。

最重要的是文字日记，我算了一下，有一百八十本，约千万字。

友人说，我的日记比我写出的作品更有价值，主要原因是真实。我在1955年7月到1956年9月曾休学一年，回故乡参加农业合作化运动，这期间我每天都写日记。我写的诗，全是歌颂合作化运动的，真诚地认为这是为了农民的幸福，大力宣传这是社会主义优越性。而真实情况是农民不情愿入社，担心挨饿，我就用诗批判他们是资本主义思想。这是虚假的记录，但对当时的我来说，却是真诚的。历史无情地嘲笑了这种真诚，那些写过"不能走那条路"而出名的作者，对此应有更深的感受吧？1961年，浩然兄为我和沈仁康送别，我去东北，仁康去广东，浩然向我们谈了他的树红旗的写作法。他说他在农村见到的村干部不少是恶霸欺压百姓，他便正面树一个好干部，与现实反向写作，这样才能发表，也才符合党的要求。我写诗，自然也是要歌功颂德才可发表。

六十年来，在这种思想指导下写出的所有文学作品，有多少是真实反映了中国现状呢？从历史角度看，又有多少能够立得住脚呢？除去认识价值，知道我们的作家曾有过这样的不能实话实说的悲剧之外，还会有让后人认识历史的作用吗？

历史是一面镜子，但如果是一面哈哈镜呢？不让民众了解历史真相，就无法探求真理。科学的发展观，应建立在科学的历史观上；科学的历史观，应建立在事实之上。

因此，我想到日记的重要了。这些日记不是为了示人，只是记录个人的见闻体验，也只有在这里，才保存了事实本来的面目。当然这是有局限性的真实，如果更多亲历者都有这日记，展开来便是历史的画卷。所以，将我的日记录出，也是一种历史责任了。

三

我的日记主要有这样几个部分：

（一）从1948年到50年代初期，当时我在解放区的一所专门培训干部的冀中第一中学读书。日记记录了欢迎大军南下、送老师南下、参加保定举行的庆祝新中国成立的火把游行等内容。我记下了农民在土地改革后的欢喜、生产热情的高涨。我亲历了"三反"、"五反"，并参加了公审刘青山、张子善大会。那几年，是我人生中最美好的阶段。

（二）1953年冬实现粮食统购统销，我第一次听到农民对党不满的呼声，第一次为民请命，将强迫农民卖粮食的情况写信给省委。1954年我考入北大，第二年休学回农村参加合作化运动，亲自组织了一个合作社。我的日记记录了这一年的生活，记下农民入社的不易。1956年，初级社转成不再有土地分红的高级社，农民的内心是痛苦的，这意味着刚从地主手里夺来的土地又不再属于他们了。这一年粮食减产。也是在这一年，我发表了三十多首诗作，几乎都是赞颂合作化的。9月，我重回北大，编入中文系1955级。

（三）1957年，我的日记在反右运动中开始，因惧怕以言治罪，将五六月份的一些日记撕毁。我的一首以自己命运为主题的长诗在全校纪念"七一"的大会上诵读，使得我在运动中幸免于难，没有被划成右派分子。此后，我写出痛心的检查，向党交心，我成为北大校园里的红色诗人。到十三陵水库参加劳动时，我成为鼓动员，大力宣传总路线，欢呼共产主义的到来。1959年，我回到故乡再次为民请命，给毛主席写信反映农村真实情况，因和彭德怀唱一个调子而在反右倾学习中成为批判对象。1960年，我从北大毕业，鉴定书上有这样一句评语：任彦芳对三面红旗有许多错误看法。

（四）1960年我被分配到全国文联，是为喜事一桩。但这一年中，我的大舅、二祖父因饥饿而相继离世。我无力救他们，我曾要求下乡与人民同甘共苦，但没获批准。1961年，我出关到了长春电影制片厂，开始了关东十八年的生活。1963年和1965年，我先后两次参加"四清运动"，一是在故乡容城，"四清"中遵命写出鼓吹阶级斗争的河北梆子剧《三夺子》，剧团演出二百多场，因此剧而让乡亲们知道了我。我还写出了"四清"日记。1964年，焦裕禄病逝，因我早与他相识，就向长影提出写关于他的电影剧本，于是我来到兰考深入生活，并参加了当地的"四清"。1966年2月，我的长诗《焦裕禄之歌》在《文汇报》上以三个版面发表，这是我最有激情的岁月。以后参加了文化部的电影创作组，惜因文化大革命而流产。

（五）十年"文革"，我因为刘少奇说话，两次被打成现行反革命。开始还写日记，后来便不能再写，五年多被审查，留下六十万字的交代材料，在我平反后悉数退还，这可以作为"文革"的日记了。

（六）1979年到1989年，我复活后的十年，是我思想最为活跃的时期，也是我创作的又一个高潮。我从白山黑水的东北回到了故乡河北。十年内，我写出了五部电影剧本、两部歌剧、一部电视剧；出版诗集两部、剧本集一部、纪实作品两部；电影拍摄一部。最难忘的是，我以极大的热诚投入到历经两年之久的反不正之风的艰难斗争中，我受到一些人的打击报复，直到高扬同志任河北省委书记后，才有了根本好转。在省委、中纪委和《人民日报》的支持下，这场斗争最终取得了胜利。高扬同志对我的思想起到了重要影响。这十年，我的小女儿从病魔中解救出来，上了小学，并成为多次得奖的小诗人。

（七）1989年我的生活再度改变，我从河北到了北京。正值反腐败浪潮，我记录下所见所思，我的灵魂又一次觉醒，也进入了更深刻的思考过程。我从此不再写诗，而转向写反映人民呼声的纪实文学，我的日记便成了这些作品的素材。迄今为止，我写出了二十部纪实文学作品。这二十多年来，我的日记一天也不曾间断，还有许多内容有待整理。

（八）从2004年起，我开始写两种日记，一是电脑日记，一是纸上日记，直到今天仍在坚持。生命不息，日记不止，我将写到生命的最后一息。

四

2011年2月，我来到美国纽约。我随身携带了十年历史的记录——从1979年到1989年的日记，共有二十本。

我从2011年4月15日开始录入这些日记，每天一小时，至8月20日，已录完两年的日记，没想到坐骨神经突然出了问题，录入工程便停滞下来。

朋友们知道我录入的难处，便帮我想办法。南京作家赵锐女士写信说，能不能请别人帮助呢？能不能搞一台扫描仪呢？我离开大陆时，于晓明曾请高中生帮我录大学五年的日记。很遗憾，今天的高中生不了解上世纪50年代大学生的生活，也认不全我写的字。只有自己认识自己，日记还是由自己录入吧。

每天对着电脑，越录心情越激动。多少往事、多少朋友重现在眼前，有的已想不起他们的样子来了。但不管是谁，我都心存感激，就在这两年里，我得到过的热心帮助还少吗？重温往事是一种享受，旁人难以体会到的。

说到朋友，我的一千多万字的日记如果只是自己录入，恐怕要十年工夫吧。也许有朋友愿意为我找到更好的解决办法。在未来的岁月里，我愿与祖国共同前行，我在日记里会继续留下前进的脚印。

2011年10月

范凤书

我和日记

因《日记杂志》主编自牧先生约稿，使我不由得记起自己写日记的缘起和经历。那是在1946年升入中学二年级时，偶然看到同班同学的日记颇有新意，觉得实在不错，于是引发我也开始了写日记。我的日记是不记阴晴的，主要记在生活中所见所闻的感受和读书感想，或一时心中突至的灵感什么的。我在此抄录一些：

人类不受经济的束缚了，将达到真正的自由平等。

人不统治人了，生活将更幸福。

再不杀人，将没有恐怖。（1947.1.8）

社会中的两个世界：

农村是绿色的，生气勃勃，是奋斗的人生。他们的生活是合理的、健康的、自然的。所谓农民都有勤俭朴实的美德。

都市是个钱的世界。一切都是虚的伪的麻醉的生活，一些肥的猪，踏实的狗和农村的吸血鬼。

我喜欢农村，像夏天喜欢阴凉，冬天喜欢日光一样。

我憎恨城市，像憎恨夏天的烈日和冬天的北风一样。

社会时时都在进步，因为每个时代都有伟大的学者产生。

"革命"，这是一种思想，在整个的民族中成熟了，作了突然的转变，是种直截了当的方式，是政治的革新，当权人的变换。（1947.11.20）

两条脚的动物——

"人"是一切。

生、喜、怒、哀、乐、病、死是"人的形式"。

学问是对"人的形式"的认识。

人的开始是生，没落是死。

人生是喜怒哀乐的表演。

长寿是生的延长。（1948.2.2）

"死"（表姐死了）——

死是一切的结束，人死了一切就完了。

死是病弱的表现，所以说某一时代死的现象严重，某一时代即是病的弱的。

死的本身是件漂亮的事，原因是人不能永生，但它带给活的人是件鬼事，是件大的痛苦大的恐怖。

"视死如归"是最正确的对死的认识。（1948.2.5）．

概括之，一切文学作品全是给人类作传，同时它也负有推动社会，领导人类的伟大使命。

尊贵的文学家请不要用文字杀人。（1948.5.5）

庆祝新政协开幕

从此中国人民站立起来了。

中国人民开始了自己的新纪元，做了自己的主人。

这是千万人的生命的新生。是少数的统治者、剥削者的死亡。

来！我们大家来欢呼来赞颂。（1949.9.22）

中华人民共和国中央人民政府成立了！

在人民首都北京我参加了成立典礼，我看见了毛主席，听见了代表着全中国人民的黄帝子孙的声音，是我永不忘记的日子。（1949 国庆节）

这是我们"狂欢的日子"。良哲来信说。（1949.10.5）

这样一直记到1957年夏反右运动开始，积了四五本。见到日记也能招祸，遂停笔不再写日记。隔了将近三十年，到了80年代末，社会的环境日趋宽松，不再有所顾忌，旧习复发，又开始记起了日记，还是不记阴晴，也不是天天记，有可记则记，无可记则不记，也许三五天或更长时日不记一字。平时的日记主要记生活中的大事，读书、写文、发信、发稿、与朋友重要交往等等，但遇外游、探访、开会时则日日详记。现再抄录一段近时的日记：

2005年元月10日　今日应原焦作市新华书店经理靳古恩的邀请，前往东王村其故居欢聚。前来者还有二中老教师赖正芳、司学俭，以及他五班的几位老同学，多年老学友相聚，气氛颇为欢娱。古恩退休后，以其所聚两千余册图书办了一个小型家庭图书馆，其收藏以国史、党史、军史最具系统性，其中有几册珍贵的作者签名本，如《红岩》《靳尚谊画集》等。他还系统整理出五班（他毕业于五班）同学生平活动资料图片集，也有一定历史意义。上午欢聚交谈两小时，聚餐后，合影而别。

元月 11 日　收到天一阁寄来的两册《天一阁文丛》第一辑样书。其中刊发有我的《略论目录学家藏书家姚振宗》一文。首篇是南开大学来新夏教授与焦静宜合写的《藏书文化交谈录》。文中对我的藏书文化研究给予了高度评价："同时一大批藏书文化的研究者也已构成一个实力较强的研究群体，老中青都有，如范凤书、骆兆平、桑良至、顾志兴、周少川、李性忠、徐雁、袁逸、韦力、虞浩旭……都作出了应有的贡献。其中范凤书先生，一生从事私家藏书的研究，至老不衰，令人钦敬，在他的晚年，终于撰成《中国私家藏书史》，这一著述，资料丰富，考证详明，立论谨严，为藏书文化研究中不刊之作。"读此，我感到喜惭交加，我只是勤苦，搜罗到的资料较多，论学力功底远不如其他的人。

元月 12 日　给"天一阁文丛"主编虞浩旭写信，告知稿酬不必寄来，以留作预订"天一阁文丛"之费。

又写信给《旧书信息报》编辑部王雪霞女士，告其寄呈的关于河北两大藏书家文稿题目拟改作：《畿辅文献两大家梁氏蕉林王括斋》或者《河北谁家最富藏，梁氏蕉林王括斋》，任其定夺选一。

元月 11 日至 15 日　连日翻读《天一阁文丛》。

元月 18 日　得北京韦力先生寄赠《批校本》。写复信致谢，并称："先生珍善本收藏丰富，据以著书立说，条述理论，鉴以实物，图文并茂，印象直观，效果甚佳。近年活跃的拍卖市场，引出大批古籍善本，推翻了'善本枯竭'的论说，激发新藏书热情，涌现出一代新藏书家，先生正是其中的突出代表。"

同日又收到北京燕郊康健先生关于"谈日记"的征答信，即日简答如下："我的日记，不记阴晴，晴雨寒暑都得过日子，与人生无关重要，不必管它。我的日记记撰文，记发信，记发稿；记读书，记观感；记生活中的大事，记交往中的大事，记学术专业上的大事；记灵感、记奇思、记妙想；出游探访则日日详记，平时不是日日必记，我的日记大抵如此。"

我感到长期记日记的第一大好处是锻炼了一个人的文字组织能力，提高了写作水平，我即深深得益于此，所以十分赞成青年学生都去记日记。其次，记日记能促使脑子勤思考、勤思虑，使做人处事更成熟。再次它能帮助记忆，回顾往事，重温旧情。我对日记想说的话仅仅如此。

高平

我与日记

我开始写日记，大概是在读小学二三年级的时候，是老师布置的任务，每个人都得写。儿时的生活比较单纯，我虽然觉得没有多少可记的东西，但还知道每天找点儿新内容。有个同学一连几天的日记都是这样两句话："今天我看见两条狗打架，我就上学去了。"老师在班上宣读以后，成了大家的笑谈。

一直到中学时代，我的日记本都是自己买纸自己订，用毛笔自右至左竖写的。每天写日记成了自觉的习惯。内容也日渐丰富，诸如从乡下老家移居济南，抗日战争的胜利，在济中和济师的遭遇，济南的解放等重大事件，其中都有比较详细的记载。我参军时当然不会把日记带走。以后回家探亲时，大约记了十年的日记都已荡然无存，肯定是作为废纸卖掉了。

参军以后，我依然坚持每天记日记，从北平进山西，从陕西进四川，从西藏到甘肃，不管条件多么艰苦，时间多么紧迫，处境多么恶劣，我都能做到一天不落。有的是在行军途中休息时坐在背包上写的，有的是在冰天雪地里用嘴哈着冻了的墨水写的，有的是在没有灯光的地方打着手电筒写的，有的是在深更半夜极度困累的情况下挣扎着写的。从1949年参军到1966年"文革"爆发，又连续记了十七年。这期间，我的日记遭到过两次搜查。一次是1955年，我在西藏军区政治部文工团工作，一天，突然来了个上级领导，把全团同志集合在院子里，宣布要对大家私人的东西进行"保密检查"，还说是由负责任的同志查看，一定为大家的个人问题保密。接着搜走了我的全部日记和信件。后来才明白，那是"肃反"运动的前奏，名为普遍检查，其实上级心中早有"重点"，我就是重点之一，因为我和胡风"七月诗派"的胡征有过来往，通过信。检查的结果，没有发现我有"反革命"、"胡风分子"的"罪证"，日记也如数归还了。但是，负责看我的日记的人却很负责地做了三件事：一是把我和恋爱对象的接吻歪曲为婚前性关系，到处散布；二是把我对某领导的不敬之词汇报给领导，好在领导并不在意，更没有报复；三是记下了我对川西某村私自用刑违反政策的评论，一直到1958年打我右派时才"秋后算账"拿出来作为大会批判材料，说我是立场问题。第二次是"文革"前期，我作为"老右派"当然属于"牛鬼蛇神"之列，当然要被抄家，要抄走的重要目标就是我的全部日记，连我妻子的日记（她也有几十年如一日记日记的习惯）也未能幸免，一同抄走了。检查的结果，又没有发现我的"反革命"罪证，日记也又如数归还了。归还的当天，我望着几十本等身的日记本，感慨万端，悲愤交集。几十年中，献身革命，历尽艰辛，却总被视为异己；日记何辜，十一年中，竟两度被抄，反复审查。我决定自此不再写什么日记，免得再劳积极分子们的大驾来抄并且费神去看。我一怒之下，将它们堆在甘肃省歌剧团我的门前，作为无声的抗议和自虐式地宣泄不满，故意当着人们的面（反正你们审查过了，不存在销毁罪证的嫌疑了）举火焚烧了个干净（没有把我妻子的日记捡出来，是我更大的错误）。正如研究日记学的专家萧滋云所告诫的，由于一时的情绪冲动，做了销毁日记的蠢事。后来在写作中遇到记不清的人、时、地，就想念那些可贵的日记，就后悔不已。

　　1975年1月19日，受到四届"人大"公报和新的宪法的鼓舞，"旧病复发"，在中断了九年之后，我又开始记日记了。但是在写法上却有了很大的改变，即完全是冷静客观无感情的流水账，只是些写了或发表了什么诗文，来了什么人，看了什么书，收到什么邮件或稿费，去了什么地方，开了什么会，买了什么重要东西之类的简单记载，不加任何评论。这和鲁迅先生的日记写法极为相似。一来是心有余悸，不愿暴露思想，二是节省脑力和时间，三是锻炼文字的高度精练。一天的日记，有时一两分钟就写完了。这样天天写来，至今已经又有了二十七本之多。流水账不是变天账，即使再有什么政治运动，第三次查抄我的日记，我断定他们更不会有什么收获。

　　写日记的用处和好处，人们谈得不少了。我只说一句自己的体会，就是：日记是我生命质量的监督员。每天晚间，当我要写日记的时候，如果发现今天没有做什么值得记载的有意义的事，就感到非常惭愧和恐慌，今天白活了。它提醒我明天再不能虚度。

自牧

日记人剪影

小 引

甲申岁末,在湖北十堰召开的全国第二届读书报刊讨论会上,由《书友》工作室组编的民间读书报刊文选《民间书声》成为了一大亮点;在董宁文、黄成勇等人的带头下,大家相互在该书扉页上题词并签名,因之增加了不少雅趣。后来,热心的《书人》责编萧金鉴先生又来了个锦上添花,于第八期《书人》上收集、刊发了十二家"扉页留言":"共享民间书香"(龚明德);"书中日月长"(彭国梁);"至乐还是读书"(黄成勇);"读书有趣,开卷最乐"(董宁文);"民间书友多有趣,读书大家在民间"(自牧)……鉴于大家都是爱书人和读书人,我们《日记报》便想为大家提供一个集体亮相的平台,组织一期同仁同时(2005年1月1日至15日)日记,以期发挥类似《民间书声》但又不尽相同的作用,并配合2005年10月将在北京朝阳区文化馆召开的全国第三届民间读书报刊讨论会。消息发布不久,便开始陆续有日记手稿寄来,又半年过去,已先后收到四十八家日记,字数几乎超过了三期《日记报》的容量,经过精编细校之后,我们决定以《日记杂志》(《日记报》今更名为《日记杂志》)专号的形式分两期推出,同时一一补齐了作者小传和插图照片。关于各家日记的作者和特点,大家可以通过下面的一组"校雠随札"简要地了解一二。

龚明德

一部《书生清趣》,让我们认识、了解了成都六场绝缘斋主人龚明德先生。曾有朋友戏谑,龚先生如果真的与官场、酒场、商场、舞场、赌场、情场绝缘,那不成了文坛上的"清真"一族了吗?后来龚兄曾在文章中道及,此"六场"乃泛指一切与书不相搭界的场所也。在中国现代文学之旧闻轶事的钩沉方面,龚先生以其出版家的眼光和识力,总能找到一些可供研究的细枝散叶,这些近似"花边"的史料一旦被历史的烟尘所湮没,便会永远地失去。那样的话,当代有心治学文学史的人不但对不起古人,同时也对不起今人——明天的古人了。

咬文嚼字,乃龚明德兄的一大嗜好。一部《新华字典》,那是耗费了多少人的心汁才熬成的心血之典啊!但细心的龚先生还是从中找出了纰漏。再如毛泽东的那篇几乎家喻户晓的《纪念白求恩》,在1949年初版时用的并不是这个篇名,而是《学习白求恩》。龚先生以淘得的初版本相比较,让"事实"说了话,也让读者了解了一段鲜为人知的书林旧闻。去年年底,我曾和龚先生在"车城"十堰相处了两天,印象比想象的要好许多,因为我看到的是一个读书人的龚明德和一个平常人的龚明德——也就是一个真实的龚明德。他不但食人间烟火，也时不常地谈吃谈睡侃大山，这说明他并没有绝缘于社会，也没有独囿于空中楼阁之上，他所绝缘的只不过是世俗、市侩和世故而已。

彭国梁

作为诗人的彭国梁，这几年又对图文类图书大感兴趣，除自己大量购买新版图文类书和杂志外，还对时尚的图文类书刊的出版推波助澜，他与友人卓娅等合作，先后推出了《太阳起床我也起床》《月光打湿了草帽》《跟鲁迅评图品画》等，他创意策划的这些新巧别致的时尚图书，无不流溢着浓浓的诗情画意。由《书虫日记》中获悉，彭兄在长沙郊区置办了一座别墅，并想弄成一处私人藏书楼，同时还在楼上一处角落里开设了"上茶"沙龙区，请了不少名流大家为之题字撰文，可谓是以茶增趣，以茶风雅，以茶会友，以茶助文也。从日记中看到"书虫"彭国梁一捆捆地把书上架时的情形，还真滋生出一丝羡慕和嫉妒呢！阔气洋气且书生气十足的"彭大胡子"，但愿您穿行于自我营造的刊林书墙中，快活着品书吐丝……

谭宗远

谭宗远兄所在的北京朝阳区，被称为"中国第一区"。在此地域里，散居着一大批老作家、老诗人，所以由他执行主编的《芳草地》虽然刊小，但作者却不少都是名头颇大的文人墨客，如刚刚去世的严文井，如绿原，如牛汉，如袁鹰，如姜德明、黄苗子、徐城北、李辉……读其日记，可以看出谭兄对现代文学研究倾力甚多，并不时有精短书话文章刊发。最近他所选编的《怀念集》，风格上虽沿袭了《芳草地》，可内容上更加丰饶和别致，读后不禁让人沉思遐想——遗珠是不该被历史的烟尘湮没的。

陈左高

以一部《中国日记史略》和多部钩沉合集而卓然兀立于日记学之峰巅的陈左高教授，致力于中国古代、近现代日记研究四十余年，寓目日记手稿本近千种，这种甘心在冷门寂户上做大文章，竭一生之精力，为后人架梯铺路的精神是极其可贵的。两年以前，我曾和于晓明去上海富民公寓内的"学斋"拜访过陈老，看得出来，年已八秩的老人有意要把日记研究的重任移交给我们，所以临别时他把自己的许多珍贵研究资料和唯一珍存的几种著作都一一题跋送给了我们。感激之余，我们没有理由不顺遂老人的心愿，当即郑重表示：我们会在他构筑的中国古代、近现代日记研究的基础上，齐心协力，把中国日记研究推向新域。

徐北文

徐北文教授是"泉城"、"诗城"、"词城"济南的当代名士之一。他的治学范围除大舜和泉水文化以外，还著有《先秦文学史》《海岱小品》等。这些年来，济南每新建和恢复一处文化设施，市里的决策者们都会认真听取一下他的"专家意见"。如果大家有机会游览济南的名胜古迹和广场公园时，便会看到不少出自徐公笔下的碑文和题字；不少新建广场、亭阁的命名，徐公的意见也是占主导性的，如泉城广场、赤霞广场、会仙阁、泺文路……

除此之外，徐北文教授还对济南"二安"词的注释倾注了不少心力，尤其是对易安李清照，他不但主编了《李清照全集评注》，还对其故居遗址也进行了多方考证。徐公被称为"济南名士"是当之无愧的，但他的成就和声誉却是不能成正比的，类似的名小于实的作家、学者在全国亦不乏其人，譬如"荷花淀派"的创立者孙犁先生。

张洪兴

多才多艺的"局长作家"张洪兴，同时还兼任着山东理工大学的客座教授、淄博市作协副主席和《艺术中国》《日记杂志》的编委会主任、社长。他毕业于山东大学哲学系，但笔触却旁涉于社科领域及文学艺术界，先后出版过《现代社会调查研究学》《系统劳动价值论》《社会哲学新论》和《听涛集》《彩色之旅》《心境如灯》等多种散文随笔集。2005

年下半年,他被省委组织部选派到美国马里兰大学学习培训半年,并到美国联邦政府及马里兰州政府进行了实习。在美期间,他除拍摄了几万张风景艺术照片外,还写了三四十篇散文、十余万字的《七泉村日谱》和一部三十万字的《当代美国经济概论》,从所选入的半月《美国日记》里,我们可以看到他在美国的生活大况:学习、听课、创作、购物、做饭、娱乐……

张学新

十几年来,我每次到天津、河北、北京参加孙犁先生的作品研讨会和纪念活动,大都能见到现已八十岁的张学新先生。关于孙犁,我们始终有谈不完的话题;而对于解放区文学,作为副会长的张老更是研究硕果累累,他写过剧本、歌词和诗,出版过《张学新剧作选》《学星诗抄》等。他尤其珍视过去的战友情、同志谊。去年他所编的多卷本《鲁藜诗文集》,即是对老战友、七月派诗人鲁藜最好的纪念。

孙桂升

"书痴"孙桂升因与我合出过一本通信集《南北集》,便被我简称为"北兄"。北兄坐拥书城,亦读亦藏,但却每每坐而论道,述而不作。他是真正的邮票"发烧友",亦是文学界、读书界的地道"票友"。中外作家的选集、文集、全集,他买了一套又一套,而且大多为精装本,为此便常常生溢出些许自豪之感。前年他斥巨资在北京郊区的昌平购置了新居,并让我为他的大客厅题写了"清风明月"四个擘窠大字。从他寄来的书房和客厅照片来看,北兄求雅求纯求全求精的欲望终于得到了满足。据长沙萧金鉴兄在电话中说,今年10月去北京参加全国第三届读书报刊讨论会时,他将践约去孙府参观其书房并小住几天。我们估计,南北读书人的会面,那将是一片书的天地……

虎闻

在所有加盟《半月日谱》的作者中,爱书、爱旧书、爱古书的大概可占百分之九十以上吧,可真正从事古旧书刊收购和整理的,却只有上海的陈克希（虎闱）先生。由于职业关系，其经眼的民国老期刊和旧平装书可谓难以计数。他利用这种优势条件，撰写了一些内容独特、短小精悍的书话文章，结集成《旧书鬼闲话》一书，加盟于傅璇琮、徐雁主编的"书林清话文库"第二编出版。此编其他五本分别为徐雁的《苍茫书城》、来新夏的《邃谷书缘》、林公武的《夜趣斋读书录》、范笑我的《笑我贩书续编》，以及晓雨、安然编的《旧书业的郁闷》。

自 牧

　　自己写自己，也就是自己给自己画像，这是很不好下笔的。如果以百味斋、淡庐、澈堂、存素簃这一系列斋号来解析一下自己，也许是一个顺隙切入的好角度。我最初读书创作的地方，是在一间被几千种中草药所包围的图书室内，面对一架架医学书籍和医药刊物，闻着四周的药草芳香，再加上我曾经有过三年的研习中医中药的经历，所以我把书房命名为"百味斋"，并以此斋号出版了《百味集》和《人生品录——百味斋日记》。后来随着人生阅历的不断丰富，自认为在酸甜苦辣咸淡诸味中，唯有淡才是最真的，最原始的，所谓人淡如水、水淡如云、云淡如风之意也，故又起了一个新的斋号——"淡庐"，并且敬请时年九十又一的豫堂主人钱君匋先生题写了斋额和一件汉简味十足的"大味必淡，大音必希"条幅。近几年来，自我感觉淡泊得够可以的了，淡来淡去，几乎成了"透明"的了，遂又有了"澈堂"。澈即清，澈即淡，澈即纯，所以我即将出版的一本新著便取名为《三清集》，意在淡、澈之外，同时心仪清真、清拔、清雅也。

　　存素簃是我去年才起的一个斋号，其义大致包括存素抱朴敬贤、尚宽守节自励几个方面。国家图书馆馆长任继愈先生曾有联语曰："为无为之为，味无味之味。"此可作为淡庐自牧至高至远的追求也。

萧金鉴

　　湘人萧金鉴，曾担任过近十家报刊杂志的副刊编辑。他自称"经历坎坷，看透人生，但不消极；爱岗敬业，生性淡泊，嗜书如命，读而忘忧"。十年以前，我曾和赵鹤翔老师在三湘大地上游走了二十多天，那时尚"年轻"的萧兄自始至终相陪相伴，从此我们不但成了书友、文友，而且成了契友、挚友。他写了几百篇文史补白类的小文章，结集为《丑石小品》《抱朴小集》等待出版。据说丑石斋内已书满为患，大量的存书不得不装入麻袋和纸箱里，即使如此，"以书当粮"的他仍一捆捆地往家抱，往家搬，他的《书人日记》里，这样的记录几乎俯拾皆是。书人一个，又编着《书人》，且天天与书人打着交道，似乎"书人"真可以作为萧兄的"代号"了。

止 庵

不知怎么，在不少读书人的心目中，都把北京作家止庵视为一个老学究，年虽不及耄耋，但至少也是古稀以上。近期正对全国民间读书报刊进行系列扫描的康健兄在开列经常于"民刊"上刊文的"大家鸿儒"名单时，便把止庵列在了谷林、绿原、何满子之后，吕剑、范用、黄永玉、于光远之前。究其原因，一是止庵所研究的对象为周氏兄弟和废名等人，重新审视这些故人旧文，如果不能够真正沉下心来潜研细考，没有渊水止平的心境，那是绝对不行的。大概是浸淫于故人旧文多了，文风便也自觉不自觉地因袭了一些，不但有知堂味，而且还有点废名韵呢！

止庵兄原名叫王进文，1959年生人。曾当过牙医，也曾做过贸易；他是著名诗人沙鸥之子，现以编著为生。所以当我们从几个方面去观照止庵后，对他给大家所形成的年龄"错位"印象，便不难找到答案了。他除编订有周作人自编文集三十六种和《废名文集》外，还著有《如逝如歌》《俯仰集》《樗下读庄》《画廊故事》等。

陆建华

如果你看重汪曾祺的人品和文品，那么你一定要关注一下陆建华先生的创作和评论，因为他不但是《汪曾祺传》的作者，而且还为汪老主编了五卷本的《汪曾祺文集》。汪老不幸于 1997 年 5 月 16 日病逝后，陆先生便成为了汪曾祺研究会会长，他力促其故乡高邮建起了汪曾祺文学馆，并主持出版了乡土教材《梦故乡——汪曾祺笔下的高邮》和同名电视专题片。这组《勉耕斋日记抄》中，又透露出陆先生重写《汪曾祺传》，以及新写《汪曾祺年谱》的最新消息。汪老生前自称寻常文人一个，居然成了"最后一个士大夫"，他能有陆建华这样的忘年知音，一定会在九泉之下感到欣慰的。

徐明祥

小潜徐明祥是一位在教育研究上颇有成绩的青年学者，三十五岁时即被破格晋升为研究员。多年来，他闲读杂书，倾心于书话，然而从去年以来，却努力遏制自己的买书欲望，并且坚持少买精读，作文更是绝不肯轻易落笔。他在给杨栋的复信中曾直言劝谏其少买书，少自费出书，以集中精力向精品力作的方向迈进，并毫不客气地对他以前所出的书的选文、装帧、校对相对粗疏表示了担心，这种发自内心的肺腑之言，是花钱也难以买到的。从杨栋的回信中来看，他似乎也有难言之隐，但却对明祥的"谏言"表示了欢迎和感激，这种雅士风度亦是十分难得的。从明祥的日记中，似乎可以感觉得出来，他是颇为服膺古典文学研究专家徐北文教授的。在他眼里，徐公和耕堂孙犁先生颇为相似，他们的学问、成绩和贡献，是和其声望、地位颇不相称的，也就是说，他们的名小于实。这种现象的产生，其背景是复杂的，其原因更是多方面的，设若当初孙犁先生进了北京，徐北文教授顺利地调入山东大学，其情形也就不会是今天这个样子了。

周翼南

本来是吃作家饭的，老来却又把视角旁逸到了画坛，并且以"门神系列"、"镇邪系列"、"猫系列"多次办展，甚至远涉重洋，前往英法等国办展，他就是武汉老作家周翼南先生。去年 12 月，我从十堰到了汉口，曾在五三醇酒店和画名"易难"的周先生，以及鲁籍诗人徐鲁兄吃饭、漫谈了两个多小时，虽为初次谋面，但此前相互都通过信赠过书，故没感到有一丝一毫的生疏。席间，周先生送给每人一个用他的画作印刷的精美台历，而且还一一在上面签了名。我们共同的老朋友、著名历史小说作家唐浩明先生曾在信中对易难先生说过"画名盖过文名"的话，这绝不是圈内文友的抬捧之言，而事实就是如此，不然的话，在周先生的《武汉日记》中，是不会文事逊于画事的。

冯传友

包头商人兼作家的冯传友先生的人生信条是：石上坐三年，冷石也会暖。故他言其书斋曰"暖石斋"。曾经作为一家大型商厦主要负责人的他，"不务正业"可谓有年矣。他用业余时间为当地电台主持节目，一兼便是五六年。作为一名山东籍的包头人，他以宣传包头为己任，并且不遗余力。他的业余爱好颇多，交友亦杂，从他撰写的小传中，便可得窥一二："业余涂鸦，主攻书话，旁及饮食文化，饭店里吃不起，于字里行间解馋，因此号'阴山老饕'；自称有五大爱好：读书、写作、藏书、旅游、摄影——读鸡毛蒜皮文章，写无关痛痒小文，藏身边友人大作，游农家草原风光，怕忘了宜人美景，摄个影留作纪念。"如此看来，传友兄除了"商人"之外，还是一个地道的"杂家"和潇洒的"玩家"呢——但他的本质首先是一个文人！

于晓明

于晓明在《静庐日记》里设了一个小茶座与天南地北的朋友"聊天"，尤其是与爱书读书写书的文朋诗友聊书侃书，着实让人羡慕。上海女画家丰一吟曾在"茶座"里坦言告白——她想重编《丰子恺漫画全集》，还想以第一人称写一本她父亲的传记；天津来新夏教授亦曾与其问答聊天，并回答了饱蠹鱼提出的关于为文做人、修史治学的一些问题，来先生不愧为学林大家，皆一一精妙解答，同时也让我们领略到了他为人正直率真的一面。

作为读书人的于晓明,其成绩是显著的;但作为商人和经理的于晓明,似乎有着更多的幻想和无奈。但愿多年来一直在两条"战壕"内作战的晓明君能在文坛书苑内胜似闲庭信步,同时又在商务培训上打造出自己的于氏品牌,以期达到"双赢"。

苗纪道

对于打油诗,草田轩主人苗纪道兄可谓情有独钟,每次寄信寄书给他,复信末尾总会即兴打油一首,而且又大多为藏头诗。从这些打油诗中,我们可以看出毕业于西北大学作家班的他是极富才情的。他所寄赠给我的名片背后有一首夫子自道的《自题》:"苗笛一曲四海传,纪念编辑二十年。道法自然老夫子,以壮观瞻新纪元。诗友如云花如雨,文笔似风酒似泉。会见南腔北调客,友情奔流到莽原。"纪道兄身为《明星——南腔北调》杂志的副主编,在网上发送约稿信竟也是一首打油诗——"盼君妙笔写美女,赐稿及时友情深。新编女性宝典雅,作家爱情物语新。时尚女性情爱版,不少明星传奇韵。我是南腔北调友,待价而沽稿酬金。"

李传新

与书打了一辈子交道的李传新先生尽管已经从新华书店的工作岗位上退了下来,但淘书、读书、写作似乎更勤勉了。是否可以这样说,黄成勇麾下如果没有胡荣茂和李传新二位干将,其《书友》报是不会办到目前这个水平的,因为他们爱书,也真正懂书。《车城日影》中,几乎全是书账,而且不乏文坛掌故及书边旧闻。如云70年代的小说用字典纸印刷者,只有姚雪垠的《李自成》和杨沫的《青春之歌》等。在十堰召开全国第二届读书报刊讨论会期间,最忙的当属黄成勇、李传新和刘志德三人,他们为书友们忙活,为繁荣民间读书报刊忙活,同时也为营造一个温馨雅致的书香社会而忙活。

刘运峰

身在津门财税科研所的刘运峰先生,心思却在文坛和书法上,尤其致力于鲁迅研究和钩沉佚文散篇,并先后出版过《鲁迅佚文全集》和《鲁迅序跋集》。去年他曾去英国进修学习了半年,故日记中多有记述英国印象的散文写作的记录,如《傻帽英国人》《抠门英国人》。他颇为推崇钟叔河先生的做事认真细致,且发出过如下感叹:"天分如此之高、如此博学的人做事尚且如此认真,何况我辈凡人,我们更需要努力勤勉才是。"从他分类装订珍存大家名宿、亲朋好友的书函信札的记录来看,运峰兄又是一个心地善良、尚宽守约、珍视友谊和亲情的人,这样的人是完全可以信赖的。

赵龙江

京城就是京城,各色人物潜居,哪个也不敢小觑。赵龙江先生乃回族谭大哥引荐相识的,从其纤细清丽的字迹和简约至极的日记中便可想象出他的为人与作文的风韵,那一定是谦恭朴然的;对家人,对朋友,对同事,对工作,对业余之爱好,都是一心一意去努力做好的。他曾给我寄过一本敬请30年代便有"南张北梅"之谓的女作家梅娘(孙嘉瑞)签名相赠的译文集,这说明赵先生对朋友尤其是书友又是另眼相待的。

孙方之

悟透官场游戏规则的竹风堂主人孙方之终于又名正言顺地拿起笔写起了小说和散文,并且把"民俗小说"写得越来越像样子了。作为文化旅游局局长的他对工作、对事业、对爱好,做到问心无愧是十分不容易的。他明知自己的仕途已尽,仍能全心全意地投身到各种节日活动的组织之中,这就如同风雨飘摇中的竹子,不管怎么反复摔打,最终仍能保持心虚骨傲并坦然地面对一切。

杨 栋

梨花村藏书楼乃山西沁源杨栋兄的写作之处,自谓"书痴"的他为书而生，为书而乐，为书而活。春夏秋冬，一年四季，他几乎日日浸淫于书堆之中。"家藏万卷书，胜过金作梁"，就大部分书友来说，买书大多都是为了使用，而杨兄在使用之外，也颇注重于收藏。作为孙犁先生的忘年之交，他对孙老的著作更是见了便买，并不管书是哪一版或什么本子。联想到当年他去拜访孙老，孙老为他剥了一块糖吃，而后杨兄便把孙犁剥下的那片包糖纸夹在书中收藏起来一事，这种"盲目"购书便不值得大惊小怪了。在我的书友圈子中，收藏孙犁著作版本最全的当为北京的段华、天津的刘宗武，再就是荫园主人杨栋了。现在的书，多得难以知道万分之一的书名，而"专题收藏"便应运而生。近几年来，淡庐专门淘存已故作家汪曾祺先生的各种著作版本及相关书刊，而徐明祥选择的则为上海藏书家、散文家黄裳的著作；还有北京的"老贾"追踪者朱文心，据说大堂主人贾平凹自存的著作版本还不如他的齐全呢！

张　咏

东吴门生，乃南通爱书人张咏的网名，他在"天涯虚拟社区"之"闲闲书话"上辟有《东吴门生读书日记》和《草龙堂小品》专栏。我曾读过静庐为他选编的一部《草龙堂读书记》，人虽年轻，但笔头子老辣，谁读了都会引为书友知己的。

王稼句

在我的印象里，听橹小筑的主人王稼句兄是一个又忙又闲的社会活动家，并不时散溢着一袭江南才子的雅士风度。不管他日间有多少要事琐事缠身，但他一回到书城似的家中便能立即沉静下来，并很快进入编者、作者、学者之角色：打开电脑，巡视一遍电子信箱或下载一些书刊资料；不然，便用纤秀的行楷抄写一张张贺岁用的知堂《儿童杂事诗》，复几封友人信件，续写几段《文化苏州》……就是参会赴宴，也多是书人雅集，相互赠书赠字，赏心怡情而已。淡庐近得姑苏友人顾晓宇信云："稼句兄时有联系，所著《苏州山水》弟最推崇，执苏州文坛牛耳者，非稼句莫属。"我曾去过人间天堂的苏州，也曾在稼句的补读旧书楼中感受过他的生活氛围，我始终相信：在听橹小筑之下，在栎下居那扇灯窗之内，翰墨书香将永远是芬芳馥郁的……

韦泱

曾是十里洋场的大上海，的确是淘弄民国版图书的天堂。在银行工作的诗人韦泱，一次便购买了五十条大蛇皮袋作为搬家时装书之用，可见他的藏书之多。读其日记得悉，韦泱兄淘书的关注点，一为民国版旧书，二为解放初期的初版书。同时乐此不疲的，"是将作者本人的旧著还赠给作者，这常常引出耐人寻味的文坛佳话，且雅意绵绵"。

东临轩主人的老友新朋，大多数也和我有过来往，有的还曾见过面合过影呢！如山东籍老作家峻青，《历代日记丛谈》的作者陈左高；如丰子恺的女儿丰一吟，曾任过上海文艺出版社总编辑的丁景唐，还有才女王安忆和于5月间不幸病逝的"海上杂家"洪丕谟等。看得出来，韦泱和这些名流雅士相交往，也都是以书和翰墨为媒介的，他为书寻找旧主，为旧主寻找久疏了的"孩子"们。此外，对于尺素简牍，韦泱先生更是偏爱有加，半月日记内，光关于书信的旧书新印便收购了八册，但他购书不只为藏，而是重在利用，如他写的《书信文本的盛衰》《文人字琐谈》诸文，便是淘书之后的具体收获。

薛冰

作为专业作家的止水轩主人薛冰，这几年来可谓佳作迭出，《旧书笔谭》《止水轩书影》《淘书随录》《金陵书话》，以及文化随笔集《家住六朝烟水间》《金陵女儿》《江南牌坊》等，都在读书界产生了一定的影响。前年我和稼句、成勇、宗远、宁文兄曾一同参观过薛冰的书库，那竖立于客厅中的一排排顶天立地的书架上，三坟五典可谓汗牛充栋，细观之，都为其藏书的杂、偏、古、旧所惊讶。因为有其颇具特色的"家庭图书馆"，薛冰兄写作起来就方便了许多，旁征博引，钩沉故实也就具备了起码的条件。书为人用，人为书忙，大概已成为薛冰日常生活的一部分，由《南京日影》中，便可以印证我的这种说法。对于《美国史事》《克罗幸里卡》《叶莱的公道》《新中国大事季刊》一类的书刊，如果我们在街头地摊上碰到，是不会欣喜地收入囊中的，可薛冰兄就把它们收归止水轩书林了。书到用时方恨少，这便是所有读书写作者的共同感受。

李先志

孝感文学评论家李先志近几年来颇为活跃，除创作出版了散文随笔集《人生经纬集》外，还主编了《孝感文化研究》和文学评论集《清泉飞溅》等。他和汉楚合作撰写的人物传记《志超之谜》亦将于近日出版。由于先志兄秉性率直刚烈，总也得不到单位领导的赏识，故看透了人生和官场的他不无遗憾地从市直机关来到下面的一个局负责宣传工作。这在先志，可谓"对口"，但其仕途也就耽搁了不止三年五载。说句实话，文人当官，当不好便是受罪，好在李兄阔腹似海，既行得渡船，也跑得开驷马，所以把省下的精力便投在了业余爱好上。在济南，在武汉，在孝感，我和他待了总共有一天多时间，他的好说好理好打抱不平，嗜书重情素怀平常心的人格魅力一直是我所敬佩的。对待文学，他虔诚投入不后悔；对待人生，他尚宽敬贤不后悔；对待朋友，他重谊轻利不后悔……我相信，能用真情一片付友情，得到的也终将是一片友情润其心。

马旷源

在接听云南楚雄师范学院马旷源教授的电话时，我忽然想到了曾在云南大学执教过的与我同乡的现代著名作家李广田先生。从其评论文章和传记中了解到，作为学者兼作家的李广田，他的声誉，他的口碑，都是极好的。因之再联想到在师范学院教书和州政协议政两头兼顾的马旷源先生，听了他的声音，看了他的照片以后，我对他便有了一个和对李广田先生一样的印象。

作为访问学者，他曾跟随钱谷融教授研究"人学"一年，并且有《"人学"门下》专著出版；作为诗人，他曾辑印过《迷乱的星空》《秋声集》《边城风云》等诗集；作为评论家，他矢志于回族文学研究，虽身在边陲，放眼关注的却是整个中国回族文学的成长。不久前，自称"散仙"的马旷源先生突然寄了一篇题名为《齐鲁三士》的长文来，虽然他是从仅有的三四本书中来感觉、了解、素描徐明祥、于晓明和我，但从其崇尚什么、反对什么、揶揄什么的明确态度中，其追求、其心志、其拥护、其反对的人生标尺便已显露无遗。"铲去墙角旧青苔，迁来紫云园边栽。祷辞千年不须说，携壶浇花上高台。"由其诗中，我们或可感受到性情中人的马旷源先生的另一面。

李国经

耕夫，乃我同乡文友李国经的笔名。在"天下第一村"的周村，他可以说是靠自我奋斗一步一步从基层干出来的。三十多年前，当我在故乡上中学的时候，国经兄已是公社机关的临干了。后来转了干，又往区政府任秘书，转而任职区委宣传部，随后又到张坊乡任书记……不用多说，也不用多问，设若他没有干好乡镇书记这个差使，后来也不可能调任区委党校校长和区人大副主任。这些年来，他在政务之余，完全依靠自修自学，走上了文学创作之路，接连出版了《荒畦集》《晴窗竹影》《金周村》三部散文随笔集。由于长期与农民打交道，他的生活底蕴十分丰厚，笔下的人物形象栩栩如生，尤其是写农村里的怪人或"光棍"人物，更是得心应手，丰满传神。最近听说他创作的乡土人物系列小说《於陵故事》已基本杀青，这将是鲁中平原最南端的各色人物的一次大展示。

萧滋云

甘肃作为我国西部地区几个欠发达的省份，但其文学艺术水平似乎并不落后东部沿海地区多少；也曾有人说"荒凉"的甘肃能培育出《读者》这样的"双赢"刊物，真是有点不可思议！而在甘肃焉支山下的山丹县，也有一份民间刊物吸引了不少青少年学生的目光，这就是继山西《青少年日记》、山东《日记报》之后创刊的日记研究和普及类刊物——《日记》。作为《日记》主编的萧滋云先生，前年来山东参加诸城市日记节时曾与我见过一面，他给我的印象一是朴实厚道，二是略微有点木讷。从他的《山丹日记》中，我们可以感受到他自办《日记》刊物的种种难处，但又不得不佩服他对日记研究和写作所付出的努力。为了弥补"文革"初期自己主动"处理"日记手稿的遗憾，他发誓利用三四年时间，参考尚存的信件、资料，完成自己确立的补写已毁日记的"修补工程"。为此，他曾在日记中写道："我今年六十又三，最后的奋斗目标只有一个：日记——写好日记；主编好《日记》杂志；出版好数部日记系列。能完成这项大业，临终时，即可口合眼闭了！"在萧滋云先生看来，"工作着才是美丽的"。毫无疑问，日记写作和研究将是他一生的强大精神支柱和不懈追求！

鲁 丁

他是一名军人，亦是一名研究台湾问题的"专家"——因为他曾出版过一部名为《点击台湾问题》的专著。十多年前，他偶然从《大众日报》"丰收"副刊上读到徐明祥的一篇评论我的日记专集的文章后，便去新华书店买了一册拙著《人生品录——百味斋日记》。两年以后，在河南带兵的他拿着一沓打印好的"自牧研究资料"来见我时，我真的被他感动了。从一本书中，他梳理归纳出了那么多线索或"东西"，这没有三遍五遍的工夫是办不到的。由于他后来所在的济南军区司令部机关大院和我所在的省委机关大院相隔只有千余米，故来往也就密切起来。作为军队里的一名读书种子，他不甘心只读不练，而是边读边写边练边提高，不久便有《心远集》和《四面集》（合集）出版。他之于书，买的既杂，读的亦杂，有些"特色"另类的，他亦青睐之。在省城济南，我们这个文学圈子里每逢来了外地的作家和编辑，他大都会主动出面招待一番的，如江西进贤的邹农耕，苏州的王稼句，南京的陆建华、金实秋，孝感的李先志和北京的止庵兄，是都曾与他把盏叙话赠过书的——他便是上校军官鲁丁同志！

程韶荣

在学生中开展日记写作的普及与提高，江苏东台市教育局高级教师程韶荣先生是做了大量工作的。20世纪的八九十年代，他作为《青少年日记》的编外辅导老师，扶持了一大批喜欢日记写作的中小学生，除策划选编了几本学生日记选之外，还写作出版了《和中学生谈日记》《日记导写》等辅导类图书。前些时日，他曾为我寄来《师生共写日记的理论和实践研究》课题实施方案、《全方面营造日记大繁荣的氛围》各一份，并给我颁发了大红聘书，聘请我为"指导专家"，我自知不够资格，故婉言谢绝了他的盛情美意，但对于他在学校中所组织的"师生在日记中成长"等专门课题研究，我是责无旁贷的，拟根据具体情况为之敲敲边鼓，并呐喊助威。日记写作，日记研究，只要有程先生这样的特色教师在，后继一定会有人的！日记乃个人心灵之独唱，但普及则是美好人生之大合唱。但愿独唱连台，逐步发展成为日记大合唱。

沈文冲

说到毛边书，这几年龚明德先生为之做了不少工作。他所责编的不少文学专著，印刷时都特意留了一些毛边本。检点淡庐所藏的近百种各式毛边书，其中有近十种是远在天府之国的龚先生寄赠的，如《董桥文录》，如《凌叔华文存》，如《林徽因文存》。受其影响，我所主编的《日记报》和散文随笔丛书，每本书也都留了二三十本毛边的。放眼书林文坛，真正专门集存毛边书并对毛边书进行专题研究的，南通作家沈文冲可谓集大成者。沈文冲毕业于南京大学中文系，曾得到过著名学者程千帆、陈白尘、吴新雷教授的亲炙。虽然他毕业后来到了一片浮躁、浮躁一片的电视台工作，但他却没有浪得虚名甚至随波逐流，而是在采访之暇、工作之余淘访旧书，潜心治学，除出版有随笔集《梦羊小品》，还主编有《毛边书话》。大约两三年前，沈兄曾把《毛边书话》的目录和内容梗概托我转到山东画报出版社一试，但出版社方面担心销路不畅而作罢。据保守估计，全国的"毛边党"人数怎么也不会少于一两万吧。有意印成全部毛边本的《毛边书话》，又何愁卖不出去三五千册！现在，不急不躁、求全求美的沈文冲先生还在不断地补充丰富着他的《毛边书话》，希冀不久的将来有一家真正有眼光的出版社能及时推出这本风格独具而又让人耳目一新的"异书"，以及早填补中国文坛书林尚无毛边书专著的空白。

戴　玮

"大道博一"，是年轻干练的戴玮女士在合肥打造的一块著名的企业品牌。作为一家咨询公司总经理的她，生活紧张而有序，工作自信而绩著，爱好广泛而有致。她喜欢插图和书装，自我定位"做女人，不做驴和狼"，多谈恋爱以养颜，旅游出差重逍遥。惜时如金的她，就连搭乘出租车也不忘记掏出随身携带的书来读上三五页。在《博一日谱》中，她曾详列过一份2005年的"进步计划"：想做什么，该做什么，怎么去做，做到什么程度，取得什么效果，最后结果如何，一切都是为了自己主宰自己，设计自己，修养自己，提升自己。2003年，我们曾在南京凤凰台饭店一起开过会，从她的发言及日记中完全可以感觉得出来，她是一个重视细节、重视计划、重视礼仪、重视绩效的人。她的胸有成竹，她的大度虚怀，她的快人快语，她的时尚前卫，的确给大家留下了一个美好印象。潜庐明祥在校读过戴玮日记后曾向我感喟道：我们每个人所共同拥有的每天的二十四小时，因生活内容和人生追求的不同，其生活质量、生活品位是千差万别的。希望大家都能像懂得生活、调节生活、品味生活的戴玮那样，随着自己的心愿去理想地生活，潇洒地生活。

阿　滢

在未见到新泰书友阿滢先生之前，我对他利用周末和诗友石灵开着车来济南中山公园内的旧书市场上淘书颇不以为然，因为大部分爱书人都曾有过类似的异地淘书的经历。但他通过在旧书摊上淘到潜庐的《书脉集》而与之联系上后，也便随之和我联系上了。直到一个周末他再次来省城淘书后驾临澈堂时，我才真正感到了他的不易，他的执著和他的热心。此前我的确没有想到，阿滢的一条腿有残疾，不得不借助木拐来挪步移行。那天，我从淡庐书库中找出了几包存书，送给他和石灵每人二三十册拙著和拙编，其中有的还是毛边本，如此这般之后，我的心才稍微感到好受一些。随后，我陆续赏读了他们主编的多期《泰山周刊》，又是一番番感喟：由他们这两位纯文人主编的"泰山书院"、"散文领地"、"诗意空间"专版，在目前大部分报纸副刊编辑都懒得选稿、编稿、校稿，为图省事而多采用电子稿件时，他们能保持这种"旧编作风"，着实有点不易。近期他们又请诗人流沙河题写了"泰山书院"专栏名，并接二连三推出了几期书话文章专版，加上又有成都龚明德、苏州王稼句、北京止庵、南京徐雁、董宁文等全国一大批文坛高手助阵增威，我们对现已改版的《泰山周刊》文化专版将寄予无限厚望。是的，人是要有一点精神的，阿滢和石灵的"坚守精神"告诉我们：中国的纯文学之路还没有走到尽头！

稗贩生

稗贩生，本名叫夏雷鸣，乃南京炼油厂的一名青工。在石头城南京，略显腼腆的他参加过大部分的读书或出版座谈活动。作为一名民间书友，甘心躲在一边倾听专家、学者、作家、诗人们的高谈阔论，不但省却了即席发言或宣读讲稿的负担，同时也多了一份自由和洒脱。前年在南京街头书摊前我们见面后，又一同参加了首届全国读书报刊座谈会，并一同淘访旧书半日。可中午吃饭时，便再也找不到他了，他作为"列席"代表，不愿意让人讨厌，更不愿有意去巴结谁。当天晚上我和于晓明在薛冰兄的带领下，去肚带营省作协宿舍拜访看望山东籍老诗人忆明珠，当我们邀约他一同前往时，没想到他亦婉言谢绝了。自从和小夏有了来往后，便经常收到他寄赠的一些从地摊上淘来的旧书和一些品相完好的特价书，如海婴先生编的三卷本的《许广平文集》，便是他为我配齐的。因着这套文集的关系，我得以和居住在北京的周海婴先生有了联系，并先后入藏了由其签名钤印的《鲁迅全集》《许广平文集》和《鲁迅与我七十年》。如果没有这套《许广平文集》，我也就不会驰信和周海婴先生联系，所以从某种意义上来说，是爱书人夏雷鸣先生"引荐"我和海婴先生相来往的。

寇广生

"骡子哲学"的首倡者寇广生，实际年龄虽已逾花甲之年，但其心理年龄似乎只有三四十岁。他自称"骡子小姐"，处处贩卖"杂交"的优势，时时高扬日记帜旌，除曾在曾国藩居住并写过大量日记的保定直隶总督署举办过"寇广生日记写作与收藏展"外，还多次参加山东诸城的日记节及在上海举办的首届全国日记论坛。每当和他在一起，他的许多关于繁荣日记写作的奇思妙想便忽悠得你坐不住：他期盼中国举办日记狂欢节；他呼吁开设"日记大篷车"；他提倡举行一年一度的日记展览会；他梦想筹建日记博物馆。为此，他写了《写日记，有一万个理由》；为此，他为散居在全国各地的日记爱好者和研究者穿针引线织成了一个日记人地图网。他的日记朋友可谓遍天下——北京有皇甫束玉、段华和康健；天津有袁爽之和刘运峰；河北有储瑞耕、尤新；吉林有王庆祥；江苏有王稼句、程韶荣；山西有杨栋、杭世金；山东有管炳圣、于晓明；河南有原草、叶二红；甘肃有萧滋云……

林赶秋

毕业于英文系的年轻学者林赶秋，虽是自由撰稿人身份，怀中却揣着二级厨师资格证书。他的《箪瓢楼日志》中，记录的大都是读古书、治国学的迹痕。在眼下如此浮躁加虚幻的社会中，林先生却潜心于参悟庄老古典或笔记故事，并以此补钱氏《管锥编》之不逮，这种心态神志尤其显得可贵。不知何种原因，林先生在日记中几乎每天都开列出即日中外名人的生辰忌日，这对治学辨史又有何助益？假如日后有缘与作者谋面一晤时，我当一一为此咨询之。

丁　东

北京学者丁东出版了不少专著，如《冬夜长考》《尊严无价》《午夜翻书》《思想操练》等，但论其影响却不如他所编的《顾准日记》和《反思郭沫若》，这也说明，借助名人之名出名，历来都是一条近路捷径。赏读其《燕京日记》，文字虽然极其简约，但也密集了不少文化信息。另外，丁东先生喜欢把所写的文章穿引于日记之中，在半个月的日记里，便引入了五篇内容丰富翔实的文章，为了不使文章冲淡日记本身的氛围，我有意删去了三题，虽然来不及和远在首都的丁先生商量，我想他是能够理解的。

王选民

沾化文友王选民，是离我家仅十余公里的新城王渔洋的后人。大概由于职业习惯使然，他做事不但条理严谨，为人亦十分和善，这也许是他恪守祖训、继承家风的结果吧。"所存者必皆道义之心，所行者必皆道义之事，所友者必皆读书之人，所言者必皆读书之音。"如此祖训不但能惠泽王氏子孙学正走直，同时亦可温润我辈后学之心。由其《鲁北日注》中，我们可以感受到王选民在统计工作中的才干和作风，他既要帮县里争取统计工作的好名次，又不愿昧了一己之良心；对于曾给予过帮助的领导、友人他总是念念不忘，对待同事家人却总是怀着一颗平常心。所以，在我和他见面畅谈或通信交流时，始终是心存好感而不曾设防的。

乔　华

目前正在省委党校党政研究生班学习的乔华女士是《半月日谱》四十八位作者中的第二位女性。女人的细腻多感在《颜山日影》中表现得尤为突出。为人女,她要抽出时间来去照顾久病在床的母亲;为人母,她要时时处处为儿子的成长率范身教。在她所工作的区文联,她不但要组织一系列的文学艺术活动,还要身体力行,用业余时间写作自己的散文和随笔;在省委党校里,她要组织出刊黑板报并及时把班里各种消息发布到校网上。所以说,作为领导和学生的乔女士生活得并不多么轻松。好在处处争强好胜的她不但熟谙史丰收的"优选法",而且能科学地调度利用一切业余时间,从而达到了生活、学习、健身、写作、娱乐五不误。会生活的人,生活紧张有序而满足;不会生活的人,生活忙乱无序而烦恼,笔名啸秋的乔华女士注定是一个会生活的人。

沈胜衣

收到在东莞市政府任职的沈胜衣先生寄赠的"沈郎文字"二卷后,便觉得他是一个十分可爱的读书人——"网虫"兼"书虫"。及至读了他的《忆水舍领悟半志》和《满堂花醉》一书,才对他有了一个大致了解:生于20世纪60年代,成长于80年代。思想比较活跃,文字崇尚新潮,"生活在文字、图像、花木和回忆中,游走于书与碟之间","以稠密而又散碎的思绪,郁结而又淡然的心情,为文学艺术与流行色写出一份沉吟,一点喜悦"。不管怎样,几卷"沈郎文字"还是颇值得一读的,如《你的红颜,我们的手》《书上故园》《旧天堂的边上》……

卢礼阳

温州卢礼阳乃一名学者型作家。此前听说过他主编着一份《温州读书报》,并且办得有声有色,只可惜一直缘悭一阅。晓明君主动约了他一组《卢礼阳流水账》来,校样排好后,我便径直寄给了远在温州市图书馆工作的卢先生,卢先生细校之后,又把题目改为《寂寞板凳暖中年》寄了回来,同时还寄赠我和晓明君每人一册《魅力温州》,而包裹书的报纸恰恰是两份《温州读书报》,我抚平浏览一过,觉得报纸的风格与卢先生的为人为文风格是相一致的:温文儒雅,平和扎实,没有张扬,没有浮躁，只有读书人的心田清流在淙淙流淌……我忽然想到，第三届全国民间读书报刊讨论会，是应该邀请卢先生参加的，因为他所主编的《温州读书报》和其他民间报刊一样，都在为营造一个书香社会而不懈努力着。民间流传的一副对联曰："读未见书，如得良友；读已见书，如逢故人。"我品读了两期《温州读书报》后，是既得了良友，又恰似逢到了故人，因为全国各地的读书人的心脉都是相通相连的。

康　健

目前仍在京郊一边舌耕一边进行日记研究的高远斋主人康健，虽和我因着日记写作而交往了十三年，但至今仍缘悭一面。他在2002年出版了《名家谈日记》之后，又为自己定下了一个新的奋斗目标：主编一本《中国百位作家教授谈日记》，撰写一本《中国百位特级教师谈日记》。据我所知，前者已基本编讫，当恼人的版权问题解决之后，便可以付梓出版；而后者他正在利用信访的形式积极组稿撰文，相信在不久的将来，康健兄是会如愿以偿的。

从去年开始，康健又自觉承担起为全国民间读书报刊扫描介绍的工作，从目前所撰写的八篇扫描文章来看，他的定位是比较准确的，故而得到了各家民刊的主编和大多数读书人的认可。康健始终认为：读书的希望在民间，所以他曾在日记中写道："如果说民族的就是世界的，那么，我真希望民间的能成为全国的。"假如这些民间读书报刊能够像官办的那些刊物一样进入寻常百姓家，建设一个书香型社会还会很遥远吗？

鲁先圣

专栏作家鲁先圣的笔头子十分快捷，他因为被许多青春类和读书类报刊所"追踪"，故不得不用"文学快餐"的形式赶写出一篇篇闪耀着思想智慧火花的随笔文章以塞文债。从这组《泺源琐记》中，我们可以看出他的投稿范围之广，命中率之高。他的作文大多是有感而发，许多报刊为他开设了"专栏"，他亦摸着报刊的脉搏去落笔为文，这大概是所谓

"专栏作家"的特色之一吧。先圣从鲁西南的曾子故里走出,曾在省城济南的多家报刊社当过编辑,一步一步地,他靠一枝笔打天下,逐步完全脱离了以前所依附的报刊社,而成为时尚的签约专栏作家。这不但需要实力,同时也需要才气。因为江郎才尽的人是当不了签约作家的。我的书橱中,集中排放着先圣的散文集《苍茫人生》《智者的幸福》和《原上树》,其中不少文章,在报刊上发表时我几乎都曾浏览过。另外,先圣的文章的转载率是相对较高的,我经常从《中国剪报》《报刊文摘》《读者》等影响较大的文摘类报刊上读到他的作品。作为一个靠稿费生活并养家糊口的作家,先圣不但买了房子,还成了有车一族,这就从另一个方面佐证了他是一名真正时尚而又具有实力的专栏作家。

王金魁

我所读到的《书简》创刊号,好像是天津龟翁王学仲先生寄赠的。翻览着这份衣饰朴拙的民间小刊,曾引发了我对书简尺牍的许多联想。在《日记报》初创时,我曾起意创办一册日记和书简前后一体的刊物,但随着《日记报》的一期期编发,这个心思便随之淡远了。但作为专门刊发日记和相关文章、图片的《日记报》,为此特辟了一个"日记书札"栏目,并请中国硬笔书法协会主席庞中华先生题写了栏名,有时发专版,有时作为补白,这也多少弥补了一点未办成《日记·书简》的遗憾。

王金魁先生独辟蹊径创办了目前国内唯一一份研究书信文化的《书简》杂志,其精神是可嘉的;随着他与全国各地许多作家、诗人、学者的广泛交流,《书简》的前景是广阔美好的。尤其所辟的"醉墨轩简语"专栏,俨然已成了《书简》的"起居注",它所"披露"出的大量文化信息颇具史料价值,随着它的不少栏目的开设和完善,它的桥梁作用和史料价值会更加明显。"一束散札成《书简》,味淡朴真皆清言;他年若成书一帙,叠叠书翰即青砖。"谨以此诗作为改名后的《日记杂志》对《书简》杂志的祝福赠言。

子　聪

提起南京凤凰读书俱乐部主办的《开卷》月刊，便不能不提到其主编蔡玉洗博士、执行主编董宁文先生，以及装帧设计者速泰熙先生。因为是他们三人共同确立了《开卷》的品位和格调，也只有在蔡博士这棵大树的遮天浓荫下，董宁文兄才得以无忧无虑地与全国各地的老作家、老诗人、书爱家们广泛联系，同时也为全国的读书人搭建了"开有益斋闲话"这一交流平台。大家不分东西南北，老少男女，你方唱罢我登台，共同交流书林信息、文坛动态；传递新朋友情、故旧心声。似乎耳闻有人说《开卷》有遗老遗少气，但我看大可不必在鸡蛋里挑骨头。一个刊物有一个刊物相对固定的作家群和读者群，形不成自己的特色，便不能在刊物之林中站稳脚跟。作为书香气息特别浓郁的故都金陵，《开卷》的选择我看正好适合这座城市的风格。而子聪所出版的两卷《开卷闲话》，恰似两只信息密集而又交叉映照的万花筒，这些看似琐屑杂碎的文坛书林木屑鳞片，也即是日后他年的珍贵史料。南京凤凰台，的确是一处清风徐来、日影散射、书香盈溢、人迹踵继的读书台！

结　语

文章华国，诗赋传家，那是古人的襟抱胸怀。而我们这一群读书种子或"以书为伴侣，粗茶淡饭香"的爱书人，所追求的首先是自娱自乐，或者以期通过淘书读书藏书，使生活更加诗意浪漫一些。彭国梁兄曾有题词曰："生活艺术化，艺术生活化。"这种境界，这种品位，真是让读书人向往啊！但愿我们的生活除了弥漫着芬芳的书香之外，再多增加一些艺术和色彩。

弥漫流溢着民间书香气息的《半月日谱》终于与大家见面了，得失优劣在此我不想再多说些什么，如果大家读了以后能有一种过瘾的感觉或展露出一丝会心的微笑，这也就足够了。

2005 年 8 月 28 日于济南自由大街·漱堂

编后记

　　我真正热爱上日记并付诸实践，天天记日记，是从1993年冬天开始的。当时的语文老师在作文课上，给我们推荐了一本书——《人生品录——百味斋日记》。语文老师介绍说，这是一本作家写的日记，所记全是文人雅事。我立即被那雅致的透着书卷气的封面所吸引，表现得有些迫不及待，第一个要求借看这本书。那天下午和整个夜晚，我都沉浸在这本书中不能自拔。我仿佛顿悟一般：原来日记可以这么写！多么有趣，而又多么有价值啊！第二天，语文老师告诉我，那本书可以送给我。我当时的心情，如获至宝，感激、感动、振奋。此后这本书有好几年跟随着我，一直放在枕边，我时不时地翻看，读了足有七八遍。

　　这本书的作者就是作家自牧。1994年夏天我到济南上大学，那年的冬天有幸见到了自牧先生。

　　1999年，我与自牧先生商议，创办一份日记内容的报纸或杂志。提了几次，他均未置可否。但因为喜爱，我没有放弃。利用手头仅有的一点材料，把《日记报》创刊号编了出来。山东诸城市的民办教师管炳圣也提供了一些稿件，并出了一些主意，自牧先生题写了报名。不管怎样，创刊号出来了。现在看来，那张四开四版黑白印刷的小报是何等幼稚和粗糙，但毕竟是我们迈出的第一步。尽管幼稚，可是真诚；尽管粗糙，但却用心。此后的几年里，我节衣缩食，四处筹款，侍弄着这张小报。从约稿、编辑、画版、排版、校对、跑印刷厂、通联寄赠，整个办报的流程，都是我一个人在张罗，虽然苦累，但极其充实。那些烈日炎炎的夏日，我铺张草席，打着赤膊，一边闻着报纸的油墨芳香，一边装信封、写信封、粘信封，报纸、信封铺满了小小的居室，满屋子飘满了纸墨的味道。那些寒风呼号的凛凛冬日，我裹紧单薄的大衣，手提报纸，一捆一捆搬运到狭窄的居室。装好封好以后，再一包一包地搬运到离住所有四五里地的邮局寄给全国各地的朋友们。年复一年，顾不上寻思赚钱的营生，顾不上考虑如何给女友一个稳定的住所——所谓成家立业，也顾不上远在乡下的父母双亲。在一家企业打工赚的工资全部花在了印刷、邮寄和房租上。当然远远不够，便找家人借，从银行贷款，就像着了魔，生活的全部，仿佛只是《日记报》了。在物质生活上，当时不是一般的清贫，简直可谓一无所有；但在精神上，却是充满了阳光、充实、快乐且欣慰。我想，即便一个真正的富翁，也难有我那样的精神愉悦吧。

  这张小小的报纸，因为其独特性和可读性，受到了几乎所有读者的喜爱和好评。上到九十多岁的老人，下到不足十岁的孩童；上到学富五车的学者教授，下到偏僻农村的村夫村妇；上到国内外著名的鸿儒名流，下到默默无闻的凡夫俗子。但凡所见《日记报》，无不赞叹惊奇，嘉言勉励。而我，就像一个老农，看到自己的劳动成果被大家肯定，对大家有益，是何其幸福复又充满动力！每天读到朋友们的来信，我是那么欢欣鼓舞，那么感动和振奋，于是抖擞精神信心百倍地投入到下一期报纸的编校工作中。有了这样的生命支撑，生活的清贫和坎坷实在微不足道了。那几年我一直居无定所，但内心却是深有所依的。

除了这些纸面的美誉之词，我实实在在从来稿中受益匪浅。就像一个富矿，越往下深挖，收获就越大。我没有想到，不起眼的日记，背后竟然掩藏着如许动人的故事——不，是学问。《中国日记史略》的出版，"日记学"的提出，"日记代替作文训练"的主张，都是空前的，也都是大有文章可做的。无论"我与日记"的现身说法，还是"日记论坛"的各抒己见；无论"日记原版"的轶事钩沉，还是"日记品读"的精彩点评；无论"日记书影"的书香流韵，还是"日记序跋"的画龙点睛……无不令我深深地陶醉其中，如饮甘泉。

就这样，一晃就是五年，直到我离开济南。

2004年，我回到淄博故里。实在没有能力继续维持这张小报了，心里充满了矛盾和痛苦。我心有不甘，而且倍觉惋惜；而继续下去，资金从哪里来？正踌躇之间，自牧先生伸出了援助之手，把这一工作接了过去。实际上，自从这张小报创刊后，他一直在关注着它的成长，而且身体力行，多次给与力所能及的帮助。著名老报人车辐先生曾开玩笑说，《日记报》是"一个半人"在办。看到报纸的窘况，自牧先生毫不犹豫地接了过去，由顾问而为主编，从幕后走到前台。从第三十一期开始，变报纸为杂志开本，容量有所增加，工作量也大大增加。

一晃，又是五年过去了。《日记杂志》已经整整出满了五十卷（期）。前五年的三十期装订起来是薄薄的一册，后五年的二十本，则是非常厚重的一排。在这二十卷中，尤其值得一提的是厚厚的五卷"日记接力"的《日记杂志》专号，分别是：《半月日谱》(收录四十八人的2005年1月1日~1月15日的同期日记，每人半月)、《半月日影》(收录二十四人的2005年1月1日~12月31日的日记，每人半月接力而成)、《半月日注》(收录二十四人的2006年1月1日~12月31日的日记，每人半月接力而成)、《半月日志》(收录二十四人的2006年12月16日~12月31日的同期日记，每人半月)、《半月日识》(收录二十四人的2008年1月1日~12月31日的日记，每人半月接力而成)。总起来看，是七十二组"同期"半月日记，七十二组"接力"半月日记，共一百二十多万字，并配有数百幅插图。一百多位作者，来自全国各地，既有名家，也有普通人，其职业、风格、情趣各不相同。更有何满子、徐北文、钟叔河、来新夏、王稼句、止庵、徐雁、龚明德、徐明祥等书话名家的序跋文章，和峻青、黄裳、流沙河、王学仲、谷林、陈忠实、侯井天等名作家的题签，可谓锦上添花。每期卷末，主编自牧均撰有万言长跋，对入选作者一一作散点式介绍。作家徐明祥说，"半月日记"系列可以看做是当今爱书人、日记人之"联络图"。"但范围更广、人数更多，且内容原汁原味，全是自己写自己。这样一卷长长的原生态的当代读书生活图，色彩斑斓，五味杂陈，读起来别有意趣。如果从史的角度看，其价值也不可小觑。在当代日记史上，应该是浓墨重彩的一笔；对于了解知识分子的精神世界乃至当代社会，也提供了别致而真实的个人视角。对未来的研究者来说，这或许是一个值得挖掘的民间富矿。"诚哉斯言。

办过杂志的人或许都有一个深切的体会，就是组稿、编校、通联等工作所耗费的时间和精力，还要自筹经费，其困难可想而知。盘点目下国内所谓的"民间报刊"，世纪之初曾雨后春笋般一个一个冒出来，但没有几年，便又一家一家偃旗息鼓了无声息。这当中除了体制因素外，更多的恐怕还是经费不足的掣肘。因为办这些杂志的人，大多都有一份固定的工作，也就是说都是业余时间凭一己喜好而侍弄。他们都不是很有钱的人，而是靠个人影响力张罗经费，所以就注定了民刊的不稳定性和良莠不齐。当然，这并不重要，重要的是一种精神的延续，书香一脉的传承。

《日记报》(《日记杂志》)走过十年，积累了大量有关"日记"的美文佳作，或夫子自道写日记的甘苦荣辱，或各抒己见品评某人日记的是非得失，或现身说法议论日记作用于人的种种奇效，或原汁原味展示自己数十年前的老日记……这些篇什无不精彩纷呈，别有情趣和滋味。为了让更多的人分享这些别具一格的文字，我花了半年多时间，分门别类，因循原来的栏目，分别编成《日记闲话》《日记序跋》《日记品读》《日记漫谈》《日记自述》《日记书影》《日记语丝》等卷，人民日报出版社不计市场风险，力促日记丛书出版，显示了独到的眼光和魄力；正是这份眼光和魄力，使得这些散珠碎玉得以贯穿起来，更加赏心悦目。

由于时间仓促和学识所限，难免挂一漏万，瑕瑜互见，敬请读者方家不吝指正。

古 农

2011年4月10日于北京大溪地寓所之静庐

图书在版编目（CIP）数据

日记闲话 / 古农编 .—北京：人民日报出版社，2011.11
（书脉日记文丛）
ISBN 978-7-5115-0704-4

Ⅰ . ①日… Ⅱ . ①古… Ⅲ . ①随笔—作品集—中国—当代
Ⅳ . ① I267.1

中国版本图书馆 CIP 数据核字（2011）第 231648 号

书　　名：	日记闲话
主　　编：	古　农
出 版 人：	董　伟
责任编辑：	林　薇

出版发行：人民日报出版社

社　　址：	北京金台西路 2 号
邮政编码：	100733
发行热线：	（010）65369527　65369512　65369509　65369510
邮购热线：	（010）65369530
编辑热线：	（010）65369523
网　　址：	www.peopledailypress.com
经　　销：	新华书店
印　　刷：	环球印刷（北京）有限公司
开　　本：	710mm×1000mm　1/16
字　　数：	260 千字
印　　张：	21.25
版　　次：	2012 年 1 月第 1 版　2012 年 1 月第 1 次印刷
书　　号：	ISBN 978-7-5115-0704-4
定　　价：	36.00 元

敬 告

本书大部分文章均经授权许可。由于作者较多，作品时间跨度大，我们虽多方努力，仍有一些作者无法取得联系，但为使全书内容更臻完善，也将作品收入进来。凡未征得相关著作权人同意而选用的文章，敬请作者见书后理解与支持，并与北京书脉文化传媒有限公司联系，我们将奉寄样书。

电子邮箱：shumai2010@126.com